俺様同僚は婚約者

槇原まき

Maki Makihara

Eternity

EB
エタニティ文庫

目次

俺様同僚は婚約者

1

（……悔しい……）

力のこもった右手が、愛用のタブレットをミシッと軋《きし》ませる。しかしそれは一瞬のこと。平静を装《よそお》うべく、浅木百合子《あさぎゆりこ》は自分の表情筋に笑顔を作るように命じた。そして、隣にいる男に顔を向ける。

「さすがだわ、佐藤《さとう》チーフ。今回は完敗。本当にいい案ね」

今回は、のところだけ力いっぱい強調してやる。すると、佐藤は余裕綽々《よゆうしゃくしゃく》の笑みを返してきた。

「ハハハ。まー、浅木チーフの案もよかったよ。俺のがもっとよかっただけで」

「……」

目鼻立ちの整ったイイ男が、自信に満ちあふれた爽《さわ》やかな笑顔を見せれば、普通の女なら惹《ひ》かれるだろう。だが百合子は違う。正確には、この佐藤真《まこと》に対しての百合子の反応は、おおよそ他の女とは違うものだった。

（なぁに自画自賛《じがじさん》してんのよ！　このタコ！）

笑みを浮かべつつも、こめかみにピシッと青筋《あおすじ》が立つ。なにせ百合子は、この男にたった今プレゼンで負け、仕事を奪《うば》われたばかりなのだから。

百合子が勤めているのは全国に支店がある広告代理店、ライズイノベーションプラスの大阪支店だ。そのイベント企画部門に籍を置いている。イベントのスポンサー企業の獲得《かくとく》や、集客プロモーション、ＰＲ、企画運営などが主な仕事だ。

今回の案件は、大手外食企業が手がける高級イタリアンレストランの店舗プロデュースと、新規オープンキャンペーンのイベント企画だった。しかも、このレストランは海外でも名高いイタリア人シェフ、アドネ・オルランド監修《かんしゅう》ということで、クライアントも気合いの入り方が違う。

そこで、企画部の中でもトップクラスの成績を誇る百合子と佐藤がそれぞれ企画を出し合い、プレゼンをし、どちらがよいかクライアントに選んでもらうというコンペが開《かい》催《さい》されたのだ。

このプレゼンに、百合子はかなり自信があった。

まずは、入念なリサーチの上に店舗候補地を選定《せんてい》。オープン前には、招待客のみに事前試食会を企画して特別感を演出。店の内装にも趣向を凝《こ》らした。もちろん、メディアへの露出《ろしゅつ》枠も確保済みである。

その、勝ちを取りに行ったプレゼンで負けたとあっては悔しさも一入《ひとしお》。

(この会社は伸び率高いし、優良企業だから絶対顧客に欲しかったのに！　ライブクッキングってなによ！　ええ、そんな発想もツテも私にはありませんよ！　悔しい、悔しい、悔しい～っ！)

しかも負けた相手が佐藤。

佐藤と百合子は同期で、もう七年の付き合いになる。

チーフに昇進《しょうしん》したのも同じ日とあって、今まで何度比べられて、競い合ってきたかわからない。いわゆる、ライバルという存在だ。

企画部のトップである佐藤と肩を並べていられる女性は百合子くらいなものだが、二人の間に色っぽい話は皆無《かいむ》。

彼は身長が高く、顔もいい。それに面倒見のいいタチだから、かなり女にモテる。

それだけではない。彼は俗《ぞく》に言う人誑《ひとたら》しというやつで、普段は軽薄《けいはく》なノリでいつも笑いの中心にいるくせに、決めるところはバシッと決めるものだから、頼りがいがあり、老若男女問わず人気なのだ。

だが百合子に言わせれば、自信家なところが鼻に付く。

(あんにゃろ～いったいツテってなんなのよ！　相手はイタリア人よ!?　そんなの反則よ！)

実は佐藤が出した案は、百合子のものとそう大差はなかった。ただ決定的に違ったのが、アドネ・オルランドが調理しているシーンそのものを公開するという点だ。

アドネシェフは調理場にメディアを入れることを極端に嫌う。レシピを盗まれることを危惧《きぐ》しているためと噂されているが、その彼によるライブクッキングを試食会で実施《じっし》するというのだ。しかもそれをメディアに取材させるなんて、インパクトが違う。

問題はアドネシェフがＯＫしてくれるかなのだが、佐藤は己《おのれ》のツテを使ってシェフに既に確約をもらっているというのだから、はじめから百合子に勝ち目はなかったわけだ。

佐藤は直感とセンスだけで仕事をしている節《ふし》がある。「自由な発想と行動力」は、百合子に言わせれば、ただの「気まぐれ」だ。

今回だって、アドネ・オルランドにライブクッキングをさせたらウケるだろうという彼の直感のもと、シェフにごり押ししたに違いない。そうに決まっている。

その証拠に、店舗の選定地《せんていち》なんかは、百合子が挙げた場所のほうがずっといい。それなのに！

（なにが『浅木チーフの案もよかったよ』よ！　そんなこと、微塵《みじん》も思っていないくせに！　私にもアドネ・オルランドにツテがあったら……）

地団駄《じだんだ》を踏《ふ》みたい気持ちを抱えていても、ここは会社だ。まわりの目もあって笑顔は崩せない。

プレゼンのために来社していたクライアントと一緒にオフィスビルの入り口へ行き、完璧なビジネススマイルで見送る。そして、さてオフィスに戻ろうかというとき、隣にいた佐藤がニヤリと不敵《ふてき》な笑みを浮かべて言った。

「これで俺の十勝だな」

「は？」

突然そんなことを言われて、思わず素で返してしまう。意味がわからない。

眉を顰《ひそ》める百合子を、佐藤は鼻で笑った。

十センチのハイヒールを履《は》いた百合子よりも、佐藤のほうがまだ背が高い。それが見下《みくだ》されているようで、またもや百合子のカンに障《さわ》った。

「俺とおまえがチーフになってから二年になるが、これで俺の十勝六敗だ」

佐藤の言う通り、確かにチーフになって今年で二年だ。彼は二年もの間、どちらの企画が多く採用されたか、ずっと記録を取っていたのか。負けず嫌いにもほどがある。だが、負けず嫌いなら百合子だって相当だ。

（私のほうが四回も多く負けてるっていうの？　悔しいっ！　本当かどうかあとで確認しなきゃ）

そんな腹の内を隠して、百合子は佐藤に負けじとツンと顎《あご》を上げた。ハイブランドのタイトスカートから覗く脚を肩幅まで開き、鮮やかに口紅を塗った唇に指先を当てる。

そうして挑発的な視線で「クスッ」と笑ってやった。

「あらぁ、私、エースと名高い佐藤チーフ相手に六勝もしていたの？　知らなかったぁ～うふふ」

自分の勝ち星を強調してやると、勝利の余韻《よいん》に水をさされた佐藤の笑みがやや険悪になった。

「は……。先に十勝したのは俺だ。おまえは十敗な。十敗」

（言ったわねぇ～？）

底冷えするような木枯らしが吹く中、会社の玄関先で企画部のトップチーフが二人、笑顔で睨《にら》み合っている様《さま》は、なかなかの迫力だ。さしずめ、ハブとマングース。黒豹《くろひょう》と女豹《めひょう》の一触即発《いっしょくそくはつ》状態に、外回りから戻ってきた営業がギョッとした面持《おもも》ちでそそくさと横を通り過ぎていく。

火花を散らす二人を止める者が誰もいないのは、触らぬ神に祟《たた》りなしというのを、皆《みな》が既に実感しているからだろう。

睨《にら》み合いの末《すえ》に、先に踵《きびす》を返したのは百合子のほうだった。

十敗だろうが、六勝だろうが、たかだか星四つの違いだ。たいしたことはない。あと四つ、自分が白星を挙げてやればいいだけの話。それでイーブンになる。

（次こそは私が勝つ。そんで四連勝するんだから）

「フン。勝ち負けなんてどうでもいいわ」

思っていることと真逆のことを口にして、ヒールをカツカツと鳴らしながらエレベーターに向かう。同時に乗り込んできた佐藤が、イベント企画部のある五階のボタンを押した。

「なんか祝ってくれたっていいだろ。十勝なんだからさー」

ヘラヘラとした調子で言われて癪《しゃく》に障《さわ》る。

百合子は面倒臭いのを隠しもせずに、適当に返した。

「あー、おめでとう、おめでとう。なにか欲しいものがあるなら言いなさいよ」

高いものは却下よと付け加える。でも、アドネ・オルランドとアポを取ったツテとやらを聞き出すために、昼食くらいは奢《おご》ってもいいかと考えていると、佐藤が隣で目を細めて笑っていた。

それがなんとも言えず楽しそうで——

「まぁ、そのうちになんか頼むわ」

(そのうち?)

今すぐなにか欲しいものがあるからこその発言だと思ったのだが、そうではないのか。

なにかよからぬことを企《たくら》んでいるのではないかと邪推《じゃすい》したくなる。

そんなとき、エレベーターが五階に止まった。

「よし！　約束取り付けたし、仕事の続きするかな！」

気合いを入れた佐藤が、オーダーメイドスーツのジャケットを羽織《はお》り直し、やや茶色味がかった短髪を掻き上げる。それに張り合うように、百合子もバレッタでハーフアップにした自分の長い黒髪をふわりと梳《す》いた。

（見てなさいよ、佐藤ぉ……次は私が勝つんだから！）

自分が十勝した暁《あかつき》には、佐藤に豪華《ごうか》なランチを奢《おご》らせてやる。

◆　◇　◆

ブーブーブーブー。

仕事を終えた百合子が一人暮らしをしている自宅マンションの鍵を開けていると、スマートフォンがバイブレーションで着信を告げた。画面を見れば母親からだ。

今日は週の半ば。週末でもないのに電話してくるなんて、なにか急用かもしれない。

「はい？　もしもし？」

「ああ、もしもし、百合子？　今、家？」

「今帰ってきたところよ」

電話の向こうで母親の声が呆れたものに変わる。

「いまぁ!?　あんた今十時よ、じゅーじ！　こんな時間まで働かなきゃなんないもんなのかねぇ」

（はぁ……）

目の前にいなくても、苦虫を噛《か》み潰《つぶ》したような母親の顔がありありと浮かぶ。

男が外で稼ぎ、女が家を守る。そんな昭和の価値観で生まれ育ち、それを実践《じっせん》してきた専業主婦の彼女には、今の世の男女平等がいまいちピンときていない。

百合子が大手企業に就職を決めてきたときなんかは、大喜びで「これがこれからの女よね」と言っていたのだが……。同じ関西に住んでいながらも、百合子が正月以外に帰ってこないものだから、今の仕事をあまりよく思っていないのだ。

「今日遅くなったのはたまたまよ、たまたま……」

「そんなこと言って！　この間も遅かったじゃない。あんたもう二十九よ、二十九！　ってか次三十よ！　いい年なんだから、仕事ばっかりしてないで、もっとちゃんとこれからのこと考えて、いい加減結婚しなさい」

これである。

「もうそろそろ」が、「いい加減」に変わったのはいつからだろう？

母親の望みは、娘が仕事でキャリアを積むことではなく、仕事を通していい婿殿《むこどの》を捕まえてくることだったようだ。そのために娘はいい会社に入ったのだと思っていた節《ふし》さえある。

（そんなこと言われたって……仕事が楽しいんだからしょうがないじゃないの）

これをそのまま言うと、母親のお小言がパワーアップしてしまうことは経験上わかっている。だから、話を適当に聞き流しながら、百合子は部屋に入ってバッグを置いた。そしてコートをベッドの端に投げ、腰掛ける。

仕事が楽しすぎて、入社当時軽く付き合った男とは数ヶ月で破局した。以来、百合子は一人だ。

仕事にのめり込む百合子を理解してくれる男性なんていない。チーフの肩書きがついてからは、同性からも微妙に距離を置かれているくらいだ。当然、合コンの誘いも皆無《かいむ》。

「うーん、まぁ、相手がいないからね～。で、なぁに？　なにか用事があったんでしょう？」

「そうなのよ！」

突然張り切った声を上げた母親に、なんだかいやな予感がする。しかし、一応「なに？」と聞いてみた。

「あんた、今週末は休み？」

百合子の休みはかなり不規則だ。イベントは大抵週末に集中するし、その準備もあるから土曜が休みになることはまずない。日曜は大抵の取引先が休みになるためイベント当日以外は休むが、繁忙期《はんぼうき》になると連勤もザラだ。

一応、二週間に一度は平日に休みを取れることになっているが、チーフという立場上なかなか難しい。その代わり、給料はすこぶるいいのだ。

「うん。今週の日曜は休み」

百合子が素直に答えると、母親の声が更に明るくなった。

「よかった！　ならあんた、お見合いしなさい」

「へ？」

呆《ほう》けた声が出て、ジャケットを脱ごうとしていた手が止まる。二、三度パチパチと瞬《まばた》きをした。言葉が続かない百合子に、母親は親切丁寧に復唱《ふくしょう》する。

「お見合いよ。おーみーあーい。ったく、聞こえなかったの？」

（聞こえてるわよ……）

聞こえちゃいるが、それを自分に勧められたことが理解できなかっただけだ。

「なんで急にお見合いなのよ……」

「急じゃないわよ。前から何度も言ってたじゃないの。『いつまでもいい人が見つからなかったら、お見合いでもしなさい』って」

（そういえば、そうだったような……）

記憶にはあるが、まさか本気だったとは。

百合子は頭を押さえつつ、抗議の声を上げた。

「だからってお見合いって――」

「実はもう、お相手は決まってるのよ」

「はぁ⁉　なに、勝手に決めてるの⁉」

驚いて、ベッドから立ち上がらんとする勢いで叫んだ。が、母親はまったく意に介さず、むしろ嬉々《きき》とした調子で続ける。

「それがお相手がいい人なのよぉ～。ナントカっていう大手グループ会社の社長の息子さんでね、なんと次期社長なのよぉ～」

「次期社長？」

お見合いには乗り気でない百合子だが、さすがに次期社長と聞けばピクリと眉が動いた。

会社名がわからないのが決め手に欠けるが、大手と言うからにはそれなりのところなのだろう。

しかしまたどうして、自分なんかのところにそんな人との見合い話が舞い込んできたのか。大手グループ会社の次期社長が見合いをするのはまぁ普通かもしれないが、百合子の家はごくごく普通の一般家庭だ。そんな女と見合いをして得るものがあるとは思えない。相手を間違えているのではないか。

「その話大丈夫なの？」

百合子が問いただしても、「大丈夫、大丈夫」と母親の返事は軽い。余計に不安が募《つの》る。

「あんた、覚えてるかしら。お父さんの伯母さんの、千春《ちはる》さん。あの人の旦那さんのお兄さんの娘さんが、かな〜りいいところに嫁いでね。旦那さんがナントカって会社の社長さんなんだって。その繋がりで紹介してもらったのよぉ」

「いやいや、千春伯母さんはわかるけど、千春伯母さんの旦那さんのお兄さんの娘さんの旦那さんって、その人完璧に他人だよね？」

しかもまたナントカという会社……

（ソコが肝心《かんじん》なんじゃないの？　ったく……おかーさんったら……）

今度は別の意味で百合子が頭を抱えていると、母親は念を押すように言ってきた。

「あんたねぇ、いつまでも若くないのよ？　仕事が楽しいって、そんなこと言ってもいざってときに仕事はあんたを助けちゃくれないのよ？　風邪ひいて寝込んだときに仕事がお粥《かゆ》作って看病してくれるっていうの？　違うでしょう。お母さんもお父さんも、ずっと一人でいるあんたが心配なのよ。私たちだっていつかは思うように動けなくなるんだから。お父さんなんか、最近膝が痛い、腰が痛いって言ってんのよ？　娘の幸せを見届けたいと思うのは当たり前でしょう？」

「……おかーさん……」

親心なんだろう。そこまで自分の生き方が親に心配を掛けていたかと思うと、申し訳ない気持ちになって、少ししんみりしてしまう。

親孝行のためにも、このお見合いを受けたほうがいいのかもしれない……。そんなふうに百合子が思いかけたそのとき――

「あんたの小学生のときの同級生だった井上歩美《いのうえあゆみ》ちゃん。お腹大きくなって実家に帰ってきたのよ。お母さんと一緒のところに会ってね。ちょっと立ち話したんだけど、もうじき生まれるんですって。一人目かと思ったら、もう二人目なんですってよ！　あんたもいい加減――」

「ちょっと、おかーさん⁉」

本気でしんみりしていたのに、突然の孫の催促《さいそく》に思わず大きな声が出る。

「そんなこと、人と比べることじゃないでしょう⁉」

「あんたはそう言うけど、『百合子ちゃんは結婚したの？』って聞かれたときの私の身にもなりなさいよ！　『今は仕事が楽しいみたいで』って答えたら、『いつかいい人が見つかるわよ』って言われたのよ⁉　悔しいじゃないのよ！　私だって孫抱きたいわよ！　あんた、早くしないと女として枯れるわよ⁉」

その「いい人」は、未だに百合子の娘《むすめ》もとにあらわれていない。なら私が見つけてやろうじゃないか――。そう母親が息巻いた結果、親戚と呼ぶには遠すぎる親戚から、このお見合い話をゲットしてきたわけか。

自分の負けず嫌いは母親からの遺伝だ。絶対そうに違いない――とぐったりとうな垂れる百合子に、母親は鋭く言い放った。

「とにかく！　もうお相手とは話がついてるんだから。あんまり堅苦しいのはよくないだろうってことで、間に人を入れずにやることにしたのよ。まずは二人で会って食事でもしてみなさい。今週の日曜、十一時から！　場所はシュトランホテルの展望レストランよ。他の予定なんか全部キャンセルしなさい！　これ以上の予定なんかないんだからね！　お相手の釣書《つりがき》、メールで送るから！」

「あ、ちょ、おか――」

百合子が抗議の声を上げる前に、ブチッと電話が切られてしまった。

「あー、もうっ！」

スマートフォンを持ったままどっとベッドに倒れ込み、百合子は「はぁ」と大きなため息をついた。

仕事で疲れて帰ってきたのに、今ので更に疲れてしまった。

「週末の予定なんか初めっからないわよ……」

キャンセルする予定があったほうが、まだよかったかもしれない。不貞腐《ふてくさ》れたように呟いて、目を瞑《つむ》る。

女が子供を生めるタイムリミットなんて、頭では充分《じゅうぶん》わかっている。テレビでも雑誌でも、いつからか盛んに取り上げられるようになったその話題が、無理やり視界に入ってきた。自己主張してくるたびに、漠然《ばくぜん》とした焦りのようなものが湧《わ》き起こる。そんな体験を、もう何度したことだろう。でも、それを誰かに言ったことはない。なぜなら百合子の同級生の半数以上は既に結婚していて、子供がいる人も多いからだ。そんな彼女たちとは、まるで道が違《たが》えたように話が合わない。

学生時代に、勉強や好きなアイドルのことを熱心に話した彼女たちの今の話題は、旦那や子供のこと。働いている人もいるが、パートだったり、フレックスだったりで、フルタイムの正社員は少ない。それにそもそも、フルタイムの正社員をしている友人となると、今度は会って話すような時間がない。

人生人それぞれで、勝ち負けなどありはしない。

今の仕事はとても楽しくて、やりがいもある。日々充実《じゅうじつ》していて満足なはずなのに、なぜだかふとした瞬間に焦るのだ。この漠然《ばくぜん》とした焦りは、百合子と同じ立場に置かれている全国の女性たちが感じるものではないだろうか。

百合子にきょうだいはいない。だから、孫を抱きたいという両親の希望を叶えることができるのは、百合子だけだ。

子供は嫌いじゃない。いつかは欲しい。しかし、結婚したい相手がいない。

仕事が楽しいからと「今」ばかりを見て、「今」をこなしてきた結果がこの「今」だ。

これはどんな未来に続いているというのだろう？　孤独な老後が透《す》けて見えるようじゃないか。

職場で自分が、密《ひそ》かにお局様《つぼねさま》呼ばわりされていることも知っている。

両親からの期待という名のプレッシャーと、世間の目と、女としての自分。

このまま一人で歳を取ることを怖いと思うならば、なにかを選択しなくてはいけない。しかも、早急に。きっと「今」自分は分岐点《ぶんきてん》にいるのだ。

恋愛なんて慣れてないのだから、そう考えるとお見合いのほうが効率がいい可能性はある。

（お見合いして、結婚したら、一人じゃなくなる……けど……）

「はぁ……」

百合子が再び大きなため息をついたとき、手の中でスマートフォンが震えた。渋面《じゅうめん》を作って画面を見ると、母親からのメールである。言っていたお相手の釣書《つりがき》だろう。

「必ず行きなさいよ！」と書かれたそのメールの添付《てんぷ》画像を開くと、透《す》かしの入った和紙に印刷された文字が並んでいる。

お見合いなのだから、本人のプロフィールや家族構成を書いた釣書《つりがき》と共に、普通は顔写真がありそうなものだ。だが、メールにはそれがない。

母親が送り忘れたのかもしれないとも考えたが、たぶんそれはないだろう。あれだけ張り切っていた母親が相手の顔を知っていたら、イケメンだの、男らしいだの、なんらかのコメントを残すはずである。最初から写真はないと考えるのが妥当《だとう》だ。

（お見合いに写真がないなんて……。これは相手の見た目は期待できないかもしれないわね）

次期社長という肩書きを覆《くつがえ》すほどのなにか重大なマイナスポイントが彼にはあって、百合子のような一般家庭の三十路《みそじ》手前の女に見合いの話が回ってきたのかもしれない。

そう思うと、憂鬱《ゆううつ》に憂鬱《ゆううつ》が重なって、またもやため息が出た。

「はぁ……知らない人と一対一でなにを話せばいいのよ」

気乗りするどころか、行きたくない気持ちが加速しただけなのだが、とりあえず相手のプロフィールを確認しようと釣書《つりがき》を拡大してみた。

目に入ってきた見合い相手の名前に、思わず「ん？」と声が漏れる。

「佐藤……真……」

今日百合子から仕事を奪《うば》っていった同僚の佐藤真の、やたらと自信満々な顔が脳裏《のうり》を掠《かす》める。しかし、百合子は小さく息を吐いて画面をスクロールさせた。

（佐藤真なんて、よくある名前よね）

よくある苗字ランキングトップの苗字に、男性にありがちな名前の組み合わせだ。こう言ってはなんだが、全国に一万人はいそうである。

そしてなにより、同僚の彼が社長の息子であるはずがない。プラス、彼がお見合いなんかするとはとても思えなかった。

あの男は、顔もいいし業績もいいから、社内外問わずかなり女性に人気があるのだ。お見合いをする必要性はどこにもない。

単なる同姓同名の別人だろう。そう結論付けて釣書《つりがき》を読んでいくと、佐藤真なる人物の父親が社長を務めている会社は、ライズイノベーションプラス。なんと百合子が働いている広告代理店だった。確かに、社長の苗字は佐藤である。

（おかーさんったら……）

お相手の父親が経営する会社名をナントカだなんて言ったのは、母親があえて誤魔化したからだろう。自分が勤める会社の社長の息子と見合いだなんて、百合子がいやがると思ったのだ。

だまし討《う》ちされた気分だが、文句を言えば「だったら自分で相手を見つけてさっさと結婚しろ」と、お説教されるのが目に見えている。そうなれば不利になるのは百合子のほうだ。ここは諦めるしかないのか……

会社の業績は悪くない。

百合子が働いているのは大阪支店で、社長とは直接会って話したこともなければ、近くで見たこともない。それでも、聞こえてくる社長の人柄は立派なもので、昔から同族経営の会社だが、ワンマン経営でもないし、風通しもいい。

どんなに忙しくても、百合子が楽しく仕事をできているのは、正しい評価と、正しい報酬が約束されているからだ。その方針を打ち出しているのが、この佐藤社長である。

しかし、息子の話はまったく聞いたことがない。というか、息子がいることすら知らなかった。

（私の釣書《つりがき》も向こうに行ってるだろうし、社員だってことはもう知られてるわよね……）

これでは間違ってもドタキャンなんかできない。そんなことをすれば、社長からの心証が最悪になるじゃないか。

縁談がうまくまとまらなかったとしても、せめて心証くらいはよくしておかないと。

なぁに、向こうだって、自分のところのイチ社員と結婚なんて、真《ま》っ平《ぴら》ゴメンのはず。

このお見合いは形だけで終わる可能性が高い。とはいえ、気が重いことには違いないが。

「はぁ……」

もう何度目かもわからないため息をついて、百合子はシャワーを浴びるべく立ち上がった。

2

そして日曜日――

百合子はいやいやながらも、待ち合わせのシュトランホテルに来ていた。

気乗りのしないお見合いであっても、相手は自社の社長の息子だ。第一印象くらいはよくしておこうと、百合子は普段のビジネススーツよりも華やかなセレモニースーツを着ていた。

オフホワイトの襟《えり》なしジャケットに、黒いウエストリボンがアクセントになっている。真珠のネックレスを合わせれば、綺麗目かつ、清楚《せいそ》な感じに纏《まと》まるのだ。

(ホテル内の展望レストランで待ち合わせよね)

このホテルは、海岸沿いに建っている。観光客に人気の高級リゾートホテルで、別館には結婚式場もある。百合子の自宅マンションから電車で二駅ほどと近いので、もちろん泊まったことはない。

地上三十五階の展望レストランは、見事なオーシャンビューで人気だ。デートスポットとしても有名なところである。

一度くらいこのホテルから見える夜景を楽しんでみたいと思っていたが、まさかお見合いで訪れるとは思わなかった。しかも今は約束の時間である十一時の十分前。夜景なんか見えるわけもない。

ドアマンが開けてくれた扉を潜《くぐ》ってホテルに入る。

エントランスの天井には巨大なシャンデリアが煌《きら》めき、カラフルなモザイクタイルの壁を水が流れ落ちているのが目を引く。色とりどりの花が活《い》けてあり、計算され尽くした優雅な空間といった具合だ。

コートを脱いだ百合子がエレベーターに向かうと、そこには見覚えのある男の背中があった。

「え？　佐藤？」

驚いたついでに声をかける。振り返ったのは案の定、同僚の佐藤真だ。どうやら、エレベーターを待っているらしい。

お見合い相手と同姓同名の彼がこの場にいることになんとなく嫌な予感がしながらも、百合子は彼の隣に立った。

「こんなところで会うなんて偶然ね」

「よう、浅木」

ストライプ柄のイタリア製スーツをスマートに着こなした彼は、どこにいても人目を引く。背が高いというのもあるのだが、無駄に顔がいいのが主な原因だ。

彫りの深い二重《ふたえ》の眼差しに、スッと通った鼻梁《びりょう》。落ち着いた茶色の髪を柔らかく後ろに撫で付けるその様《さま》は、生粋《きっすい》の日本人のくせにハーフに見える。爽《さわ》やかな水色のシャツと濃いネイビーのネクタイ、そしてジャケットに添《そ》えたポケットチーフも無造作なのにオシャレだ。手にしたコートも、フォーマルなチェスターフィールドコートというそつのなさ。

このホテルは結婚式場もあるから、友達の結婚式にでも出席するのだろうか。もしかしたら、いつもと違う装《よそお》いの自分も、式の参列者に見えているかもしれない。

こんなところで彼と会ったのは想定外だが、わざわざお見合いに来たことを言う必要はない。

そんなことを言ったら、「三十路《みそじ》を前にして、結婚に必死になってるのかよ」と、からかわれそうだ。そんなの真《ま》っ平《ぴら》ゴメンである。

「今日はどうしたの？　誰かの結婚式？」

どうせエレベーターを降りればそこで別れることになる。佐藤と一緒なのは短い時間のはずだ。いろいろと聞かれるよりも、先に聞いてしまったほうがいい。

無視するのも大人気なく思えて話をふると、佐藤はスラックスのポケットに片手を入れて、いつもと同じく軽い調子で答えてきた。

「いや？　今から見合いする」

「お、お見合い⁉」

まるで自分の予定を言い当てられたような気がして、ドキッと心臓が跳ねる。裏返った声で動揺する百合子に、佐藤はちょうど開いたエレベーターを視線で指した。

「乗らないのか？」

「の、乗るわよ」

動揺を抑えるように、ツンと顎《あご》を上げてエレベーターに乗り込む。

大丈夫、大丈夫。佐藤が自分の予定を言っただけで、百合子が今からお見合いすることがばれたわけではない。これだけ大きなホテルだ。実は人知れず、そこかしこでお見合いが行われているのかもしれない。

百合子がそんな可能性を考えていると、佐藤がエレベーターのボタンを押した。

（ゲッ、佐藤も展望レストランに行くの⁉）

これでは百合子がお見合いすることがばれてしまう。

佐藤もお見合いらしいが、いくら同い年でも男と女では三十路《みそじ》の意味合いがだいぶ違う。しかし同時に、あるひとつの可能性が頭をよぎった。

（……いや、まさか……。まさか、ね……）

二人っきりのこの空間を息苦しく感じていると、彼はニヤリと口角を上げた。

「おまえも見合いだろ？」

ズバリ言い当てられて、百合子の眉が見る見るうちに寄っていく。

「な、なんでわかったのよ？」

会社でも誰にも話していないのに……

警戒を含んだ百合子の低い声に、佐藤は不機嫌な様子も見せず、むしろドヤ顔で自分の胸元を指差した。

「それは浅木の見合い相手が、なにを隠そうこの俺だから」

「…………」

今、この男はなんと言ったのか。

耳から聞こえた情報を脳が処理することを拒否しているかのように、理解に時間がかかる。まるでひと昔前のパソコンのようだ。

（私のお見合い相手が佐藤？）

「……え？」

たっぷりと時間を置いた百合子は、佐藤の長身をなぞるように、上から下まで視線を動かした。どこからどう見ても、毎日会社で会っている同僚の佐藤真だ。間違いようがない。

「佐藤、真……？」

「そう。俺」

「……」

意地の悪い笑みを浮かべた顔で頷かれて、百合子は一瞬、無言になった。

最悪だ。まさかの予想が当たってしまった。同姓同名だとばかり思っていたが、まさか本当に同僚の佐藤がお見合い相手だったなんて！

「ちょっとあんたねぇ……。なにが社長の息子よ。釣書《つりがき》にウソ書いてんじゃないわよ！　オシャレして損したわ！」

他人を騙《かた》るなんて非常識にもほどがある。

母親は遠い親戚からの話だから大丈夫だと言っていたが、しっかり騙《だま》されているじゃないか。

気乗りしていなかったとはいえ、いつもよりもメイクに時間をかけたし、髪も綺麗に巻いただけあって、腸《はらわた》が煮えくり返る思いだ。

佐藤が、まさかこんなことをする奴だとは思わなかった。

もし相手が百合子ではなくて、なにも知らない他所《よそ》のお嬢さんだったらどうするつもりだったのか。少々自信過剰で鼻に付く同僚だが、悪い奴だとは思っていなかったのに――

「サイテー」

百合子がボソッと呟くと、佐藤が小さく肩を竦《すく》めた。

「なんだかえらい言われようだが、俺は嘘なんかひとつも書いてないぞ」

「ハァ?」

百合子が訝《いぶか》しげに佐藤を見ると、彼はエレベーターの電光掲示板を見ながら、澄ました顔で言ってのけた。

「俺、ライズイノベーションプラスの社長の息子だからなぁ。妹が一人いるけど、今のところ俺が親父の跡《あと》を継ぐことになってるし」

「え?」

百合子の瞼《まぶた》がくわっと持ち上がり、口もぽかんと開く。

信じられなかった。

ずっと、ただの同僚だと思っていたのに。

「……うそ……」

「だから嘘じゃないって」

チン――と鐘の音が鳴って、エレベーターが止まる。機械音声と共に開いた鉄の扉から、やたらと眩《まばゆ》い光が射し込んで佐藤を照らした。

彼は半身だけ振り返って、珍しく人好きのする笑みを向けてくる。

百合子の前ではいつも高慢《こうまん》で、得意げで、不敵《ふてき》に笑うくせに。

今日、彼の笑みがいつもと違って見えたのは、ここが職場ではないから？　それとも逆光のせい？

「立ち話もなんだ。来いよ。飯食おうぜ」

佐藤はそれだけを言って、悠然《ゆうぜん》とした足取りでレストランの中に入っていく。

どこか釈然《しゃくぜん》としない思いを抱えながらも、百合子は彼のあとを追った。

案内された展望レストランは、お昼にはまだ少し早い時間だというのに、もうほとんどの席が埋まっている。カップルと女性グループの宝庫だ。噂には聞いていたが、やはり相当な人気店らしい。

既に佐藤の名前で予約されており、店内で一番眺めのいい席に案内される。

佐藤の向かいに座った百合子は、彼に胡乱《うろん》な眼差しを向けた。

百合子の知っている佐藤は、自信家ではあるものの、嘘つきで信用のおけない人間ではない。彼に仕事で嘘をつかれたことは一度もない。

だから、まだ信じがたいことだけれど、彼が社長の息子というのは本当なのだろう。

今まで黙っていたのは、なにか理由があるのか。

「ねぇ、なんで一般社員なんかやってるのよ」

佐藤はボーイの持ってきてくれたメニューを開きながら、百合子の質問になんてことのないように答えた。

「経験を積むためだ。下積みってやつだな。いやだろう？　現場を知らない奴が上に立つの」

「そうね」

これには同意しかない。

企画を何案も出すのは頭の痛い作業だし、クライアントがいる以上、やはり時間的にも不規則で、納期のために残業することもある。

現場を知らない上の人間の気分でひとつで企画を白紙にされたら、やる気云々《うんぬん》以前に仕事が回らない。

「うちだけじゃなくて、他でもよくやってることだ。後継を取引先に預けたり、海外で肩慣らしさせたり。うちは、自分とこの支店で勉強ってだけだ」

「ふぅん。大変なのね～」

社長の息子だからといって、ぬくぬくできるわけではないのか。代替わりした途端に経営悪化や、業績不振なんかになろうものなら、顧客も株主も役員も、そして社員だって黙ってはいない。そうなるかならないかは、跡継ぎの手腕ひとつだ。プレッシャーも半端ではないだろう。

そう考えると、なかなか大変そうな立場だな、と同情すら覚えた百合子に、彼は話を続けた。

「俺の素性《すじょう》を知ってる奴、大阪支店には一人もいないからバラすなよ」

この口止めは同時に、今までの佐藤の企画が採用された経緯に、コネやごり押しがなかったことを意味している。

佐藤が社長の息子と知っていれば、支店のお偉いさん方も彼の案ばかりを採用するだろう。だが現実は、百合子の案も、他の社員の案も、いいものは分け隔《へだ》てなく採用されているのだ。

佐藤の案の採用回数が多いのは、ただ彼が優れた企画を出しているだけ。

それは、幾度《いくど》となく競ってきた百合子が一番よくわかっている。

「ふぅん、そう。私の口の堅さは信用してくれていいわよ」

そう言った百合子を、メニューから顔を上げた佐藤がじっと見つめてきた。

「おまえ、態度変わらないいんだな」

「ん？」

意味を図《はか》りかねて首を傾げる。

すると佐藤は小さく肩を竦《すく》めてみせた。

「いや。俺が社長の息子だって知っても、おまえは態度がちっとも変わらないなと思ってな」

「そう？　驚いてるわよ？」

驚くに決まっている。

佐藤と一緒に仕事をしてきたこの七年間、本当にただの同僚だと思っていたのだ。

彼が同期や後輩と一緒にいて、アドバイスや指導をしているところは見たことがあっても、支店のお偉いさん方とつるんでいるところなんか見たこともない。

そんな彼の普段の勤務態度から、この人が社長の息子であると誰が考えるだろうか？

百合子の反応を前にして、佐藤は笑いながらメニューのページを捲《めく》った。

「あー、まぁ、おまえはそういう奴だよなぁ」

「……？　なにそれ」

聞いてみたが、佐藤はこれ以上教えてくれない。

諦めた百合子は、自分の目の前に置かれていたメニューを開いた。

この店はイタリアン風の創作料理を出すらしいが、載《の》っている料理の名前はどれも独特だ。

コースを選んで更にそこから前菜、主菜に選択肢があるのだが、「ナポリ湾《わん》からの贈り物出石風《いずし》」だの「メレンゲの気持ちを添《そ》えて」だの、なにが出てくるのかよくわからない。しかも、写真もないのだ。

「ねぇ、ここ初めて来たんだけど、なにがおいしいの？」

百合子が尋ねると、佐藤はメニューから顔も上げずに「あー」と、言った。

「そうだなぁ。おまえが好きそうなものを俺が適当に注文しようか？」

「ああ、それいいわね。そうしてちょうだい」

佐藤の案に頷くと、彼は近くにいたボーイを呼び止めてメニューを細々《こまごま》と注文してくれた。

「食後のお飲み物はいかがなさいますか」

（あ。私、ホットミルクティーがいいな）

軽く手を上げて、飲み物の希望を出そうとしたとき、百合子よりも先に佐藤が口を開いた。

「コーヒーと、ミルクティーを。両方ともホットで」

迷わず注文した彼に驚いて、目を瞬《またた》く。

全部を注文してボーイが復唱《ふくしょう》してから、彼は百合子に「これでよかったか？」と聞いた。

「ええ」

「じゃあ、それで」

「かしこまりました。それではお食事の用意をさせていただきます」

ボーイが一旦下がってから、百合子はわずかに身を乗り出した。

「ホットミルクティーは私に？」

「そうだよ。おまえ、食後はいつもそれじゃないか」

当たり前のように言われて、なんだか言葉に詰まる。

(確かにそうなんだけど……)

百合子は社員食堂でも外に食べに行っても、食後にはミルクティーを飲む。よほど暑い日はアイスにしたりもするが、基本的にホットだ。それを佐藤が知っているとは思わなかった。

「よく知ってたわね。私がミルクティー派だって」

「知ってるさ、それぐらい——何年見てたと思ってるんだよ……」

「え？　なに？」

後半がごにょごにょとした小声でよく聞こえなかった。

百合子は聞き返したのだが、ボーイが戻ってきて、カトラリーセットをテーブルに並べはじめたために結局聞きそびれてしまった。

(なんて言ったのかしら？)

もう一度聞こうとも思ったのだが、なんとなくタイミングを失ってしまったのを感じる。

(まぁ、いっか)

飲み物の好みなんてそんなに大事なことでもないかと思い直して、百合子はおしぼりで手を拭きながら話を振った。

「佐藤もお見合いなんかするのね。意外だわ」

「まぁな」

佐藤の返事は素っ気ない。

彼のプライベートや女性関係など今まで小耳にすら挟んだことはないが、案外彼も、断れずにここに来た口か。

「誰の紹介なの？」

「大学時代の友達の親父さん」

「ふぅん」

つまりは、百合子の大伯母の旦那の兄の娘夫婦の息子、が佐藤の大学時代の友人なわけか。

世の中、全ての人は六人以内の仲介《ちゅうかい》人数で繋がることができるという、六次《ろくじ》の隔《へだ》たりなる説があるが、それが自分たちの間にも起こったことになる。

「不思議なご縁ねぇ……」

百合子がしみじみとそう呟いたところで、ボーイが二人がかりで前菜を運んできた。

チコリをボートに見立てているのか、中に海老《えび》、アボカドが乗っている。横にはひと口サイズのパイが添《そ》えてあった。

「おいしそうね」

「たぶん、浅木はこのソース好きだと思う」

佐藤の言葉に期待が膨らむ。

クリーミーなソースが川の流れのように美しく描かれていて、そのソースをパイに付けて食べるようだ。口に含むと優しい甘みで、思わず声がもれた。

「おいしーっ」

「だろ?」

心なしか佐藤の表情が綻《ほころ》んでいるように見える。彼はフォークとナイフを使って綺麗に食べながら、「そういえば」と話しだした。

「金曜にさ、クライアントから電話があったんだ。ほら、あのレストランのとこな」

「アドネ・オルランドシェフの?」

百合子が佐藤に負けた企画だ。

佐藤は頷きつつ、話を続ける。

「そう。俺の企画は全体的に気に入ってくれたらしいんだが、向こうの社内会議で立地のことが議題に上がったっぽくてなぁ……もしかすると月曜の朝イチで、またなにか言ってくるかもしれん」

企画が通って正式受注しても、その後変更や修正がかかるのはよくあることだ。それが微調整の範囲ならまだいいが、やっかいなのは予算が変動するほど大規模な変更。

ひどいときなど、まるっきり別物になる場合もある。そして予算は当初のままと。こちらとしても当初の予定通りに万事が進むとは思っていないし、変更ありきだと覚悟はしている。しかし、大規模な変更は企画泣かせだといえるだろう。

「あら、お気の毒様」

しれっとそう言った百合子に、佐藤は苦笑いを浮かべて眉を上げた。

「今、絶対自分の企画が通らなくてよかったと思っただろ」

「ふふ。そんなことないわよ。でもまぁ、佐藤のことだからうまくやるんでしょ？」

佐藤が現場で慌てているところなんて見たことない。どんなにやっかいなことが起こっても、彼はなんでもないように対応するのだろう。そして彼には、その自信があるのだ。

「まぁな」

案の定、ニヤリとした佐藤を、百合子は「フン」と鼻で笑った。

「ピンチになってどうしようもなくなったら、助けてあげないこともないわよ？」

立地の選定《せんてい》に関しては、百合子の案のほうがよかった自負がある。クライアントもそれはわかっているはずだ。

社内コンペでは佐藤が勝ったが、もしかするとそれを覆《くつがえ》す結果が待っているかもしれない。

挑発《ちょうはつ》気味に目を細めると、佐藤は顎《あご》に手を当てて眉を上げた。

「へぇ？　助けてくれるんだ？」

「いいわよぉ？　その代わり、他の案件でまた有名人が出てきたら、私にあんたのツテを使わせなさいよ。どうせなんか繋がりがあるんでしょ？」

社長の知り合いは社長。社長の息子の知り合いもまた、推《お》して知るべし。

イタリア人シェフ、アドネ・オルランドに直接連絡を取ったようなツテが他にもあるかもしれない。佐藤にあって百合子にないもの——それは著名人とのコネクションだ。

佐藤が紹介してくれれば、自分と彼との差を埋めることができるはず。

（まぁ、そう簡単に佐藤が自分のツテを使わせるとは思えないけどね）

人脈は一種の財産だ。信用している相手でないと、紹介なんかできない。「どうしてこんな奴を紹介したんだ」と相手側に思われては、自分との繋がりも切られてしまう可能性だってある。

ましてや佐藤は社長の息子だ。百合子とは立場が違う。だからこれは、とりあえずふっかけてみただけというのが正しい。

しかし——

「いいぞ」

あっさりと頷いた彼に、百合子は驚いた。てっきり、「そんなことはできない」と、断られると思っていたのに。

「え、いいの？」

「浅木だからな。俺の顔に泥を塗るとも思えないし。いい仕事するだろう。むしろ俺の株が上がる」

「……」

そんなふうに思うのか、彼は。

彼の自分に対する評価を垣間《かいま》見て、なんだかこそばゆい気持ちだ。

「あ、ありがと」

ぼそぼそっとお礼を言う百合子を、軽く頬杖を突いた佐藤が見る。

「いやいや。俺が世話になるほうが先かもしれんぞ？」

「そのときはちゃんと手を貸すわよ」

当然だ。こういうものは、お互いウィンウィンな関係にしてこそだろう。そして恨みっこナシで、自分が勝てばなお気分がいい。

言い切った百合子を前に、彼は小気味よく笑った。

「あぁ、期待してるよ」

それからも仕事の話を続け、食事は気楽な調子で進んだ。デザートが出てきたところで、百合子は食後のミルクティーを飲みながら佐藤に尋ねた。

「これからどうするの？」

いやいや来たお見合いだったが、相手は見知った佐藤だ。これはもうお見合いというより、ただ同僚と鉢合わせしてついでに食事をしたようなものではないか。お見合いの体《てい》をなしていない。

佐藤のほうは百合子が来ることを知っていたようだが、どうせ彼のことだ、驚かせようと黙っていたんだろう。実際、百合子は二重の意味で驚いた。

（まさか佐藤が社長の息子とはね……世の中わからないものだわ）

百合子がそんなことを考えていると、コーヒーを飲んでいた佐藤がカップを置きつつ「そうだなぁ」と独りごちた。

「そういや、俺の十勝祝いは？」

まだそれを引っ張るのか。

「じゃあ、ここは私が奢《おご》るわ」

結構いい食事だったから、お祝いにはちょうどいいだろう。そう思って提案したのだが、彼は首を横に振った。

「いや、他のがいいかな」

なんですと。

しかし、当の本人がそう言うのなら、ごり押しする百合子ではない。

「あら、そう。ならここは割り勘ね」

「いい。もう払ったから」

「ええ？　いつの間に……」

驚いた百合子に彼は「おまえがデザートに夢中になっている間に」と、なんでもないように言う。

(なによそれ。スマートすぎるじゃないのよ、佐藤の奴)

奢《おご》ろうと思っていた相手に、知らぬ間に奢《おご》られていたなんて。ちょっとどころかだいぶ困惑してしまう。しかもこの佐藤の手際のよさと言ったら……

(だいぶ女慣れしてるわね)

佐藤だって今年で三十になる大人の男だ。それなりに経験があることだろう。

百合子はデザートのラストひと口を頬ばった。

「じゃあ、十勝祝いは奮発してあげる」

それでチャラだ。借りを作るのは好きじゃない。

すると、わずかに身を乗り出した佐藤がニヤリと意味深に笑った。その笑みはなにかを企《たくら》んでいるようにも見えるし、希望が叶って喜んでいるようにも見える。

(佐藤め。よっぽど高いものが欲しいのかしら)

それなら自分で買えばいいようなものをと思いながらも、決して安くはないここの食事代をぽんと払うくらいの佐藤だ。きっと、百合子に買わせることが目的なんだろう。

別に、それならそれでかまわない。今度有名人が絡む案件が来たときは、彼のツテを使わせてもらえるのだから。

「そうと決まれば、このあと付き合ってくれよ。いろいろ見て選びたいしな」

「いいわよ」

元から百合子には予定なんてない。早めに帰ったところで、せいぜい部屋の掃除をするくらいなものだ。暇つぶしにはちょうどいい。

ホテルのレストランを出て、二人で駅近くにある繁華街へ向かった。

もう十一月。おろしたての冬物コートが絶賛活躍中だ。

ただ、こうして佐藤と並んで歩いていると、どうにもまわりの視線が気になる。

「ねぇねぇ、見てあの人。超カッコいい」

「ほんとだ。イケメン～。背、高い～。隣の人、彼女かな？」

「じゃない？　いいなー。私もイケメンの彼氏欲しー」

軽く聞こえてくる会話もこんな調子だ。チラチラと向けられる視線も好奇心まじりのもので、どれもこれも百合子と佐藤をカップルだと誤解している。

（私はこの人の彼女とかじゃないんですけど……）

胸中で否定しても、誰にも聞こえやしない。

今まで仕事中に彼と二人で出歩いても、こんなにまわりの視線が気になったことはない。

今日が休日だから？　それとも、お互いにコートの下が、いつものビジネススーツではないから？

百合子がまわりの視線ばかりを気にしていたとき、佐藤が足をとめた。

「なぁ、この店見ていいか？」

そう言った彼が指差しているのは、ビジネスカジュアルスタイルを展開しているスーツ専門店だ。

老舗《しにせ》スーツメーカーが若者向けに展開していて、品質が高いと評判の店である。

佐藤のスーツはオーダーメイドのようだが、小物はこういう店で揃えているのかもしれない。

「いいわよ」

二人で中に入ると、「いらっしゃいませ」と若い店員の声で出迎えられる。新装オープンのセール中らしく、人が多い。リクルートスーツコーナーは、特に賑《にぎ》わっていた。

「なにが見たいの？　ネクタイ？」

店内を眺めながら聞いてみる。佐藤は「そうだなぁ」と顎《あご》に手を当てていた。

「特に困っちゃいないんだよなぁ」

「じゃあ、なにしに来たのよ」

思わず突っ込む。だが彼は、商品を眺めながらしれっと言うのだ。

「欲しいと思えるものを探しに」

「なによそれ……まったく……」

だが、ウインドウショッピングをしているうちに欲しくなるということもある。

ぶらりと店内を回っていると、レディースのカジュアルニットが百合子の目に入った。

（あら、ここはレディースも取り扱っているのね。ふぅん？　いいじゃない、これ）

オンでもオフでもマルチに使えて、これからの季節にうってつけだ。

トレンドを押さえたケーブル編みの白いセーターはシンプルだが、一枚持っていると便利だろう。

手に取ってみると、肌触りもいい。軽くて滑《なめ》らかで、ちくちくしないし、引っ掛かりも感じない。遠目ではわからない程度に、肩の部分にレースのデザインが施《ほどこ》されているのもいい。

「それ気に入ったのか？」

急に佐藤に声をかけられ、我に返る。彼のものを見に来たのに、ちゃっかり自分の服を見ていたことにばつが悪くなり、百合子は軽く肩を竦《すく》めた。

「ん～まぁ、ちょっといいかなぁと思っただけ」

「ふーん？　着てみればいいのに。似合いそうだぞ」

まさか佐藤にそんなことを言われるとは思っていなくて、キョトンと目を瞬《またた》かせる。

すると今度は、彼のほうが首を傾げた。

「なんか変なこと言ったか？」

「い、いや、そうじゃないけど……」

「ん？」

佐藤は百合子が見ていた白いセーターをハンガーラックから取って、百合子の肩に押し付けてきた。

「ほら、そこに鏡あるから見てみろよ。絶対似合うから」

言われるがまま、鏡の前でセーターを胸に当てる。サイズもぴったりだ。

「ほらな。やっぱり似合う」

「そ、そう？」

改めて鏡を覗くと、自分でもなんだか似合っている気がする。

（どうしよう。買っちゃおうかなぁ……）

鏡の前で何度も胸にセーターを当てては外しを繰り返し、眉を寄せて悩む。

衝動的《しょうどうてき》すぎるような気もするが、今買っておかないと売り切れてしまうような不安も感じる。

悩みに悩んでいると、鏡越しに佐藤の顔が見えた。

彼は、鏡を覗く百合子の後ろ姿を目を細めて眺めている。まるで、ほほえましいと言わんばかりのそれは、百合子が知っている彼の表情のどれとも違う。

もっと柔らかくて優しいもの。しかしその裏に強くて熱いなにかを感じる。

そんな視線が自分に向けられていることに気付いた途端、百合子はセーターをもとのハンガーラックに戻していた。

「やっぱりやめとく」

「そうか？　結構似合ってたんだけどな。気に入らなかったのか？」

そうじゃない。セーターは気に入った。むしろ原因は佐藤だ。

（……な、なんであんな目で私を見るのよ……）

落ち着かない。なんだか身体の内側を羽毛で触れられたかのようにこそばゆい。あの熱っぽさはなんだ？

不快ではなく、ただただくすぐったくて落ち着かない。自分でもわからないままに、なんだかこの場から逃げ出したくなっていた。

あんな目で見つめないでほしい……あの視線はまるで、そう――

「じゃあ、違う色とか試してみるか？　この色も似合いそうだぞ」

佐藤はそんなことを言いながら、さっきのとは色違いのセーターを手に取って勧めてくる。それを受け取らずに、百合子はフイッとそっぽを向いた。

佐藤の目を正面から見られない。

「わ、私のはいいわよ。佐藤は自分のを見なさいよ。あんたが見たいって言ったんだから」

ぶっきらぼうにそう言ってやると、佐藤はぐるりと店内を見渡して百合子に向き直った。

「よし。じゃあ、次の店に行こう」

「え？」

一瞬反応が遅れた。そんな百合子の手を佐藤がぎゅっと掴んでくる。

「ほら、行くぞ！」

「え？　ええ？　さ、佐藤！　佐藤ちょっと！」

手を引かれるままに、彼のあとを追う。そのときに、繋がれた手が目に入って、百合子の顔にぶわっと熱が上がった。

（〜〜〜っ！）

どうして自分が佐藤と手を繋がなくてはいけないのか。そんな理由なんてないはずなのに、彼はこの手を離してくれない。離してくれないから、指先からどんどん熱くなってしまう。

「ちょ、ちょっと佐藤！」

耐えられなくなった百合子の声が大きくなる。

しかし彼は、平然と百合子の手を掴んだまま——

「ここ、前からちょっと気になってたんだよなー。付き合えよ」

そう言って彼が入ったのは、時計専門店だ。腕時計が並ぶショーケースの前に来たところで、佐藤はようやく百合子の手を離した。

「そろそろ腕時計替えたいなって思ってるんだけど、どんなのがいいと思う？」

佐藤は、ショーケースをひと通り眺めながらそんなことを言う。

「し、知らないわよ！　そんなの！」

（なんなのよ、もう……）

苦々しい思いで佐藤の横顔を見やる。彼は百合子の動揺など気付いてもいないのだろう。顔を上げるなり、心底同情的な眼差しを向けてきた。

「おまえ、今まで男の時計すら選ぶ機会なかったのかよ。ホント残念な奴だなぁ……」

「なんですって？」

カチンときた。

これはなにか？　暗《あん》に、百合子がモテないと言いたいのか？

確かにモテないのは事実だし、男性経験だって七年前に別れた元彼一人だけだ。この年になるまで仕事しかしてこなかったことは認めるが、残念な奴呼ばわりされては黙っていられない。自分のセンスにケチをつけられた気分だ。

百合子は鼻息荒くショーケースに齧《かじ》り付いた。

「時計くらい選べるわよ！」

（馬鹿にするんじゃないわよ！）

男物の腕時計なんて選んだことはないが、ようはスーツに合う無難なものを選べばいいのだろう。奇抜なデザインのものは避け、アナログ時計の中から選べばそう外れはしないはず……

まるで宝石のように綺麗に並べられた時計を見ながら、佐藤が普段着ているスーツとのバランスを考える。

（佐藤は結構いいもの着てるから、時計だけチープだとすごく変よね。年齢と立場からしても、ワンランク上を持っても全然おかしくないけど、かといって、あまりにゴテゴテしたものは一歩間違えるとおじさんっぽいし……えー、佐藤は普段どんな時計してたっけ？　文字盤は白だった？　どうだったかしら？）

念入りに吟味した末《すえ》に百合子が選んだのは、アナログの自動巻きタイプ。ステンレススチールのバンドで、黒の文字盤がシックでスーツに合うはずだ。

「これはどう？」

ショーケース越しに指差すと、横から佐藤が覗き込んできた。そのときに、トンと肩が触れあって、なんだか胸の内がざわざわしてくる。整髪料か香水か、男らしくてどこかセクシャルな匂いが鼻孔《びこう》をくすぐった。

こんなに至近距離に彼が来るのは初めてで——

「へぇ、ハミルトンか。いいところ選んできたな」

息がかかるほど近い距離で聞こえた声に、ビクッと肩が揺れる。途端に速くなった心音を誤魔化すように、百合子はツンとそっぽを向いた。

「ロレックスのほうがよかった？」

男物の時計に興味のない百合子が知っているメーカーなんて、ロレックスとオメガくらいだ。とりあえず知った名前を出してみると、佐藤がショーケースから顔を上げた。

「いや？　ロレックスはもう持ってるからいい。ってか、今つけてるじゃん？　だから違うメーカーから選んだんじゃないのか？」

佐藤がジャケットの袖を少し上げて、腕時計を見せてくる。美しいブルーの文字盤に書かれたROLEXの文字に、百合子はますますそっぽを向いた。

（知らないわよ！　見えないわよ、そんなちっちゃな文字！）

時計オタクじゃあるまいし、パッと見ただけでそんなところまで気付くはずがない。

否定も肯定もしない百合子の態度を佐藤がどう思ったのかは知らないが、彼はショーケース内のハミルトンを見ながらふんふんと頷いている。

「いい時計だ。普段使いにちょうどよさそうだ」

「気に入ったの？」

ならもうそれを買ってやるから、さっさと解放してほしい。百合子はそんな気持ちで、自分の選んだ時計の前に置かれている値札に目をやった。

（じゅうさんまんなせんひゃくろくじゅうえんんん⁉）

ギョッとして目玉が飛び出そうになる。

とにかく佐藤に似合うものをと思って選んでいたから、値段なんか見ていなかった。いや、いい年のメンズの腕時計としては無難な値段なのかもしれないが……同僚へのプレゼントとしては、値が張りすぎではないだろうか。

（ぐっ……！）

しかし、これを選んだのは百合子だ。十勝祝いだというのもわかっていた。プライドのお陰で、今更引くに引けない。諭吉《ゆきち》の束にバイバイする決心をつけて血の涙を飲もうとしたとき、佐藤がくるっと踵《きびす》を返した。

「まぁ、こういうのがあるというのはわかった。候補に入れておこう」

彼はそれだけを言うと、飄々《ひょうひょう》と店を出る。

「ちょっと、買わなくてよかったの？」

「ああ。今はいい」

もしかして、そこまで気に入ったわけではないのだろうか。それとも、値段を気にしたのか。理由はわからなかったが、彼のあとを追いかける。

「あー。なんか疲れたな。どこか入って休憩しよう」

(まったく……この男は……)

佐藤が気まぐれな性格なのは知っていたが、ずいぶんと好き勝手なことを言ってくれる。彼に振り回されているのを感じていると、突然、彼が立ち止まった。

「なぁ、あの俳優と俺、なんとなく似てないか?」

彼が指差しているのは、映画館前に貼ってあった映画のポスターだ。公開前だというのに早くも話題になっている映画で、百合子も観たいと思っていた。

超人気俳優と自分が似ているなんて、なんて高慢《こうまん》な男なんだろう。確かにちょっと鼻が高くて、目が二重《ふたえ》なところなんか似ていないことはないが、それを認めるのは癪《しゃく》に障《さわ》る。彼のことだ、絶対調子に乗るに違いないのだから。

「そうね。目とか、鼻とか、口とか、顔の全体的なパーツの数がまったく同じで、超そっくりだわ。カッコいいわよ」

フンと鼻で笑って言ってやる。すると佐藤は噴き出すように笑いながら、百合子の顔を指差した。

「おまえもヒロインの女優と顔のパーツの数が同じで超美人だぜ」

「ありがとう。自分で言うのもなんだけど、ちょっと似てると思っていたのよ」

お互いに茶化しあって、少し肩の力が抜ける。

柄にもないことだが、佐藤相手に緊張していたようだ。

（実は社長の息子ですって聞いたら、そりゃあ、ね？）

でもホテルでそれを聞いたとき、本当に自分は緊張していただろうか？　驚きはしたが、それだけだったような……？

（まぁいいわ。そんなこと）

気を取り直した百合子は、佐藤がおすすめだという喫茶店に入って、本日二度目のホットミルクティーを注文した。

◆　◇　◆

「ここがうちよ」

もうすっかり日が暮れてから、百合子は佐藤に送られて自宅マンションに帰ってきた。

「この辺暗いな。部屋まで送る」

百合子としては別にマンション前でよかったのだが。佐藤はタクシーの運転手に戻ってくるまで待つように言って、わざわざ車から降りてきた。

「今日は付き合ってくれてありがとな」

エレベーターの中で佐藤が、ふとそんなことを言ってきた。

あのあと喫茶店を出てから、気まぐれな彼にまた連れ回され、鞄専門店やら、靴屋やらに、目に付くままにぶらりと入った。だが結局なにも買っていない。見て回っただけだ。

「あれだけ回って欲しいもののひとつも見つからなかったの？」

彼が興味らしい興味を示したのは、ハミルトンの腕時計だけだ。だがそれも購入には至らなかった。

（きっと、いろいろいいものを持ってるから目が肥《こ》えてるのね）

部屋のある五階に着いて、エレベーターを降りる。

一番奥の角部屋が百合子の部屋だ。そちらに向かって歩いていると、後ろから付いてきていた佐藤が、なんてことのないように言った。

「いや？　さすがに欲しいものは見つかったよ。今日一日見ていて思ったんだが、やっぱいいなーって、確信持った」

「ふーん、そうなの？　で、なにが欲しかったの？」

今日一緒に見て回った中に彼が気に入ったものがあったのなら、聞くだけ聞いておいて、今度一人で買いに行けばいい。まぁサプライズというやつだ。十勝祝いにそれぐらいしてやってもいいかもしれない。そんなことを考えながら、部屋の前で鍵を出そうと鞄を探る。そのとき――

「浅木が欲しい」

「っ⁉」

甘みを帯びた囁《ささや》きに驚いて振り返ると、思わせぶりに笑う佐藤と目が合った。

彼の笑顔は読めない。なにを考えているのかさっぱりわからないのだ。

「ば、馬鹿馬鹿しい」

突然なにを言いだすのか、この男は。

これはジョークか？　ジョークなのか⁉　ほんのちょっとドキドキしちゃったじゃないか‼

そんな百合子の頭のすぐ横に、ドンという重たい音と共に佐藤の左腕が置かれた。これはいわゆる、壁ドンというやつ？

「馬鹿馬鹿しくはないだろ。俺たちは今日、見合いしてたんだけど？　その意味、わかってるのか？」

ふっと笑みを消した佐藤は、百合子に真剣な眼差しを向けてくる。さっきまでの飄々《ひょうひょう》とした雰囲気が消え去った彼に、百合子の目が徐々に見開いていった。

（え？　お、お見合い⁉）

いや、わかっている。お見合いだ。

今日、シュトランホテルに行ったのはお見合いのためだ。しかし、お見合い相手が見知った佐藤だったことで、百合子の中ではもう、このお見合いは名目だけのものになっていた。

現に、お見合いにありがちな「ご趣味は？」なんて会話はひとつもしていない。お互いにもう、仕事を通してよく知っている相手だから。

なのに——

「この見合い、俺は結婚前提で進めるからそのつもりでいろよ」

（……けっ、こん……？）

それは自分と最も縁遠かった言葉。

完全に硬直している百合子の顎《あご》を、佐藤は右手でそっと持ち上げた。そしてなにも言わずに唇を重ねる。

あまりにも自然で、あまりにも当たり前に合わさったそれに、百合子は自分がキスされているとしばらく気付けなかった。

そんな百合子の唇の合わせ目を、佐藤の尖った舌先がつーっとなぞる。まるで誘うようなその動きに、身体の内側にカッと熱が昇ったのは一瞬。その熱を理性で無理やり抑え込んで佐藤の胸をドンッと押すと、百合子は正面から彼を睨《にら》み付けた。

困惑も動揺も、表には出さない。キスくらいで狼狽《うろた》えるなんて、百合子のプライドが許さない。この男を前にすれば尚更だ。

「なにするのよ」

警戒と怒りの滲《にじ》んだ低い百合子の声にも、佐藤は平然としている。百合子の反応なんか想定の範囲内だと言わんばかりに、彼は自分が舐めて濡らした百合子の唇を、親指で拭《ぬぐ》った。

「別に？　婚約者におやすみのキスをしただけだよ」

婚約者!?

百合子はお見合いの席には行ったが、婚約の承諾なんてしていない。なのに佐藤は、一人で勝手に決めてかかっている。

百合子は自分のものだと――

「馬ッ鹿じゃないの？」

思いっきり吐き捨てると、百合子は素早く玄関を開けて中に入った。

ガチャン！　と、遠慮なく音を立てて、鍵とチェーンをかける。

「浅木、また明日な」

玄関ドアの向こうから佐藤の声がして、その直後、去っていく彼の足音がした。

トクン、トクン、トクン、トク、トク、トクトク、トトトトト――

まるで列車が加速していくように心臓がけたたましく音を立てて、身体のど真ん中で暴れている。

玄関ドアに凭《もた》れながら、百合子は鞄を持ったままの両手で、ガバッと頭を抱えた。

（え？　ええッ⁉　い、今のなに？　キス……？）

そう、あれは確かにキスだった。

佐藤が、あの佐藤が自分にキスをしてきた。

もう意味がわからない。

彼が社長の息子で、勝手に決められたお見合いの相手だと知ったのも今日なのに、今度はキス？　今までただの同僚だったのに？

クールぶっていた百合子の表情が一気に崩れ、パニックに陥《おちい》る。

耳どころか、もう首筋まで真っ赤だ。頭の中までカッカとしていて、なにも考えられない。それなのに、鏡ごしに自分を熱っぽく見つめていた佐藤のあの目が、勝手に脳裏《のうり》をよぎるのだ。

あれは男の目だ。女を見る男の目――服の上からでも素肌に直接注がれるような熱い眼差し。男の欲望を孕《はら》んだそれに、服を脱がされていくようにさえ錯覚した。だから自分は逃げたくて逃げたくて仕方がなかったのだ。

佐藤は自分を同僚としてではなく、女として見ている――

そのことに気付いた百合子の頭は、ものの見事にショートしていた。

3

翌朝。目覚ましのアラームが鳴って、百合子はむくりと身体を起こした。

「あー、うー……」

身体を起こしたはいいものの、ベッドの上から微動だにせず低い声で唸《うな》る。なんだか寝た気がしない。胃の辺りもどっしりと重い感じがする。

昨日は帰宅してからずっと呆《ほう》けていて、はっきり言ってなにもしていない。いつの間にか朝が来ていたというのが正しかった。

「ううう……会社行きたくない……」

入社以来七年。こんなことを思うのは初めてだ。

会社こそ、自分が輝ける唯一の場所だと思ってきたのに。

でも会社《そこ》には、佐藤がいるのだ。

——佐藤。

自分を見つめていた彼の熱い眼差しを思い出して、カアッと顔に熱が上がる。百合子は無意識に、火照《ほて》った頬を布団に押し付けた。

彼に口付けられた唇を噛《か》み締めて、あのときの感触を打ち消そうとする。だが、しっかりと身体が覚えているのか、余計に濃くなる一方だ。

(なんなのよ……もう……)

困る。昨日、自分のお見合い相手が彼だと知ったときも相当驚いたのに、しかも会社の後継者だなんて。いや、この際だから彼が社長の息子だという情報は脇に置いておこう。それはあまり関係ない。誰にも言わないと約束もしたし、今までと同じ態度を取るまでだ。

しかし——

「ああ~っ……キスした相手とどんな顔して会えばいいのよ……」

百合子としてはむしろ、こっちのほうが重大な問題だ。

彼とは同じ部署にいるから、会わないなんてことはあり得ない。絶対にまともに顔が見られないこと請け合いだ。

(なんで私がこんなに悩まないといけないのよ)

やっぱり、お見合いなんか行くんじゃなかった。百合子がそう後悔していると、その後悔の元を持ってきた母親から電話がかかってきた。

(もーっ、月曜の朝っぱらから……!)

まだベッドの中にいる自分が言えたことではないが、朝の忙しい時間に電話をしてくるとは、我が母親ながらなんてことだ。

ひと言言ってやろうと息巻いて、バイブレーションのやまないスマートフォンを手に取る。すると、スピーカーからはみ出た大声が、いきなり鼓膜《こまく》を貫《つらぬ》いた。

「ゆ～り～こ～ッ！」

スマートフォンを耳から遠ざけて、顔を顰《しか》める。「おはよう」もない。

お気に入りの演歌歌手から直接サインをもらったときのように興奮しまくった母親の声に、百合子は早くもげんなりした。

「おかーさん……」

「あんたねぇ。昨日何回電話したと思ってるのよ。ちっとも出やしないんだから！　お見合いどうだったか聞きたかったのに！　ったく、気が利かない子ねぇ！」

あ、そうだった……

これは悪いことをした。百合子は基本、スマートフォンをマナーモードにしっぱなしだ。昨日は別れ際の佐藤の行動のせいで頭が完璧に固まっていたから、母親の電話に気付いていなかった。

「ごめん……その、昨日はちょっと疲れてて……」

お見合い相手がよくよく見知った同僚で、おまけにいきなりキスされて、動揺してなにもできなかった――なんて言えるわけもない。

ひと言言ってやるつもりが逆に説教を食らってしまい、解《げ》せぬ——という思いがありながらも、百合子は素直に謝った。

「おかーさん。昨日のことを話したいのは山々なんだけど、私、もう会社に行く用意をしなきゃならないのよ。電話は帰ってからでいいでしょう?」

布団をめくりながら壁時計に目をやると、目覚ましが鳴ってからもう十五分も経過している。とんだタイムロスだ。

(あーもう、急がなきゃ。それもこれも全部佐藤のせいよ)

今度は佐藤に責任転嫁をして、慌ててベッドから下りようとする。

「昨日ね、夜に佐藤さんからうちに電話があったのよ〜」

「ヒッ!」

喉の奥で軽く悲鳴が上がった。

電話だって? いくら気まぐれな佐藤でも、お見合いしたその日に、相手の親に電話する意味がわからない。目的はなんだ?

早いところ出勤の支度をしなくてはいけないのに、こんな話をされたら、気になって電話を切れないじゃないか。

「あの方とっても礼儀正しいのね。声もいいじゃないの。爽《さわ》やかでさ。今はイケボっていうの? ああいうの。もー、おかーさんお話ししてて盛り上がっちゃって。あの声は絶対イケメンに違いないわね。ね？　そうだったでしょう？　それでね、佐藤さんってばあんたのことすっごい褒《ほ》めてたのよ～。第一印象は良好ね。あんたよくやったわ。これを逃す手はないわよ。向こうもそう思ってるみたい。佐藤さんったら早速、『とっても素敵なお嬢さんですね。結婚を前提にこのお話を進めさせてください』って言ってきたのよぉ～！」

「はぁッ⁉」

ドサッ――‼

あまりにも驚きすぎて、ベッドから滑り落ちる。その衝撃で、スマートフォンも百合子の手から落ちてしまった。

佐藤が。佐藤がそう言ったのか？

あの人誑《ひとたら》しめ、人の親から誑《たぶら》かしにかかってきた。

百合子は、ラグの上に転がったスマートフォンに齧《かじ》り付いて叫んだ。

「なんですって⁉」

「だからおかーさん、『ぜひお願いします』って言っちゃった」

なぁにが「言っちゃった」だ。いかにも語尾にハートマークなんぞ付きそうな声で、娘の人生を左右する返事を無断でするなんて。

「なにやってんの――ッ‼」

百合子はぼさぼさの頭を抱えて絶叫した。

◆　◇　◆

豊かな黒髪をキッチリとコームで結い上げ、膝丈のタイトスカートスーツを着る。そんなバシッとキメた戦闘《ビジネス》スタイルで出社した百合子は、オフィスに入るなり無言で佐藤のデスクに直行した。

カツカツとヒールを鳴らして歩く百合子は鬼の形相《ぎょうそう》である。話しかけてくる者は誰一人いない。どこか皆怯《みなおび》えた様子で遠巻きだ。心なしかオフィスの空気がピンと張り詰めている気がする。

そんな中で、椅子の背凭《せもた》れがしなるほど身体を預けた体勢でファイルを読んでいる男――佐藤を見下ろすなり、百合子は彼の手から素早くファイルを奪《うば》い取った。

「あぁ、おはよう。浅木」

普段と変わらない調子で言われ、百合子のこめかみにビキッと青筋《あおすじ》が立つ。

「おはようじゃないわよ！　あんたねぇ――」

「おまえ、今日から俺のチームだから」

――うちの親になんてこと言ってくれんのよ！

そう、文句を叩きつけようとした矢先だったのに、言葉が喉の奥に引っ込んでしまった。代わりに出てきたのは、声にもならない声だ。

「い!?」

「その挨拶《あいさつ》に来たんだろ？　さすがは浅木。耳が早い」

佐藤は、さっき百合子が奪《うば》ったファイルを指差す。

嫌な予感がしつつ手の中のそれを見ると、『アドネ・オルランドシェフ、レストラン建設候補地及び内装案』とタイトルが貼ってあるではないか。

「おまえがプレゼンで出してた候補地のほうがいいんじゃないかと先方の社内会議で議題に上がってるんだと。内装もおまえの案のがいいというご意向だ。ということで、サポート役を頼む。上の許可はもう取ってるから」

そう、羽毛のように軽い調子で言うのだ。

「はぁッ!?　なんで私があんたに協力しなきゃなんないのよ！」

もともとあったプライベートな怒りと、自分の知らぬ間に佐藤とチームを組むことが決まっていた腹立たしさが合わさって、百合子のイライラはマックスだ。

臨戦態勢で食ってかかると、今まで笑顔だった佐藤が途端に真顔になった。

「仕事だからに決まってるだろ」

「ぐっ」

それを言われてはぐうの音も出ない。なにせ百合子は仕事一筋。仕事こそが我が人生なのだから。

「それにおまえ、なんかあったら手伝うって言ってくれたじゃないか」

（はい、確かに言いました！　言いましたよぅ！）

百合子は小さくため息をついて、少し考えた。

A案とB案を出したら、クライアントの意向でふたつを足して二で割ったC案ができるなんてよくあること。つまり、このアドネ・オルランドの案件は、佐藤発案のライブクッキングパフォーマンスと、百合子発案の候補地プラス内装で構成されることになるわけだ。

考えようによってはこれは好機である。チームとしてこの案件に関わっていれば、クライアントに百合子自身を気に入ってもらえる可能性もある。

なにせこのクライアントは縮小気味の外食産業の中でも優良株なのだ。ぜひ自分の顧客に欲しいと思っていた。

（佐藤にばっかりいい格好させてなるものですか！　私だって！）

取られた仕事を取り返してやろうと、百合子はファイルを手にしたまま胸の前で腕を組んだ。

「いいわよぉ？　引き受けてやろうじゃないのよ。その代わり、交換条件は覚えてるん

手を貸さなくてはならない。

でしょうねぇ？」

佐藤のツテを今後使わせてもらうという、アレだ。これがあるなら、ますます今回は手を貸さなくてはならない。

「もちろん」

また佐藤がニヤッと笑う。その笑みがまたなんとも余裕ぶっていて小憎らしい。どうせ彼にとっては、ツテの紹介なんて屁でもないのだろう。

「じゃあ急で悪いんだが、今から修正案作成会議をしたいんだ。いいか？」

「仕方ないわね。いいわよ。でもちょっと待って。指示を出してくるから」

百合子は一旦自分のデスクに戻ると、テキパキと部下に仕事を振り分けた。

「浅木、また担当増やすん？」

そんなことを関西弁で聞いてくる彼は、百合子率いる浅木チームに所属する安村《やすむら》だ。彼は百合子の部下の中でも中心人物である。

部下と言っても、実は彼は同期。出世こそ百合子が早かったものの、彼はチームのまとめ役であり、信頼できる人間だ。

ライズイノベーションプラスは全国に転勤がある会社なので、この大阪支店でも彼ほどコテコテの関西弁を話す人は珍しい。

百合子は自分の手元だけを見ながら力強く頷いた。

「ええ。今回は佐藤チーフのサポートね。メイン担当でないのが悔しいわ。なんで私が佐藤のサポートなのよ……」

「ほーん。そいで朝から機嫌が悪かったんやな」

「……」

まわりにはそんなふうに見えていたのか。でもある意味よかったかもしれない。怒りに任せて発言していたら、佐藤とお見合いしたことが周囲にバレてしまうところだった。

「そんなところね」

さらりと流すと、安村は受け取った仕事を確認しながら首を傾げた。

「そういえば、佐藤チーフと同じ案件やるんは初めてちゃう？」

確かにその通りだ。

しかし、仕事のやりようでは乗っ取りも可能だ。案件が終わってみれば、浅木あっての成功だったという評価をもらえる可能性だってある。

「ふんっ！　佐藤に私の実力を見せつけてあげるいい機会ね」

「せやね。僕は断然浅木派やからね。応援してるで。こっちは任せてや」

そう言ってくれる安村ににっこりと笑みを向けて、百合子は立ち上がった。

さあ、戦闘《ビジネス》開始だ。

「――この候補地周辺はブティックや飲食店が密集しているわ。飲食店に関してはライバルということにもなるけれど、逆に言えばお客を奪《うば》うチャンスがある。それに、半年に一回刊行されている駅エスマガジン社の地域観光誌も、このエリアを中心に取材されているわ。この雑誌の飲食店と観光スポットの情報量が他より抜きん出ていることは、みんなも知っての通りよ。雑誌の購読年齢層とレストランがターゲットとしている層が一致していることもうまみね。こういった雑誌が定期的に情報掲載してくれるときに、アドネシェフの名前は必ず目玉になる。この候補地には家賃が他よりかかるだけの費用対効果が見込めるの」

佐藤チームの面々を前に、百合子は自分が選定《せんてい》した候補地のメリットを挙げていく。

目の前にいるのは、当たり前だが全員が佐藤派だ。自分たちの仕事にライバルチームのチーフである百合子が突然加わったことが面白くないらしく、佐藤以外はどこかふてくされているように見える。

（まったく……私は手伝ってあげる立場よ）

後輩たちの冷ややかな眼差しを受けながらも百合子は、ツンと澄ました顔で佐藤を見据えた。

◆

◇

◆

「ちなみに、駅エスマガジン社の広告枠は既に確保済みよ」

「ヒュー、やるね」

腕組みをしながら聞いていた佐藤は、口笛を吹いた。

「でも、その物件、今はパン屋が入ってますよね？　老舗《しにせ》でかなり人気のパン屋みたいですケド、本当に空くんですかぁ？」

佐藤の隣に座っていた若い女が、手を上げて口を挟んでくる。その口調に攻撃的なものを感じながらも、百合子は軽く受け流した。

「年末には退去予定よ。オーナーご高齢による引退だから、現地には貼り紙もしてある。地図を見ただけじゃわからないでしょうけどね」

「……」

彼女は百合子を睨《にら》んで押し黙った。

百合子があげた候補地は隣の県だ。いちゃもんをつけるためだけに現地を訪れる労力はかけていないのだろう。

「おまえの負けだよ。リサーチが甘いな」

百合子に意見した女が赤くなっているのを放って、佐藤は少し天井を見上げた。

「その物件が空くのは確実だ。ただ、先方が気にしているのは家賃なんだよなぁ……。物件や立地は気に入ってるが、その点で尻込みしてるのが現状だ。とはいえ、どんなにいい店も立地が悪いと客足が遠のくからな。ここは押さえておきたい」

家賃は毎月必ず経費に乗ってくるものだから、クライアントも慎重なのだ。

「ああ、念のために聞いておくが、今回この候補地が選考から外れた場合、さっき言っていた雑誌の広告枠はどうするんだ？」

「もちろん、私の手持ちの案件に回すわ。あれは地域本だから、アドネシェフのお店が他のスポットになる場合、使えないもの。候補地にあった雑誌の広告枠を探す必要が出てくるわね。ところでメディアのほうは佐藤チーフが押さえていると聞いたわ。それは大丈夫なんでしょうね？」

百合子は、雑誌関係への広告には強いがテレビ関係にはツテがない。確認がてらに聞くと、佐藤は強気で頷いた。

「テレビも、ネットメディアも確保済み。Bテレからアドネシェフを取材させてほしいという申し出もある。オープンに合わせて特番もやれないことはない」

「テレビを押さえられるんなら、料理系のクイズ番組や、観光系番組もいいわね。今後、ロケ地に使ってもらえれば話題になるわ」

(佐藤ならあるんでしょ、そのツテがさ)

そんな思いで案を出すと、彼の目が一段と煌《きら》めいた。

「いいな。早速誘致を提案しよう」

佐藤が嬉しそうに言うので、百合子は少し戸惑ってしまった。

（なんなのよ。ちょっと案出したぐらいで喜んじゃってさ）

そんな大層な案じゃないと口元を引き締めたら、まるで無理やり笑顔を押さえ込んだかのような不自然な力の入り方になってしまった。

そんな自分をごまかすように、百合子はコホンと咳払いをする。

「クライアントが気にしている家賃に関しては、もう少し説得しよう。費用対効果が大きいことをわかってもらいたい。いい立地であることは間違いないんだから」

「なら、あなたがクライアントを説得してちょうだい。私はオーナーと交渉するわ」

百合子がそう言うと、佐藤を含めた全員がどよめいた。

「だ、大丈夫なんですか？　あそこのビルの女性オーナー、すごく気難しくってうるさいって評判ですけど……」

交渉が難航することを危惧《きぐ》したのか、佐藤の部下がおずおすと、そんなことを言ってくる。

だが百合子だって伊達《だて》にチーフの看板を背負《せお》っているわけではないのだ。自信がないことなどまず言わない。

「ええ、そうね。でもなにもしないで妥協するのは私の流儀《りゅうぎ》じゃないのよ」

予定よりも家賃が下がれば、クライアントの踏《ふ》ん切りもつくだろう。佐藤がクライアントを説得してくれるはずだ。そこはなぜだか、確信が持てる。佐藤はこちらの期待に応じる仕事をする男だ。そして、必ず話題になるテナントが入居を確約すれば、オーナーも多少の値切りには応じるだろう。つまりはどちらが先かの問題だ。

百合子が任せなさいと佐藤を見ると、彼は力強く頷いた。

「よし。そっちの交渉は浅木に任せた。次は内装だが――」

佐藤の進行で次々に修正案がまとまっていく。佐藤と同じ案件に付くのはこれが初めてだが、とても仕事がやりやすい。

佐藤は百合子の提案を無下にしない。いつも自信満々な彼だから、クライアントから修正依頼が入った自分の案を引き下げず、なんとか通そうとごり押ししてくるかと思ったのだが、まったくそんな様子はない。

時折、百合子が意見を出せば、彼は真摯《しんし》に耳を傾ける。こちらの言いたいことがきちんと伝わっているのを肌で感じるのだ。

二時間に及ぶ会議を終えたときには、もうお昼になっていた。

（ふぅ……終わった終わった）

昼食を終え、オフィスに戻る。そして午後の仕事を黙々とこなした。

百合子のやるべきことは多い。

（次の案件はモーターフェスか……会場規模も大きいし、立ち上げに時間がかかるわね）

フェス系は毎年定期的に開催《かいさい》されるから、企画サイドとしても腕の見せどころだ。同時に、かなりのプレッシャーを感じるものでもある。前年度よりよくすることは、最低条件なのだ。ちなみに前年度は百合子が担当した。しかし、主催者側が新鮮さを求めているから、この仕事に担当指名はない。企画とプレゼンでのコンペ形式になる。

この案件に、佐藤は出ないだろう。

時期的に、彼はアドネ・オルランドのレストラン事業にしばらくかかりきりになるはずだ。

(佐藤が出てこないなら、この仕事《フェス》は私のものね)

張り合いには若干欠けるが、自分の実績が増えるのは喜ばしいことだ。

リサーチを繰り返し、クライアントのオーダーに応える企画を出す。そうして考え抜いた企画が、クライアントに喜ばれ、結果を出してくれたとき、百合子は自分の存在意義を感じるのだ。

百合子がこの仕事を好きなのは、仕事を通して人が自分を認めてくれるからかもしれない。

百合子は隣の島にいる佐藤をチラリと見やった。

彼はデスクで電話をしながら、右手で器用にくるくるとペンを回している。そんな姿は、他の一般社員と変わらない。

（馴染《なじ》みすぎ。あれで社長の息子だってんだから驚きよね）

後ろに流した髪が、少し崩れて眉の端に影を作っている。下を向いた彼の唇が愛想よく弧を描くのを見て、百合子は無意識に自分の唇を触っていた。

昨日、あの唇と、キスをした——そのことが頭から離れない。

いつの間にか凝視していたらしく、視線に気が付いた佐藤が顔を上げる。

彼と目が合った途端、百合子は無言で立ち上がり、逃げるように廊下に出た。

トクントクンと心臓が居心地悪く高鳴っている。佐藤と目が合ったくらいで、こんなに心を揺さぶられるなんて。

今までとは全然違う形で、彼を意識してしまっている自分がいる。認めたくないが、認めざるを得ない。

（なんなのよ、もう……）

百合子は熱が上がりかけた頬を、手の甲で軽く押さえた。落ち着かなくて、しかも部署に戻りづらい。

仕方ないので少し休憩するかと、百合子はエレベーター前の自動販売機スペースへと向かった。

「そんなに落ち込むなよ。安村」

「別に。落ち込んどらん。自分が情けないだけや」

「まぁ、あの浅木女史《じょし》の下じゃ、やりにくいのもわかるけどさ」

角をひとつ曲がれば休憩所に着く——そこまで来たところで、百合子の足はピタリと止まった。聞こえてきた自分の名前にスッと目が細まる。さっきまであった顔の火照《ほて》りも一瞬で消え失《う》せた。

休憩所に何人いるのかはわからなかったが、話の中心にいるのは、部下であり同期の安村のようだった。あの関西弁は間違いない。

「で？　今度はなんの仕事を回されたんだ？」

「浅木の企画が通ってるやつや。僕の企画やない。自分の企画が最後にいつ通ったんか、もう思い出せんわ。僕の企画、なにがあかんのやろ？　浅木が気ぃ使こうてくれてんのわかんやけど、時々しんどいねん。こんなしょーもないこと恥ずかしゅうて浅木にはよう言えんわ」

「そりゃ、ご愁傷様《しゅうしょうさま》。浅木ももちっとなー控えめにならんかなぁ」

安村を哀れむ声に、百合子は目を見開いて硬直した。安村に仕事を回したのは今朝のことだ。彼があの仕事に不満を抱いていたなんて、少しも気付かなかった。

なにがいけなかったのか……その答えを探るように聞き耳を立てる。

「ちゃうねん、僕があかんのや。浅木はほんま凄いねん。尊敬しとるし、一緒のチームでよかったとも思っとる。せやけど、自分の企画が通らんからて、浅木が回してくれるおこぼれにありつくしか能がないなんて、自分が情けねぇてなぁ」

「まぁ、いつまでも女の下ってのは、男としてアレだよなぁ……しかも浅木はおまえの同期だし」

「浅木女史はいい奴なんだけど、なんつーかなぁ。やりにくいよなぁ。ここいらで寿《ことぶき》退社でもしてくれたら、俺らのポストがあくんだけど」

落ち込む安村を励ます声の中に、どこか百合子を疎《うと》ましがったものが含まれている。

「オイオイ、浅木が寿《ことぶき》退社とかあり得ないだろ。本社異動のほうがまだ可能性あるって。第一、男を紹介するとこからはじめねーと。おまえ行けよ。口説《くど》いてこい。下手な男より男らしい性格してっけど、美人だぜ」

更に面白がるような声が上がる。

「いやだよ！　自分より出世してる女と付き合うとか俺はゴメンだね。仕事も私生活も尻に敷かれる未来しか見えないじゃないか。あと、俺はもっと若い子がいい。この会社の同年代の男は軒並み無理だろ。佐藤くらいじゃないのか？　浅木とタメ張れんの」

「確かに。でも佐藤と浅木は犬猿《けんえん》の仲だろ。無理、無理。このままだとあいつ、お局様《つぼねさま》路線一直線だよな。ホント、誰かもらってやれよ」

「いや、もうなってるだろ。お局様《つぼねさま》。せっかく美人なのに、もったいねぇ」

（……）

壁を背にして直立したまま、百合子は彼らの話をじっと聞いていた。

安村の声はもう聞こえない。聞こえてくるのは、百合子を目の上のたんこぶとして疎《うと》ましがる声ばかり……

本当に、結婚より本社異動になる可能性のほうがありそうだと自分でも思っているくらいだ。

自分より出世した女を、男というものは扱いにくく感じるものなのだろう。

（……知ってたわよ、そんなこと……）

百合子は無表情のまま踵《きびす》を返すと、自分のデスクに戻って仕事を続けた。

◆　◇　◆

仕事を終えた百合子が帰宅すべくエレベーターに向かうと、先にいた佐藤が振り返った。

「お疲れ」

「お疲れ様」

無愛想に挨拶《あいさつ》だけして、百合子はスッと目を逸らした。

（なんでまだいるのよっ！）

鉢合わせしないように、佐藤が帰ってからきっかり五分後にフロアを出たのに。まだいるとは誤算だった。どこかで誰かと世間話でもしていたのだろうか。もっと時間を潰《つぶ》すんだった――そう百合子が渋い顔をしていると、佐藤がわざわざ顔を覗き込んできた。

「どうした？　ずいぶん機嫌悪そうだな」

「あんたがいるからでしょ」

つっけんどんに言い放つが、佐藤は笑うばかりだ。

「嘘つけ。三時くらいから急に機嫌悪くなったくせに」

佐藤の言う通りだった。同僚たちの陰口を聞いてからどうにも機嫌が悪い。仕事中は一切表に出さないようにしていたつもりなのに、彼は気付いていたのか。

「なんでわかったのよ？」

百合子が薄く睨《にら》むと、先にエレベーターに乗った佐藤は、笑みを絶やさずに一階へのボタンを押した。

「どうせ誰かにお局様《つぼねさま》呼ばわりされたんだろ。気にするな」

「……」

図星を指されて押し黙る。お局様《つぼねさま》だなんてまわりに言われるのは初めてではないのに、なぜだか佐藤には知られたくなかった。

「おまえは仕事ができるから、そのぶんやっかみも買うだろう。男には男のプライドがあるんだよ。チーフになって二年だ。おまえを見て奮起《ふんき》する奴ばかりじゃない。自信をなくす奴もそろそろ出てくる頃合いだろう。こういうのはタイミングの問題だ。ここらでひとつ部下に実績を積ませて自信をもたせてもいいかもな。そのためには、サポートに徹してもいいいんじゃないか？」

「……」

百合子が部下に新規の企画を任せないのは、佐藤に仕事を取られるのが悔しいというのもあるが、一番大きな理由は指名が入るからだ。

浅木の企画が見たいと言われたら、他の人間にさせるわけにはいかない。

それに指名がなくても、百合子は手が空いていればどんどん企画を出す。当然、部下も同じ案件にそれぞれの企画を出しているが、選考の末《すえ》に百合子のほうが残ってしまうのだ。そうなると、百合子の企画を百合子のチームが請け負うことになる。

百合子としてはチームの実績のためにと思ってしてきたことだが、それが安村にとっては「おこぼれ」になるわけだ。

佐藤は、しばらくは自分の企画を出さずにサポートに徹しろと言う。百合子にとってそれは自分を殺すことのように思えてならないが、そうすべきなのだろうか。

我が強いだけでは人は付いてこない。引っ張る以上に、頼って任せることも大事なのか。

同じチーフとして、彼も似たような経験があるのかもしれない。

「……考えてみるわ」

「おー。考えてみろ」

二人を乗せたエレベーターの扉が閉まると、佐藤は思い出したように口を開いた。

「そうだ、浅木。少し話を詰めたいことがあるんだ。飯でも一緒にどうだ？」

午前中の会議で、修正案はあらかたまとまった。特に今すぐ決めないといけないことなどないはずなのだが、なにを詰めたいというのか。心当たりがない。

しかし百合子は、じっと佐藤を見つめつつ頷いた。

「いいわよ。私も話したいことがあるの」

「ならちょうどよかった。行こう」

佐藤と一緒に、オフィスから少し歩いたところにある小綺麗な居酒屋に入る。出来たばかりの店で客の入りがいいが、運よく席があいたらしく、すぐに案内された。簾《すだれ》で仕切られた半個室だ。

二人席に向かい合って座り、ビールを注文する。

佐藤は何度か来たことがあるらしく、「焼き鳥がうまいんだ」と言って、百合子の分も一緒に注文していた。呑気なものだ。

注文を終え、店員が去ると、百合子はキッと佐藤を睨《にら》み付けた。

今こそ、朝から――いや、昨日から溜《た》まっていた鬱憤《うっぷん》をぶちまけるときだ。

「佐藤。あんたねぇ、昨日私の実家に――」

「浅木。おまえさ、あのビルオーナーと交渉するって言ってたけど、大丈夫なのか？」

二人して同時に話しだしてしまい、思いっきり声が被った。

百合子はぐっと眉間に皺《しわ》を寄せたが、仕事の話が優先だ。ここは佐藤の問いに答えるべきだろう。

百合子はビシッと佐藤を見据えた。

「誰に、なにを、言ってるのかしらぁ、佐藤チーフ？」

できもしないことを自分から言いだしたと思われるのは心外だ。百合子の笑みが一段と深くなると、斜めに座った佐藤が、無駄に長い脚を組んで身を乗り出してきた。

「自信満々だな。ってことはアレか？　もしかして、オーナーと知り合いとか？」

百合子はひとつ頷いて頬杖を突いた。

「あまり知られてないけど、あそこのオーナーの旦那さんは不動産屋なのよ。奥さんがビルオーナーで、旦那さんが不動産屋さん。気難しいのは奥さんのほう。私ね、昔、奥さんが車に当て逃げされたところにちょうど居合わせたことがあるの。救急車呼んだり、警察に証言したり、いろいろしてね。それがご縁で、あのご夫婦とはお付き合いがあって。それで、あの辺の地域の物件に空きが出そうになったら、前もって旦那さんに教えていただいたりしてるのよ。だからまぁ、多少の融通《ゆうずう》は利くわけよ。持ち物件に有名レストランが入れば箔《はく》が付くしね。そういうの好きな方なのよ、あの奥さん」

なにもツテがあるのは佐藤だけじゃない。人脈がモノを言う仕事だ。百合子にだって、百合子なりのツテがある。ただ、百合子の場合は有名人や外国人にツテがないだけで。

「そういうことね。おまえがやたらといい物件を見つけてくるのがうまいわけがやーっとわかった」

「そんなのお互い様でしょ？　あんたこそ、どうやってアドネシェフと交渉したのよ。あの人メディア超嫌いじゃない」

ずっと気になっていたライブクッキングのからくりに探りを入れると、佐藤はなんでもないように親指と人差し指で円を作った。

「賄賂《わいろ》」

「げっ」

ドン引きである。金を積めばそれはだいたいの要求が通るだろう。そんなのは交渉でもなんでもない。ただの買収だ。

軽蔑《けいべつ》の眼差しを向けると、佐藤は肩を竦《すく》めてグラスを呷《あお》った。

「嘘だよ。俺も似たようなもんだ。俺、大学時代に留学してたことがあるんだけど、そこであの人の孫と同じ寮だったんだよ。アドネシェフと会ったことはなかったけど、孫経由でいろいろ聞いててさ。あの人、忍者オタクなんだよ。特に忍者のアニメとかコミックスとか。意外だろ？　とりあえずお忍び来日したときに、あの人が好きな忍者漫画の作者のサイン付きコミックス全巻と、プレミア付いてる映画ポスターを手土産《てみやげ》に、『俺も忍者大好きなんですよー』って話しかけてみたんだ。そのまま小一時間忍者談義で盛り上がった流れで、『アドネシェフの料理って早業で、まるで忍術みたいですね。その超料理テクニックでライブクッキングやってみませんか？』って持ちかけたら、ハイテンションで快諾《かいだく》してくれたってわけ」

この業界のみならず、プチギフトからお中元・お歳暮《せいぼ》といった贈り物で相手の機嫌を取るのはよくある。でも、それだけでは動いてもらえないときというのももちろんあって、そんなときにどう対応するかで差が出るのだ。その点、人誑《ひとたら》しの佐藤は交渉ごとがうまい。

（忍者……。外国人に人気があるのはわかるけど、それも相手のことを知らないとできないことよね）

アドネ・オルランドにしてみれば、自分の料理テクニックを大好きな忍術にたとえられて嬉しかったのかもしれない。もしかして日本でレストランを出すことを快諾《かいだく》したのも、忍者好きだからだったりするのだろうか。

「……あんた、忍者漫画とか好きなの？」

頬杖を突いたまま、目を細めて尋ねる。

アドネシェフへのプレゼントは、一朝一夕《いっちょういっせき》で手に入る物ではなさそうだし、もともと佐藤が所持していたと考えるのが妥当《だとう》だ。

「まぁな。コミックスは読書用と、保存用と、布教用と、電子書籍の四冊買うしな。愛蔵版も買うし、円盤《えんばん》も買うぞ」

「……意外だわ」

意外も意外だ。いつもいい物を身につけている彼だから、趣味でコレクションをするなら、時計とか万年筆とかワインとか、そんなものばかりだと思っていた。仕事に役立たないものなんか見向きもしなさそうなのに、そういうわけでもないらしい。

アドネ・オルランドにプレゼントしたコミックスは、さしずめ布教用なんだろう。

「そうか？　だって忍者ってカッコいいじゃないか」

「あんた意外と子供っぽいのね」

百合子がズバッと言い放つと、佐藤は気分を害した様子もなくニヤリと笑った。

「可愛いだろ？　そのギャップがさ」

「自分で言う？」

思わず噴き出してしまう。

（へぇ？　そうなの……佐藤は忍者が好きなの）

七年も一緒に働いてきて、好みのひとつも知らなかった。彼の素性《すじょう》も知らなかったし、結局自分は彼についてなにも知らないのだろう。そう思うと寂しくもあるのに、彼のことを知って、悪くない気分でもある。

「そういう浅木はなにが好きなんだ?」

聞かれて百合子は「んー?」と考えてみたものの、頭に浮かんだのはひとつだった。

「仕事」

「言うと思った」

百合子の仕事馬鹿を嗤《わら》うこともなく、佐藤は「おまえらしいよ」と言って、真顔でこちらを見つめてきた。

「悪かったな。俺の部下が、しょうもないことで突っかかって」

会議のときのことだろう。百合子は「気にしてないわ」と言って小さく眉を上げた。

上同士が協力体制にあることを見れば、大抵の部下はついてくる。

佐藤の部下が百合子に噛《か》みついてきたのは、二人がライバル関係にあることを知っていたからだ。ただ、同じ案件を共に担当するなら、佐藤も百合子も、無駄な争いなどしない。仕事は成功してこそ、だからだ。評価はあとからついてくる。その辺の思考回路なんかは、お互い似通っているのだろう。阿吽《あうん》の呼吸で案をまとめていく自分たちを、彼らはどう見ただろうか。

「きっと、次の会議はやりやすくなるわ」

「おまえはそういう奴だよな……。おまえがいてくれてよかったよ」

ポツリとこぼした佐藤に、百合子は意地悪な笑みを向けた。

「嘘ばっかり。自分でなんでもできるくせに」

佐藤なら、いくら企画を修正する必要があったとしても、百合子に協力を仰がずとも
なんとかなったはずだ。なのに彼は百合子を補佐に指名してきた。どうせなにか裏があ
るんだろう。

「ねぇ、なに考えてるの？」

百合子が見つめると、佐藤は目を逸らさずに、ニヤリと口の端を上げた。

「おまえと仕事がしたかっただけだよ、って言ったら信じるか？」

「えぇぇ？」

にわかには信じがたい。今までお互いにどちらの企画が通るか、常に争ってきたのに。

今更一緒に仕事がしたかったなんて……

百合子が露骨に訝《いぶか》しんだ眼差しを向けると、佐藤はテーブルに片肘を突き、前のめり
になって顔を近付けてきた。

「じゃあ、ただおまえと一緒にいたかっただけだと言ったら？」

自分の頬に向かって伸びてきた佐藤の手を、百合子はサッと身を引くことで回避した。

まったく油断ならない男だ。二人で見つめあった挙げ句に頬を撫でられるなんて、な

んのプレイだ。しかも、ちょっとドキドキしてしまった自分が悔しい。

「……ちょっと、セクハラしないでくれる？」

百合子が口元をヒクヒクさせると、佐藤はその無駄に整った顔でにっこりと微笑んできた。しかも、首まで傾げて。

「未来の嫁にセクハラもなにもないだろう？」

「誰が嫁よ！　ずっと言おうと思ってたんだけど！　昨日うちの実家に――」

「お待たせしましたぁ！　生ビールふたつと、鶏マヨのねぎ乗せ、明太《めんたい》チーズだし巻き玉子と、タイ風焼き鳥でございまぁす！」

「――ッ！」

間に入ってきた店員の明るい声に、百合子は佐藤に叩きつけようとした文句を呑み込んだ。それを知ってか知らずか、彼は悠然《ゆうぜん》と脚を組み直して言った。

「さて、食べながら話を詰めよう」

「なにを詰めるのよ。もうほとんど決めたじゃないの」

不貞腐《ふてくさ》れつつ、ビールに手をつける。

「結婚式はいつがいい？」

「ブホッ――！」

いきなりの爆弾発言の直撃を受けて、口に含んだばかりのビールを盛大に噴き出してしまった。挙げ句、ゴホゴホと咽《む》せる始末。そんな百合子に佐藤は呆《あき》れた調子でペーパーナプキンを渡してきた。

「オイオイ、大丈夫か？」

渡されたペーパーナプキンをひったくって口元を覆う。咳き込みすぎたせいで目元に涙が滲《にじ》んだ。

「だ、大丈夫じゃないわよ！　ゴホッ……あんたなに言ってるのよ！」

「なにって。だから話を詰めてるんだよ。俺たちの結婚式の」

仕事の話だと思っていたのに、まさか結婚式とは！

これっぽっちも頭になかったことを言われて、百合子は顔を真っ赤にした。なんの冗談だ。

昨日のキスだけでもタチが悪いのに。馬鹿も休み休み言えと怒鳴りつけてやりたいが、こんなところで注目を浴びたくない。それでなくても、ついさっき派手に咽《む》せてしまったせいで、簾《すだれ》越しにチラチラと見られる気配を感じていたというのに。

百合子はまわりを憚《はばか》りながらも、小声で鋭く言い放った。

「ちょっと！　勝手に決めないでよ！」

「もちろん。勝手に決めるはずないだろ？　結婚式の主役は花嫁だからな。おまえの好きなようにプランを立てていいぞ。ただ俺のほうは、親類とか取引先とか呼ぶ人数がちょっと多いからな。披露宴会場は広めの場所を選んだほうがいいと思うんだ」

さも当たり前のことのように言われて、二の句が継げない。

(誰もあんたと結婚するとか言ってないでしょ——ッ!)

「な、なななな——……」

叫びたいのに叫べない。ペーパーナプキンを握りしめてわななく百合子を前に焼き鳥を食べる佐藤は、憎ったらしいくらいにイイ笑顔をしていた。

「おまえは美人だし、背が高くてスタイルもいいから、ウエディングドレス姿なんか最高に綺麗だろうなぁ。あ、白無垢《しろむく》もいいな。俺色に染まってくれないか?」

「〜〜〜〜ッ!!」

顔に熱が上がる。

「な、なにを、言ってるのよ……バカ……」

「ん? 今プロポーズしてるところだ。俺と結婚してくれ」

気負ったところもないただの世間話の延長のようなこれが、プロポーズ? 乙女の理想とまるで違うのに、どういうわけかさっきからドキドキが止まらない。

今までとは明らかに違う赤に頬が染まる。百合子は佐藤を直視できなくなって、身の置き場もなく立ち上がった。逃げようと荷物を纏《まと》めながら息巻く。

「い、いやよ。冗談はよして。あ、頭おかしいんじゃないの?」

「俺は本気だ」

強い口調で言われて息を呑む。百合子は鞄を持ったままますっかり固まってしまった。

（ほ、本気？　なんで……意味わかんない……）

「なんで私なのよ……」

小さく呟いたのは当然とも言える疑問だった。自分がまわりからどう思われているかなんて、いやというほど知っている。今日だって、休憩所で聞こえてきたのは、百合子を疎《うと》ましがる男たちの声だ。それなのにこの男は——

「俺は嫁にするならおまえがいい」

きっぱりとそう言い切った佐藤の声に目を見開く。訳がわからず、呆然としたまま顔を向けると、彼も百合子を見つめていた。

「仕事しながら、ずっと見てきたんだ。いつもベストを尽くしていい仕事をするおまえだ。信頼できる人間だってことはわかってる。俺はそんなおまえがいい」

直球すぎる物言いに、心臓が痛い。トクトクと刻む鼓動が、喜びとも、安堵《あんど》とも言えるなにかを身体中に運んでいく。

佐藤の言葉は、百合子が今まで誰からももらったことのないものだ。

（なんで……）

急に力が抜けて、百合子はストンと元の椅子に座ってしまった。そんな百合子を見て、佐藤は焼き鳥にかぶりつきながらニッと笑っている。まるでこうなることがわかっていたみたいじゃないか。

「おまえも結婚を視野に入れて見合いしてたんだろ？　なら俺にしとけ。俺以外の男なんて、会うだけ時間の無駄だぞ。よく考えろ。将来有望の俺はお買い得だろうが、んん？」

「な……」

自分で言っている彼に呆れながらも、なんだか笑いが込み上げてきた。

ああ、佐藤はこんな男だ。

高慢《こうまん》で、自信家で、いけ好かないのに、百合子が百合子であることを認めてくれる。

たぶん彼は、結婚しても百合子が仕事を続けることを受け入れるだろう。百合子が出世したって、文句は言わないはずだ。

両親も百合子が佐藤と結婚したら喜ぶだろう。なんて言ったって、彼とのお見合いを持ってきたのは母親だ。

目の前の男の隣ならば、自分が自分であることと、女であることが、両立できるのかもしれない。そんな淡い期待が、百合子の胸に生まれていく。それは初めて抱いた、ある種の希望だった。

「……佐藤……あんた、私を抱けるの？」

身も蓋もなく聞いたひと言に、返ってきたのは挑発《ちょうはつ》的な笑みだ。

「もちろん。なんなら相性を試してみるか？　俺はいい仕事するぜ？」

焼き鳥の串をカランと皿に投げて、自分の指を舐める佐藤の仕草がなんとも色っぽい。意図的に向けられた男の視線を受けて、胸がトクンと疼《うず》いた。しかしそれを隠して、負けじと百合子も秋波《しゅうは》を送る。

「それは仕事ぶりを見てみないことにはね」

「上等」

佐藤はいきなり立ち上がると、百合子が飲もうとしていたジョッキを取り上げた。

「なに？」

「おまえはこれ以上飲むな」

「え？」

なぜそんなことを言われるのかわからない。百合子は別に下戸《げこ》ではないのに。

「おまえと飲む酒は最高にうまいが、俺と寝たのを酒のせいにされたらたまらんからな」

気が付けば、身を乗り出した佐藤の顔が目と鼻の先にあって、百合子は刮目《かつもく》して固まった。

知ってはいたが、男のくせに綺麗な顔をしている。無意識のうちに見つめる形になっていると、彼はふっと笑って軽く唇を合わせてきた。

「なっ!?　ちょ――」

いきなりすぎて反応が遅れた。一瞬のこととはいえ、店の中でなんてことをするのか。あとから焦りが湧《わ》いてきて、百合子の頬を赤くする。幸い、左右が簾《すだれ》で仕切られているお陰で人に気付かれた様子はないが、落ち着かないなんてもんじゃない。

コートを手にした佐藤は、悠然《ゆうぜん》と百合子を見下ろしてきた。

「出るぞ」

「わ、私はまだ食べてないわ」

「あとで俺を食わせてやる。うまいぞ？」

恥ずかしげもなく言う彼に、呆れるしかない。それでも心のどこかで幸せへの道を期待している自分がいる。だが今まで抱くことのなかった感情を持て余しているのか、言葉はそう簡単に出てこない。

ひとつため息をついて百合子が立ち上がると、佐藤は会計を済ませて店を出た。

「この辺のホテルは却下よ。誰に見られるかわかったもんじゃないわ」

「なら俺のマンションに来るか？　東浦《ひがしうら》だ」

「遠いわね。私の家のほうが近いわ」

タクシーに乗り込んで、百合子が運転手に自分のマンションへの道筋を伝えると、佐藤が嬉しそうに身を寄せてきた。

「待ちきれないのか？」

「馬鹿言わないで。帰りが怠《だる》いからよ。明日も仕事なのよ？」

着替えを考えてのことだと、プイッと窓の外に目をやる。

身体を繋げることの意味はこの場合、結婚生活が苦痛でないかを確認する作業のようなものじゃないか。もしも佐藤と結婚したなら、恋愛結婚ではなく、お見合い結婚ということになる。互いに触れ合う機会は意図的に持たなくては先に進めない。それが話の流れで今になっただけ――

寝てみなければわからないこともある。次はないなと思えば、結婚なんてとてもできない。それは佐藤にも言えることだ。

一度抱いて満足したら、向こうから「なんか違った」とでも言ってくる可能性は充分にある。

(若い子でもあるまいし、セックスに価値なんかないんだから……そうよ)

だいたい言い出したのは自分だし、今更引き下がれない。それにお見合い相手に出し惜しみしてどうするのか……これは必要な作業だ。週末まで待ってするほど、気合いを入れることではないだろう。さっさと済ませてしまおう。そう百合子が開き直ろうとしていると、佐藤がそっと手を握ってきた。

「俺は待ちきれない」

人差し指の先にあたたかく柔らかな感触を覚えて視線を戻すと、佐藤が百合子の指先にキスしていた。

「は……？　なにしてるの？」

彼に指を甘噛みされながら、表情筋をピクリとも動かさず、冷静に突っ込む。が、そんな百合子の胸の内は一八〇度違った。

（な、なななななにしてるのぉおおお！　ここタクシー！　タクシーだってば！　運転手さんいるって！）

しかし佐藤は誰憚《はばか》ることなく、百合子の指先を自分の唇や頬に当てて、うっとりとした眼差しを向けてくるのだ。

初めて触れた佐藤の頬は、ひんやりとしている。それはかえって、自分が熱に浮かされていることを百合子に実感させた。心臓がドキドキしている。

「なぁ、名前で呼んでもいいか？」

「好きにすれば。でも人がいるところでは絶対にやめて。特に職場」

照れなのか緊張なのか自分でもわからなかったが、えらくツンとした声が出た。

「わかった」

佐藤はいつも通り気にした素振りもなく短い返事をすると、百合子の指に自分のそれを絡めてきた。少し骨張っていて硬くて、大きくて、男らしい手。今からこの手に触れられる。

「百合子……女らしくて綺麗な名前だって、ずっと思ってた。おまえにぴったりだ」

「……」

恋人繋ぎになった手の甲にそっと口付けられる。それを直視できなくて、百合子はまた視線を窓の外に向けた。しかし不思議だったのは、佐藤の手を払いのけようとは思わなかったことだ。

そうか。佐藤はこんな自分を女として見ているのか――

そう思うと、無駄に顔が熱くなる。

自分は愛でも恋でもなく、女として見てくれているからという理由のみで彼を受け入れようとしているのではないか？　これは、間違っているのだろうか……？

百合子が出ない答えを探している間に、タクシーが見慣れたマンションの前で止まった。

支払いのため佐藤の手を離そうとしたのだが、離れない。逆にギュッと握り込まれて、百合子は顔を顰《しか》めた。

「……離して」

「いやだ」

「財布が出しにくいわ。お金払いたいの」

しかし困ったことに、佐藤はちっとも聞かない。それどころか彼は、ジャケットの内ポケットから出したスマートフォンのアプリで、さっさと運賃を払ってしまった。

「さて、行くか」

「……」

なぜか頑《かたく》なに手を離さない佐藤と一緒にタクシーから降りる。

変な気分だった。

つい昨日も、同じようにこのマンションに佐藤に送られてきた。一緒にエレベーターに乗って、玄関先で別れた。なのに今日は、自分のテリトリーへと彼を招《まね》き入れようとしている。

自分の意思で——

二人っきりのエレベーターの中でチラリと佐藤を盗み見る。彼は正面を見据えたまま、微動だにしない。そして心なしか、繋いだ手に力が入っているように思えた。いつもペラペラとよく喋《しゃべ》るし、居酒屋でもそうだった彼なのに、タクシーの途中から徐々に口数が減ったから調子が狂う。

「どうぞ、入って」

佐藤と手を繋いだまま部屋に入る。どうしても百合子が先導する形になるから、なんだか男を連れ込んでいるみたいだ。

（まぁ、連れ込んでることには違いないんだけど）

無遠慮に部屋を見回す佐藤に対して、また顔を顰《しか》める。

「あんまり見ないでよ。恥ずかしいわ」

人並みに掃除はしているけれど、だからと言って自分のプライベート空間をジロジロと見られて恥ずかしくないわけじゃない。

少し広めのワンルームにあるものは、ベッドと、テレビ台を兼ねたチェスト、そしてワードローブ。部屋の中央には楕円形のちゃぶ台を置いて、壁にあるのは小物兼、観葉植物置き場になっているラダーシェルフだ。白木家具で統一して、布類には北欧柄をチョイスしている。全体的にナチュラルテイストだ。

「趣味がいいな」

「それはどうも」

エアコンを付け、コートを脱ごうとして、百合子ははたと止まった。

「ねぇ、もう離してもいいでしょ？」

繋いだままの手を掲げて苦笑いする。繋いでいるのは佐藤のほうだ。百合子の手にはまったく力が入っていない。

（とりあえずお茶でも出して、と）

そんなことを考えながら、手をほどく。そうして完全に手が離れた瞬間、いきなりベッドに押し倒された。

「きゃっ！」

伸し掛かるように押さえつけられて、強引に唇をむさぼられる。その力強さと性急さに、百合子はもがきながら喘《あえ》いだ。

「んぅ……ちょ、ちょっと……な、んっ……ぁ」

口内に舌を捩《ね》じ込まれ、その熱さに目を見開く。佐藤は百合子の舌を強く吸い上げてきた。舌先にとろとろとした唾液が絡み付いてくる。まるで自分と彼がまざり合うような、変な感じがした。

逃れようと頭を左右に振ってみたが、それは叶わず、代わりに髪を纏《まと》めていたコームが抜け落ちる。そうしてベッドの上に広がった百合子の黒髪に、佐藤は丁寧に指を通すと、ぎゅっと抱きしめてきた。

「百合子……」

囁《ささや》かれたのは自分の名前。

別に初めて呼ばれたわけでもないのに、耳に彼の唇が触れているせいか、ゾクッとした。

「……いきなりすぎ……シャワーも……浴びてないのに、こんな……やめてよ……」

自分でも、らしくないと思えるくらい、抗議の声がうわずっている。今からこの男とセックスをする。そのつもりだったのに、急に恥ずかしさが襲ってきたのだ。佐藤の顔を見られない。

百合子は自分の長い横髪で顔を隠しながら、起き上がろうとした。しかし、佐藤の両腕に抱き竦《すく》められてできない。

「ちょっと……離して。するならシャワーくらい浴びさせなさいよ！」

百合子は身を捩《よじ》ったが、逆に強く抱きしめられた。

強く、強く――

服越しに佐藤の体温が伝わってきて、戸惑いを加速させる。

「駄目だ」

ポツリと落ちてきた彼の声に眉を寄せると、そっと頬を撫でられた。

「このままのおまえを感じたい」

佐藤は百合子の身体を抱きしめながら、頭のてっぺんに頬擦りをしてチュッと唇を当ててくる。

「バ、バカ……。コート……皺《しわ》になっちゃう」

そう言っても、指一本たりとも動かせない。

ただ、心臓だけが慌ただしく動いている。

まだキスしかしていないのに、身体が火照《ほて》りはじめているのだ。言葉と身体が真逆だ。

（どうしよう……私、今きっと、顔が真っ赤になってる……）

百合子が抱きしめられたまま動けないでいると、佐藤がわずかに身体を起こした。

「コート、そうだな。脱がないとな」

そう言った彼は自分の——ではなく、百合子のコートに手をかけてきた。

「ちょ、ちょっと！」

ギョッとして顔を上げると、佐藤と目が合った。

部屋《ここ》に来て、初めてまともに彼の顔を見たように思う。

真っ直ぐで、揺るがない熱を持ったその瞳を前に、百合子は自然と動けなくなっていた。

「百合子……このまま抱かせろ」

「っ！」

驚きごと唇を奪《うば》われ、なにも言えない間にコートとジャケットが脱がされる。

身体を硬くし、ぎゅっと目を瞑《つむ》った百合子の腰を、彼の手がたどった。

「んぅ」

佐藤の舌が百合子の口内を這《は》う。舌全体を擦《こす》り合わせるように絡めたかと思ったら、今度は尖らせた舌先で口蓋《こうがい》をなぞられる。別に初めてのキスではないのに、背筋がゾクゾクして、身体が奥から震えた。

その原因はわかっている。時折唇を触れ合わせたまま「百合子」と呼ばれるから——まるで、愛おしいものを呼んでいるかのような彼の声が、甘く、切なく、身体に染み込んでくるのだ。

「ん……は……ぅん……はぁはぁ……んっ！」

呼吸のタイミングでわずかに唇が離れても、また角度を変えて口付けられる。百合子はやまないキスに翻弄《ほんろう》されながら、佐藤の腕の中で悶《もだ》えた。

「はぁ、っ……ぅ……ンぁ」

「ゆり、百合子……早くおまえを抱きたい」

腰に跨《また》がった佐藤は、百合子の頬を両手で包み込み、そっと額《ひたい》を重ねる。そして身体を起こすと自分のコートとジャケットを脱ぎはじめた。

「ま、待って……。あ、あの……本当に……する、の……？」

キスで腫《は》れぼったくなった唇を両手で覆い、居心地悪く佐藤を見上げる。

すると彼はネクタイをほどきながら、ニヤッと笑った。

「するよ」

佐藤が片手でシャツのボタンをひとつずつ外すごとに、普段は見えない彼の喉元があらわになっていく。それは、誰にも言えない秘密を共有していくときのような後ろめたさと高揚を生んだ。視線が彼に釘付けになる。

鎖骨、胸、鳩尾《みぞおち》から伸びる腹筋のライン、腕の太さ——上半身裸になった佐藤が持つのは、完成した男の身体だ。

百合子は凝視している自分に気が付いて、意識的に目を逸らした。

「……シャワー……」

蚊の鳴くような声で再度訴える。

「無理。俺のスイッチが入った」

どんなスイッチなのか聞かなくてもわかってしまうのは、太腿に熱く猛《たけ》ったものが当たっているからだ。

長年の同僚である佐藤の欲情が自分に向けられていることに、激しい動揺を禁じ得ない。

（あ、わ……私……）

そんな百合子の首筋に、佐藤の唇が触れてきた。

「んっ！」

ぬるっとした感触に、舐められたのだとわかる。百合子の肩がピクッと震えると、佐藤が上から重なってきた。彼は百合子の頭を抱くように、うなじから指を差し込み自分のほうを向かせる。視線を逸らすことは許されなかった。

「百合子……」

「さ、とう……」

見つめ合って、彼の瞳の中に頬を赤らめた自分を見つけたとき、またキスがはじまった。

くちゅ、くちゅ……ちゅ……と、唾液を絡めたキスは、悩ましい音を立てながら百合子と佐藤を繋ぐ。気持ちのいいキスだった。舌を中ほどから擦《こす》り合わせて、先まで舐めて甘く食《は》まれる。こんなキスをされたら、身体から力が抜けてしまう。

吐息を熱くした百合子がくったりとベッドに沈むと、佐藤の手がうなじから肩を這《は》い、服の上から乳房に触れてきた。

「あ……ン……ぅ……」

思わず漏れた甘い声に驚いて、自分で自分の口を押さえる。すると彼は、ふにふにと左の乳房を柔らかく揉みながら、右の乳房に頬を押し当ててきた。しかも、乳房を揉み上げるように、いやらしく頬擦りしてくるのだ。

「いい声だな。聞いてるだけでゾクゾクする」

「う……」

恥ずかしい。

ますます顔が熱くなっていく。百合子が唇を噛《か》んで睨《にら》むと、佐藤は目を細めて笑いながら、百合子のブラウスのボタンに手をかけてきた。

「ちょっと！」

「なに？」

思わず制すると、佐藤の手が止まる。

「……」

今からすることはわかっていて、そのつもりで佐藤を部屋に連れてきたのに、脱がされそうになったからと咎《とが》めるのはおかしい。今更初心《うぶ》な振りをするわけにもいかず、百合子はぷいっと横を向いた。

「じ、自分でするわ」

「へぇ？」

佐藤は鼻先で乳房をひとつ突いてから身体を起こして、両手を百合子の耳の横に置いた。まるで檻《おり》のようだ。

「じゃあ脱いで」

「……」

佐藤の下で、ブラウスのボタンをひとつずつ外していく。その指が震えないようにするのが精一杯で、佐藤が自分をどんな目で見ているかなんて確かめる余裕はなかった。変に緊張して、手のひらに汗をかいているのがわかる。

最後のボタンを外したとき、佐藤の手が無遠慮に乳房を鷲掴《わしづか》みにしてきた。

「っ」

「焦《じ》らすのがうまいな。でも余計に待てなくなった」

「え？」

焦《じ》らすつもりなんてまるでなかったのにと言い訳する間もなく、キャミソールとブラが一緒にめくり上げられた。ぶるんと重たく揺れながらまろび出た乳房に、佐藤がむしゃぶりつく。

「っ！　んぅ！」

じゅっと左の乳首を強く吸い上げられ、その熱さに目を瞑《つむ》る。女性らしい豊かな膨らみがふたつとも揉みくちゃにされ、押し出された乳首はぷっくりと立ち上がっているのが自分でもわかった。

佐藤は口に含んだ乳首に舌を巻き付けながら、反対の乳首を親指と人差し指で摘《つ》まんでくる。

「うぅ……」

自分で口を塞ぎ、声を懸命に抑えて身悶《みもだ》える。恥ずかしくて、とても目は開けられなかった。

今まで同僚としか思っていなかった男が、自分の身体の上にいる。自分の胸をしゃぶっている――そんな光景を目《ま》の当たりにする勇気なんてない。でも、撥《は》ね除《の》けるなんてもっとできなかった。強引に与えられる刺激の中に、ゾクゾクする快感を見出してしまったからだ。

「はぅ、んっ……あ、んふ……」

（だ、め……どうしよう……ぬれる……私……濡れちゃう……）

喘《あえ》ぎを押し殺しながら太腿をすり寄せる。すると佐藤の手が、腰を通って太腿へと伸びてきた。タイトスカートをたくし上げられ、ビクッと腰に緊張が走る。ストッキングと繋がった黒レースのガーターベルトまであらわになって、百合子は慌ててスカートを押さえた。

「ひゃッ！　だめ！」

するとと、今までくちゅくちゅと音を立てて乳首をしゃぶっていた佐藤が、ゆっくりと乳首から口を離した。

「ここまできて生殺しは勘弁。俺が何年待ったと思ってるんだよ」

「な、に？」

何年？　理解できずに薄く目を開ける。視界に入ってきたのは、佐藤の唾液をまとってツンと立ち上がっている自分の乳首が彼の指に捏《こ》ね回されるところだった。

「こんないい女が目の前にいて、寸止めできるほど俺は男として枯れちゃいないんでね」

「な、に、それ」

思春期でもあるまいし。いい歳なんだから、自制くらいできるだろうに。佐藤は笑いながら百合子の耳元で囁《ささや》いてきた。

「このままおとなしく俺に抱かれろよ。後悔はさせないから」

きゅっきゅっと、緩急をつけて乳首を引っ張られてズクズクと疼《うず》くのは、百合子の中にある女の部分だ。これは快感か。この身体は、彼の愛撫に反応しているのか。感じることなんて、長い間忘れていたのに。

（あぁ、私も女ね……）

観念して目を閉じると、佐藤は百合子の胸の谷間に顔を埋《うず》めて、乳房に頬擦りをしてきた。乳首が口に触れればしゃぶって、舐めて、齧《かじ》る。そんな戯《たわむ》れのような愛撫の裏で、スカートをたくし上げるようにお尻の丸みを撫で回してくるのだ。

同僚に身体をまさぐられていると思うと猛烈に恥ずかしくて、スカートを押さえる手に力が入る。しかし佐藤は、百合子のその指を一本ずつほぐしてきた。力ずくではないものの、抗《あらが》うことは困難で、いつしか百合子の手は引き剥《は》がされ、頭の上でひとまとめにして押さえつけられていた。

ブラとお揃いの黒のショーツがあらわになって、羞恥心《しゅうちしん》を誤魔化すように百合子は佐藤をキッと睨《にら》み付ける。しかし、彼の笑顔は深まるばかりだ。

「ヤバイな、その目。そそる」

「……意味、わかんない。睨《にら》んでるんですけど」

「おまえがなにをしても俺は滾《たぎ》るよ」

また、キスをされた。口蓋《こうがい》を舐められて身震いしている間に、スカートの中に佐藤の手が入ってくる。

彼は太腿の外側から内側まで順に撫でて、中指でショーツのクロッチを擦《こす》った。布越しに敏感な蕾《つぼみ》に触れられる。くちょっとした湿り気と共に百合子が小さく声を漏らすと、キスが更に深くなった。

されてばかりなのが妙に悔しくて、絡まってくる佐藤のキスに応えるように舌を使う。するると不意に、ショーツの脇から彼の指が一本、入ってきた。

「んぅ！」

いきなりのことに驚く間もなく、花弁が左右に割り広げられる。せめて抵抗してやらなくてはと、唇に噛《か》みついてやりたい衝動に駆られたとき、ぐっと身体の中に佐藤の指が押し込まれた。

「っ⁉」

内側から広げられ、目を見開く。濡れはじめてはいたものの、侵入者に身体が驚いているのは否めない。

百合子の身体が硬直したことに気付いたのか、唇を離した佐藤が気遣わしげに見つめてきた。

「キツイな……おまえ初めて——じゃないな」

百合子が睨《にら》んだせいか、佐藤が言い直す。経験がないわけじゃないが、たった今関係を持とうとしている相手に過去を詮索されるのも、説明するのもいやだ。

彼は押さえつけていた百合子の手首を離すと、指を絡めて繋ぎ直し、ぎゅっと抱きしめてきた。

（あ……）

優しい抱擁《ほうよう》に、なぜか胸がきゅんとなる。

こめかみにキスされて見上げると、いつか見た佐藤の優しい眼差しがあった。

「ゆっくり気持ちよくなろうな、百合子」

返事をする前に唇が合わさって、口内に佐藤の舌が入ってくる。舌が絡むたびに、中に沈められた彼の指が抜き差しされた。肉の引き攣《つ》れの中にじんわりとしたとろみが生まれて、彼の指の動きをスムーズにしていく。

濡れていくのと同時に力が抜けて、佐藤と合わさった唇から甘い吐息が漏れた。それがどうにも自分では止められない。

「ん……は……」

「ゆり、痛くないか？」

「んん……」

「指増やすぞ」

揃えられた二本の指がずぷーっと根元まで挿《い》れられた。小さく喘《あえ》ぎながら佐藤の胸に縋《すが》り付く。

くちょくちょと奥を小刻みに掻き回されて、今まで眠っていた女の性《さが》が目を覚ましたかのように、蜜口がギュッと彼の指を締めつけたのが自分でもわかった。

「おまえの身体は淫《みだ》らだ」と、辱《はずかし》めを受けている気分だ。

(あ、やだ……)

赤くなっているであろう顔を見られたくなくて、佐藤の胸にますます顔を寄せる。

「……百合子」

頭の上で、佐藤が生唾《なまつば》を呑む気配がする。彼は百合子の髪をひと撫でしてゆっくりと中から指を引き抜くと、上体を起こした。

辱《はずかし》めから解放されたはずなのに、ぬくもりが離れて途端に心細くなる。

(変なの……私)

矛盾を自覚している中に、更なる矛盾が襲ってくる。佐藤の手が胸に触れてきたことで、どこかほっとしてしまったのだ。身体はもっと彼に触ってもらいたかったのだろうか。

「ん……」

佐藤の指先が、身体の曲線を這《は》うように流れ落ちる。その軌跡を追って、彼の唇が触れた。

首筋、乳房、鳩尾《みぞおち》、臍《へそ》、腰——そうやって全身へのキスを戸惑いながらも受け入れたのは、やはりそれが気持ちよかったからだろう。なんだか自分が大切にされているようで心地いい。

吐息と共に力を抜くと、膝が押し開かれて、太腿の内側にキスされた。そしてそのまま、佐藤の舌が這《は》う。

「ゆり」

脚を持ち上げるように剥《む》き出しのガーターベルトの下に手を通され、ハッとした。

首を起こした百合子の視界に入ったのは、スカートのめくれ上がった脚の間に顔を埋《うず》める佐藤の姿だった。

「ゃあ！　――んぅ！」

驚きの悲鳴が、一瞬で別の悲鳴に変わる。佐藤がクロッチの上からそこにしゃぶりついてきたのだ。生暖かい湿り気と共に、彼の吐息が布越しに触れる。

「やっ……め、あっ！」

シャワーも浴びていないのに……羞恥心《しゅうちしん》から逃げ出したいのに、舌先で蕾《つぼみ》をくにっと押されると、まるで電流が走ったように背中がしなった。身体が熱くなって、息が止まりそうになる。その瞬間、身体の内側からじわっと蜜が垂れてきた。

「ん……ぁあ……やめ……」

「いやだ。おまえを感じさせたい」

佐藤はジタバタする百合子の両足首を掴み左右に大きく割り広げると、鼻先で器用にショーツのクロッチを脇に寄せ、あらわになったそこに口を付けてきた。

花弁の割れ目を舌先でなぞられ、その先に包まれるように息づく蕾《つぼみ》にそっとキスされる。

「ううう……」

辱《はずかし》められて下肢に力が入るが、脚を寄せることも、曲げることもできない。結果、上半身をくねらせる羽目になる。

百合子は佐藤の頭を押さえようと両手を伸ばした。しかし柔らかな舌の腹でねっとりと蕾《つぼみ》を舐められて、ビクンと身体が波打つ。自分の意思とは別に、彼に触れられたところが熱く溶けてしまうのだ。

「ああっ！」

百合子の感じきった悲鳴に気をよくしたのか、佐藤は執拗《しつよう》に蕾《つぼみ》ばかりを舐め回してきた。そこが弱点だと、女の身体を知り尽くしているのだ。

尖らせた舌先で左右に嬲《なぶ》られれば、感じないほうが無理というもの。百合子は佐藤の頭を左手で押さえながら、ギュッと唇を噛《か》んだ。

（だ、め………いく、いっちゃう……！）

「ううう～ああっ！　あ――……」

目の奥にチカチカと白い閃光が走って、一瞬、ふわっと身体が浮かぶ。次にベッドに沈んだときには、百合子は胸を激しく上下させ荒い息をしていた。

「おまえ、感じたらそんな顔するんだな」

百合子の足首から手を離した佐藤が、感慨深い声で言う。

「どんな顔してるって……はぁはぁ……言うのよ……っ」

身体が気怠《けだる》くて思うように動けない。舌技《ぜつぎ》だけでいかされた悔しさから、なんとかキッと睨《にら》み付ける。

佐藤は笑いながら百合子を見下ろし、濡れた自分の口元を拭《ぬぐ》った。

「すっげぇ、エロい顔」

「っ！」

百合子の目付きが更に険悪になる。奴の横っ面を引っ叩いてやりたい気分だ。

そんな百合子の不機嫌を笑い飛ばす笑みで、佐藤が耳元に顔を近付けてきた。

「めちゃくちゃ綺麗だったよ。目がとろんとして、真っ赤になって。声もすごく可愛くって……。想像以上にキた」

甘ったるい囁《ささや》きに、百合子の頬がボッと燃え上がるように熱を飛ばした。厄介なことに、その熱は身体中に飛び火して、百合子をますます火照《ほて》らせる。

「どうすんの？　百合子の中に挿《い》れないと収まんないよ？　コレ」

佐藤は自分のベルトのバックルを外してスラックスの前を寛《くつろ》げ、ブルンと反《そ》り返ったも出ない。

屹立《きつりつ》を取り出した。そのあまりにも隆々とした物は、記憶にあるそれと違う気がして声

（え？　ウソ……なんでそんなに大きいの？）

百合子が驚いて固まっていると、佐藤は床に落としていた自分のコートを探り、どこからか避妊具を出した。

それの封が破かれるのを見るのが躊躇《ためら》われて、百合子はコロンと身体を横に倒した。半裸の身体を丸めて、ほとんどうつ伏せになる。

しかし避妊具を着けた佐藤は気にせず、そのまま上から覆い被さってきた。太腿の裏からお尻の丸みに、硬い物が押し充《あ》てられている。脚の間をそれで突《つ》かれて、百合子はますますベッドに顔を埋《うず》めた。

いつの間にか自分の身体がぐしょぐしょに濡れている――まるで、佐藤に抱かれたがっているみたいに。

「百合子、こっち向いてくれないのか？」

「う……んっ……っ……」

佐藤は百合子を後ろから抱きしめながら、脚の間の潤《うる》みに漲《みなぎ》りを擦《こす》り付けてきた。ショーツを避《よ》け、秘裂に沿って上下させる。そのたびに、肉の凹《へこ》みにそれが嵌《は》まって、百合子の中に少し入ってくるのだ。その感触に挑発《ちょうはつ》されながらも、百合子は頑《かたく》なに振

り向かなかった。振り向けば顔を見られてしまう。ドキドキして、なにかを期待しているこの顔を。

百合子がシーツに額《ひたい》を押し付けていると、漲《みなぎ》りを擦《こす》り付けていた佐藤の手が止まった。

「百合子らしいな。気が強い。でもそこがいい。まぁ俺は必ずおまえを振り向かせるけど」

彼は意味深に呟くと、そのまま百合子の中にズブッと押し入ってきた。

「ぁアッ！」

短い悲鳴が上がって、ぶるぶると震える。

（やだ——入ってるっ……！）

彼は百合子の上に乗ると、腰をぐいぐいと使って更に入ってきた。まさか初めからバックでするなんて——

身体の入り口が佐藤の太さに引き伸ばされて苦しい。男を忘れていた肉襞が容赦なく侵される。

入り口もお腹の奥も、ジンジンと熱かった。

こんな激しい熱を百合子は知らない。佐藤の熱に、身体の内側が占拠されていくみたいだ。

「んぅ……ぅ……うう……ぁ………」

百合子が唇を噛《か》んで悶《もだ》えていると、佐藤が背後から覆い被さるように抱きついてきた。

佐藤の身体に押し潰《つぶ》されているのに苦しくないのは、彼が自分で自分の身体を支えているからだろう。

彼は百合子の顔を覆う長い髪を丁寧に手でどけると、あらわになった耳にそっと唇を寄せてきた。

「……夢みたいだ、おまえを抱けるなんて。ずっと抱きたかった。おまえを見るたびに俺は、頭の中で抱いていたよ」

感極まった声と共に耳にキスされ、ビクンと身体が震える。同僚にずっと欲情されていたなんて信じられない。でも、お見合いした日のウインドウショッピングで感じた彼の視線は、間違いなく男としてのもの——。心当たりがあるだけに、恥ずかしくてますます彼を見られない。

「冗談はよして……」

「冗談かどうかは、これからおまえの身体に教えてやるよ」

佐藤は浮き上がる百合子の腰を両手で掴むと、激しく腰を打ち付けはじめた。まるで、こんなふうに頭の中でおまえを抱いていたんだと言わんばかりの力強い抽送《ちゅうそう》に、いやでも翻弄《ほんろう》される。

「うっ、うっ、んっ……あ、あ、あっ！」

みっちりと埋め広げられた膣がずりゅずりゅと擦《こす》られる。震えるほどの快感に、百合子はシーツを掻きむしった。

蜜がみるみるうちに滲《にじ》み出て、百合子の中をとろとろに変えていく。まるで佐藤の熱に身体が溶かされているみたいだ。

「ゆり……脚、広げろ」

佐藤は百合子を強引に開脚させた。タイトスカートは腰までめくれ上がり、ガーターベルトもショーツも丸見えという恥ずかしい格好で、肩幅よりも大きく広げさせられる。

百合子は抵抗して脚を閉じようとしたが、土台無理というもの。

彼は百合子の脚の間に陣取り、我が物顔で腰を打ち付けながら、ブラウスからはみ出た乳房を揉んできた。

「ふぅ……うっ……ふんんっ……ゃぁあぅ……」

ふたつの乳首を同時に摘《つ》ままれて、きつく噛《か》み締めたはずの唇から、感じきった女の声が漏れてしまう。

ハッとしてまた唇を噛《か》むが、もう遅い。ギシギシとベッドが軋《きし》むほどの激しいピストンで、出し挿《い》れされた。しっかり奥まで突かれて、ぐじゅっぐじゅっと、いやらしい濡れ音が止まらない。今、この身体は、佐藤のあの太くて熱い漲《みなぎ》りで、中をめちゃくちゃに掻き回されているのだ。

（こんなにされたら、いっちゃうぅぅっ）

「はぁ、はぁ……はぁ、はぁぁ……ぅ、はぁはぁ……ぁ……く……」

熱に浮かされたように喘《あえ》ぐ百合子の身体を、佐藤の腕が締め上げてくる。身体中に汗が浮いて、じっとりと湿るのを感じた。

二人分の体温がこもっているのだ。だから仕方ない……佐藤に挿《い》れられている処《ところ》がびしょびしょになって、太腿まで濡れてしまったのは仕方ないこと……。そう自分に言い聞かせるしか逃げ場がなかった。

「百合子……綺麗だ」

うっすらと赤みを帯びた乳房が揉みくちゃにされ、佐藤の手の中でいやらしく形を変える。それだけならまだよかった。しかし佐藤は、無造作に右手を下肢に伸ばして花弁を割り広げ、蕾《つぼみ》までいじってきたのだ。

「ひぅ！」

声が上ずって、背中までしなる。

佐藤は百合子の首筋を舐め上げて耳を食《は》み、しっとりとした声で囁《ささや》いてきた。

「百合子、俺の手でもっと気持ちよくなれ」

言うなり彼は蕾《つぼみ》をきゅきゅっと摘《つ》まんで包皮を剥《む》くと、膣からあふれた蜜をそこになすり付けて捏《こ》ね回しはじめた。

「あぁぅ……んっ……ふぅうぁ……や、だめ……んっく……ぁ……ゃあ……ひぃっあ、だめぇ！」

（や……いく……いっちゃう……！）

甘すぎる刺激が断続的に脳髄《のうずい》を突き刺す。息が上がって、シーツにしがみ付いた。

蕾《つぼみ》を弄《もてあそ》ばれた百合子の腰は、ひとりでに浮き上がって、より深く佐藤の物を受け止めてしまう。彼が出し挿《い》れするたびにじゅぽじゅぽと音がして、侵食された膣内《なか》からは蜜が汲《く》み出される。それはシーツに滴《したた》っていった。

こんなに女になった姿を同僚の男に見られる悔しさと、与えられる性の悦《よろこ》び。ふたつの感情が身体の中でぶつかって、後者が勝る。

佐藤は百合子の首筋に吸い付いてキスをしながら、腰の動きを速めてきた。

奥の奥をズンズンと突き上げられる。身体全体を使って揺さぶられ、媚肉《びにく》がざわざわと漣《さざなみ》立つ。

（もう……だめ……っ……！）

耐えられない。

百合子は、糸を引くような高い嬌声を上げた。

「ああんっ――――！」

ガクンと力が抜けて、シーツに突っ伏す。

完全に気をやった身体は自分の意思では指先ひとつ動かせないのに、蜜路だけはヒクヒクと絶え間なく蠕動《ぜんどう》して、佐藤の物を扱《しご》き上げている。

小さく口を開けて荒い息を繰り返す百合子の身体を、彼の舌が這《は》い回る。耳のふちを舐めて、佐藤は乳房を揉みしだいてきた。

「すげぇ締めつけ。いったのがわかる。俺まで気持ちいい」

何度か腰を揺らした彼が、百合子の中から漲《みなぎ》りを引き抜いた。その瞬間、肉襞が強く擦《こす》られて、ぶるっと身震いしてしまう。ようやく脚を閉じられるはずなのに、無理やりいかされた身体は動かない。

佐藤はまだ呼吸の整わない百合子からブラウスを脱がせると、ブラのホックを外した。

「暑いだろ？　ほら、脱がせてやるよ」

そう言って、ストッキングやガーターベルト、スカートやショーツに至るまで全《すべ》てを脱がされた。

普段なら抵抗するのに、二度も達してしまったせいで力が入らない。佐藤も佐藤で、百合子の性格や今の状況を的確に把握した上でやっているだろうからタチが悪い。

全部脱がされて、壁を背にした佐藤の上に跨《また》がらせられる。

向かい合ってぐったりと彼の胸に凭《もた》れると、トントンと背中をさすられた。

「ようやくこっちを向いたな」

「なによ……」

悪態をついて唇を噛《か》む。不覚にも、佐藤の体温が心地いい。きっと、まだ頭がフワフワしているせいだ。

目を閉じて息をつくと、顎《あご》を持ち上げてそのままキスされた。

佐藤はキスが多いと思う。隙あらばキスしてくる。普通はこんなにキスするものなのだろうか？

「キス……多い」

「諦めろ。好きなんだから仕方ない。おまえの唇、柔らか……」

百合子の苦情に佐藤は応えるつもりはないらしく、またキスしてきた。舌先を擦《こす》り合わせながら絡まってくる。

そうか、佐藤はキス魔だったのか。そういえば、お見合いの帰り際にも彼はキスしてきたっけ。

「や……」

百合子が首を振ってキスから逃れようとすると、突然、腰を持ち上げるように掴まれた。

「逃げるなよ。まだ終わりじゃないぞ」

「え……？」

佐藤はスラックスの間からそそり立つ自分の屹立《きつりつ》を握って、百合子の蜜口に充《あ》てがってくる。

百合子が腰を浮かせようとしても、思いの外強く掴まれていて逃げられない。

「ぁ……あ……挿《い》れちゃだめ……もぉ……だめ……」

震える百合子の蜜口に、くぷりと太い雁首《かりくび》がめり込んでくる。さっきの余韻《よいん》でそこはもう、ぐしょぐしょだ。こんなに濡れていたら、簡単に入ってしまう。

佐藤はニヤリと愉《たの》しげに笑いながら、百合子の唇を舐めてきた。

「挿《い》れるなって言うわりには奥まで簡単に入りそうだな？」

ぐじゅっ！　と卑猥《ひわい》な濡れ音と共に貫《つらぬ》かれて、百合子は悲鳴を上げながら目を見開いた。

「はぅ！」

まだ緩《ゆる》く痙攣《けいれん》していた媚肉《びにく》が、挿《い》れられた瞬間に騒《ざわ》めいて、自分から佐藤の漲《みなぎ》りに纏《まと》わり付いていく。まるで、喜んで彼を迎え入れているみたいだ。

「ああ、さっきのでいい具合にほぐれてる。気持ちいい。俺たち、相性がいいみたいだな」

「ああ、あ……ひぅ！」

佐藤は百合子の腰を両手で掴むと、前後左右にと強引に動かしてきた。自重《じじゅう》が加わって、さっきよりも深い処《ところ》に当たる。

佐藤はまだ服を着ているが、百合子は裸だ。まるで百合子のほうから積極的に彼に跨《また》がって腰を振っているようないやらしい状況になり、目眩《めまい》がする。

「ゃあぁんっ！」

ぷちゅくちゅと、身体の中が掻きまぜられる。蕾《つぼみ》も捏《こ》ね回されて、腰が砕けそうなほど気持ちいい。汁にまみれ、腫《は》れぼったくなって熱を持ったあそこが、ジンジンしてしまう。

奥の奥まで佐藤に暴かれる――

「だめ……だめ……そんなにしたら……あぁ……」

佐藤は揺れる百合子の乳房を口で愛撫しながら、百合子の腰を好き勝手に動かした。

無理やり挿《い》れられているはずなのに、恐ろしく気持ちがいい。

佐藤は百合子の乳房に自分の頬を擦《こす》り付けながら、恍惚《こうこつ》の表情《かお》で見上げてきた。

「綺麗だよ、百合子――すごく綺麗だ。おまえにこんな顔をさせてやれるなんて……男として最高の気分だ」

「んぁ！」

自分で自分を支えられなくなった百合子の身体がガクンと倒れそうになると、佐藤の両手に優しく受け止められた。

「百合子、大丈夫だ。俺に掴まれ」

力の入らない両手が、佐藤の手によって彼の首に巻き付けられる。

まるで抱き合っているみたいだ。

息を乱す百合子の背中からお尻までを何度も往復してさすりながら、彼は唇を合わせてきた。

じゅるじゅると口の中で唾液が啜《すす》られているのがわかる。

佐藤の舌が離れない。こんなにいやらしいキスなんか知らない。百合子の中の女を全部奪《うば》い尽くすようなキス。

「はぁはぁ……んっ……はぁ～ぅく……う……」

悶《もだ》える百合子の腰をゆるゆると動かしながら、佐藤は乳房を揉んできた。中指と薬指の間で乳首を摘《つ》ままれる。そんなことをされると、蜜口がきゅっきゅっと締まって、中の彼を扱《しご》き上げてしまう。佐藤の漲《みなぎ》りの先が、最奥を舐めるように擦《こす》った。

（あたま……くらくらする……）

佐藤は百合子の舌をれろれろと舐めながら、いきなり下から突き上げてきた。

「んぅ！」

キスされたまま、目を剥《む》く。

パンパンパンパン——身体が奥から犯される。粘ついた液を飛び散らせながら腰が浮かび、乳房がぶるんぶるんと揺れた。

強制的に前後左右に動かされている中に、下からの突き上げまで加わってきたのだ。

おまけに乳房も蕾《つぼみ》も捏《こ》ね回される。あちこちから快感が這《は》い回ってきて苦しい。

（だめ……ゃだ……また、また、きちゃう！　んぅあ――！）

佐藤にキスされたまま快感へと引きずり堕とされた百合子は、彼の腕の中で三度目の絶頂を迎えた。

「あ、ぁあ……ああ……ぅ……ひっ、ぃあぅ！」

ビクビクと身体全体が痙攣《けいれん》して、涙が出てくる。唾液さえうまく飲み込むことができない。佐藤に貫《つらぬ》かれた処《ところ》が甘く痺《しび》れていて、とろとろに溶けている。

「百合子……こんなになって……奥から吸い付いてくる……なんだこれ、よすぎる」

彼は貫《つらぬ》いたまま百合子を丁寧にベッドに寝かせると、上から覆い被さってまたゆるゆると腰を打ち付けてきた。

「あ！　ぅ……まっ、て……、はぁ……わたし、いま……いったの、いっちゃったの――」

媚肉《びにく》を痙攣《けいれん》させたまま、更なる快感に怯《おび》えて震える百合子の髪を搔き回すように梳《す》いた佐藤が見つめてくる。

「わかってる。また見たい」

「やぁ！　もぉ、むりぃ！　むりなの、こわれちゃう！　も、ぬいて……ぬいておねがい」

「無理じゃない。おまえの身体はすごく俺を締めつけてる。まだ俺に抱かれていたいって言ってる。気持ちいいんだろう？　俺にこうされるのが。なら抵抗するな。全部俺を受け入れろ。おまえが満足するまでたっぷり突いてやる」

どんなに懇願《こんがん》しても、佐藤はやめてくれない。抜いてくれない。いったばかりの身体なのに、ずぽずぽと奥まで念入りに中を掻きまぜられる。

このいやらしい身体を持て余していたんじゃないのかと、責め立てられているみたいだ。理不尽に弄《もてあそ》ばれているはずの身体が、貪欲に彼の物をしゃぶっている。

もっと、もっと、もっと突いて——奥までいっぱい来て。と、男を引き寄せている。

そして心も、執拗《しつよう》に求められる快感に抗《あらが》えない。

もしかして本当はこうやって、強引にでも求められたかったのだろうか？

女として——

「だめ、ああ！　はぁう、はぁ、はぁ、だめ……ぃく……また、いっちゃう」

「いけよ」

百合子は佐藤に見つめられながら、大きく喘《あえ》いでいた。涙で目が霞《かす》む。

こんなに張り詰めた大きな物を奥まで深く咥《くわ》えさせられ、強く出し挿《い》れされて苦しいのに、百合子の蜜口は歓喜に震えながらだらだらといやらしい汁を垂らしているのだ。

何度も何度も奥まで満遍《まんべん》なく擦《こす》られて、信じられないくらいに熱くて気持ちいい。

佐藤は百合子のお腹の裏を執拗《しつよう》に引っ掛けて擦《こす》ってきた。

そこは百合子の好《い》い処《ところ》で——

「あぅ……あぁ……ゃめ……そこは……んぅ……んっ、んぁ……ぁ……」

「ここ、気持ちいいだろ？」

首筋に浮いた汗までも舐め取られる。

この男の腕の中が……こんなに心地いいなんて。悔しいのに、どんどん溺れていく。

自分の中に無遠慮に踏《ふ》み込んでくる男なのに、百合子を世界で一番女にするなんて。

「ぁ……ん……」

素直に漏れたひと言に、佐藤の表情がふわっと柔らかく綻《ほころ》んだ。

「おまえの気持ちよさそうな顔を見ているだけで、俺も気持ちいい。……可愛いよ、百合子。おまえをもっと感じさせたい。おまえの全部を見せてくれ」

彼は百合子の頬を優しく撫でながら、一番気持ちのいいそこを繰り返し繰り返し突いてきた。

激しくもあるのに、優しい抽送《ちゅうそう》で、百合子を悦《よろこ》ばせるためだけにしてくれているのがわかる。

普段はあんなに高慢《こうまん》な彼なのに、こんなに優しく女を抱くのか。

「百合子……、ここは？」

「ひぁ……うぅっ……！　だめ……そこ突いちゃだめ……」

「それはここを突いてくれって言ってるのと同じだ。たっぷり突いてやる」

「ああ――！」

少し角度が変わると感じ方も変わって、高い声が出てしまう。

献身的《けんしんてき》とも言える丁寧なセックスに、頑《かたく》なだった心が溶解していく。

彼に大事にされていることに気付いてしまったのだ。

「あ……あ……ん……う……ぅ……はぁう……ぃく、いく……ぃっちゃう、やめて、やめてこれ以上はだめ……だめなの……」

「バカ言え。こんないい女を抱いてるのにやめられるわけないだろ。もっとだ」

ますます抽送《ちゅうそう》が強く速くなって、内側からゾクゾクとなにかがせり上がってくる。感じすぎて息が苦しい。

入ってきた彼の物を肉襞がぎゅうぎゅうに締めつける。ギリギリまで引き抜かれたそれが、またしっかり奥まで挿《い》れられる。

開きっぱなしの口の端から、飲み込みきれなかった唾液がとろりと垂れた。

赤く熟《う》れた乳首は両方とも痛いくらいにピンと立っている。それを佐藤にしゃぶられ、舌技《ぜつぎ》に弄《もてあそ》ばれる。それが気持ちよくて、膣肉がヒクヒクした。

きっと今の自分はみっともない顔をしているに違いない。普段見せたことのない女としての顔を、同僚の男に見られるなんて……

「い……ぃっちぁ……ぅ、うぅ……っうぅ……みなぃで……みないでぇ……おねがい……ぅ……ああ」

「綺麗だ、百合子」

「ぃあ！　ンッ……あぁ、はあ……くる！　きちゃう！　ああ――」

熱のこもった佐藤の視線に抱かれて、百合子は子供のように泣きながら揺さぶられていた。やめてほしいはずなのに、この男に侵されることを悦《よろこ》んだ身体が、勝手に腰を振ってしまう。

頭も甘く痺《しび》れて、ふわふわする。

生まれたばかりの、ひどくか弱い生き物になったみたいだ。

佐藤は弛緩《しかん》した百合子を腕に抱いて、涙で濡れた頬にキスしながら巧《たく》みに腰を遣ってきた。

おそろしく甘い声が出て、しかもそれが止まらない。

「んっ……………う………ん……あ、はぁ……」

「こんなに可愛い表情もするんだな。百合子、百合子……。ずっとずっと、俺はおまえが――」

聞こえない。

熱い吐息と、腰が打ち付けられる淫《みだ》らな濡れ音ばかりが響く。

終わらない快楽に耐えられずに、百合子は最後、気を失った。

4

「はぁ……可愛い寝顔。なんだこれ。反則だろ――」

ボソボソとした話し声が聞こえて、ぼんやりと瞼《まぶた》が持ち上がる。まだ視界がはっきりしない。

ゆっくりと瞬《まばた》きしていると、次第にピントが合ってきた。

「お？　起きたか？」

今度ははっきりと聞こえてきた男の声にハッとして、意識と視界が鮮明になる。

そうして、目の前にどーんと裸の男の胸板が広がっている現状に気が付いた途端、百合子は目を見開いて悲鳴を上げた。

「ぎゃぁあああああっ!?」

「『ぎゃあ』って……いくらなんでも『ぎゃあ』はないだろ、『ぎゃあ』は……」

呆れた感想を漏らす男を睨《にら》み付けて、百合子は布団を顔の辺りまで持ち上げた。

（なによ。そっちが驚かせたんじゃないの）

「おはよう、百合子。よく眠れたか？」

上半身裸で、にこっと爽《さわ》やかな笑みを浮かべる男は、間違いなく同僚の佐藤真だ。相変わらず憎らしいくらいに整ったイイ顔である。

腰の辺りが少し怠《だる》い。でも身体が痛いわけじゃない。

壁時計に目をやると、針は六時を指していた。普段、百合子が起きている時間よりも一時間も早い。

「おはよう。シャワー先に浴びたら？　玄関から右のドアよ」

昨夜、身体を重ねた相手に対してとは思えないほど素っ気なく言い放ち、くるりと背を向ける。

(どうしよ……今の絶対に感じ悪かった……でもどんな顔すればいいの？)

後悔しても今更可愛い女にはなれなくて、布団の端をギュッと握る。

すると彼は、すり寄るように背後から百合子を抱きしめてきた。お互いに裸なのだ。背中に彼の胸が触れて、その温度に昨夜のことが脳裏《のうり》をよぎる。

あられもなく乱れた自分は、彼の腕の中で間違いなく女になっていた。あんなに深く何度も男を受け入れたことはない。

淫《みだ》らな姿を晒《さら》してしまったというよりは、あれは引き出されたものだ。

セックスで我を忘れたことなんか一度もなかったのに、最後は気持ちよすぎて気を失ってしまうなんて……

（恥ずかしい……）

なのに昨夜のことを思い出している自分がいて、もっと恥ずかしい。

「一緒に入らないのか？」

「は、入るわけないでしょ」

ツンとした態度になってしまうのは、もう仕方がない。素直になるほうが難しいのだ。

そんな百合子の髪を除《よ》けた佐藤は、あらわになったうなじに唇を当ててきた。

「残念。でもまぁ、結婚してからもチャンスはあるからな」

（け、結婚ッ⁉）

爆弾発言に驚いて、ガバッと振り返る。すると、両手を広げた彼の腕の中に転がり込む羽目になった。そのまま抱きしめられる。

「ちょ、ちょっと！」

「ツンな百合子もいいけど、昨日の素直な百合子にもグッときた。どうしてくれるんだ？俺はおまえに余計に夢中になってしまったぞ」

ぎゅうぎゅうに抱きしめられて、乳房が無造作に押し潰《つぶ》される。なにが「余計に夢中」だ。まるで初めから百合子に夢中だったかのような言い方なんかするのだから、人が悪い。

「想像以上に綺麗だった。俺に抱かれて震えながらいってさ。おまえ何度いった？」

背筋がつーっとなぞられて、思わず「んっ」と声が漏れる。

「最高の夜だった」

無駄に色気を纏《まと》わせた声で囁《ささや》かれ、雰囲気に呑まれそうになっている自分に気付く。

百合子は佐藤の胸を両手で押しながら、懸命に息巻いた。

「し、知らないわよ！　そんなの！」

「おまえ以外の女は考えられない。責任取って俺と結婚しろ」

佐藤は綺麗な顔でぐいぐいと結婚を迫ってくる。

まさか本当に本気なのだろうか。

もし本気だとしたら……少しは考える時間がほしい。お見合いからまだいく日も経っていないというのに、そんなことを受け入れられるわけも、決断できるはずもない。

「いいから、早くシャワーを浴びなさいっ！」

ピシャリと叱りつけると、佐藤は一瞬キョトンとして、次の瞬間には顔をくしゃくしゃにして笑いだした。

「あはは！　百合子は厳しいな。でもいい母親になりそうだ」

「は、母!?」

「結婚したら、俺の子を生んでくれ。俺とおまえの子なら、美形の上に優秀になること間違いなしだ」

ナチュラルに想定外の発言をぶち込まれて、頭がついて行かない。金魚のように口をパクパクさせる百合子の唇に悠然《ゆうぜん》とキスをすると、佐藤はバスルームに行ってしまった。

「な……」

シャワーの音がはじまって、百合子はガバッと布団に潜《もぐ》り込んだ。もう顔中が火照《ほて》りに火照《ほて》っている。きっとゆでダコ並みに真っ赤になっているに違いない。

(なんなのもう～佐藤は本当に私と結婚したいの？　それに、こっ、子供？　なんで？　わかんないっ！)

わからないのにドキドキする。いや、勝手にドキドキさせられてしまう。

『おまえ以外の女は考えられない』

佐藤の声が、まだ耳にこびりついている。誘発されたように昨日のセックスまで思い出してしまい、百合子は悶絶《もんぜつ》した。

(あ、あんなのズルイ！　凄すぎる……こっちがおかしくなっちゃうじゃないっ！　もぉ～～っ！)

あんなセックスは初めてだ。あれほどの悦《よろこ》びと快感がこの世に存在していただなんて、知らなかった。

大事に抱かれた……

女としての自分を暴かれただけではなく、女として求められて、女として大事にされた。

あの一晩で、快楽以上の揺るぎない記憶を心と身体に刻み込まれてしまったのを感じる。

（……どうしよう……私……私……）

佐藤の存在が、百合子の中で急速に変わっていく。今まで彼はライバルで、ただの同僚でしかなかったのに——あんなふうに抱かれたら、どうしても意識してしまう。意識しないなんて無理な話だ。

「上がったよ。百合子も入れよ」

バスルームから聞こえた佐藤の声に、百合子は慌ててベッドから下りると、床に散らばっていた下着を身に着けた。

ついさっきまでベッドの中でもんどり打っていたくせに、そんな空気はどこへやら……

「百合子、ここに来るときコンビニあったけど、あのコンビニ、シャツとか売ってる？」

上半身裸の下はスラックスという姿の佐藤が、濡れた髪を拭きながら部屋に入ってきた。百合子は彼の目の前でブラウスを羽織《はお》り、長い髪を掻き上げる。

「売ってたわよ。ネクタイもあった覚えがあるわ」

ベッドに腰を下ろしながら、キリッとビジネスライクに返す。すると佐藤は百合子の足元に腰を下ろして、太腿に寄り掛かってきた。

「じゃあ、買ってくるかな。ああ、でも行きたくないなぁ……まだ、おまえと二人っきりでいたい。時間はあるだろう?」

そう言って太腿を手のひらで撫でられた。昨夜の愛撫を思い出した身体が、ズクッと疼《うず》く。

「バ、バカ言わないの……わ、私はシャワー浴びるから、早くコンビニに行きなさいよ」

また顔に熱が上がる。慌てて百合子が立ち上がると、佐藤は屈託ない笑顔で手のひらを差し出してきた。

「鍵くれ。未来の嫁が風呂に入ってるのに、鍵を開けっぱなしで出掛ける趣味はない」

「私だってそんな趣味はないわよっ!」

百合子はちゃぶ台の上から取った鍵を佐藤に投げ付けて、逃げるようにバスルームへと直行した。

バタン! とドアを勢いよく閉めて、ジタバタしたいのを懸命に堪《こら》える。

(未来の嫁って! 未来の嫁って言った!)

バスルームの壁に寄り掛かり、百合子は今度こそ真っ赤になった顔を両手で押さえた。以前、まったく同じことを言われたときにはなにも感じなかったのに、今はこんなにもドキドキしているなんて!

「百合子、行ってくるから。なんか適当に飯も買ってくる」

バスルームのドアをコンコンとノックしながら、佐藤が声をかけてくる。

「あ、うんっ！　いってらっしゃい！」

反射的に素で返すと、ドアの向こう側で佐藤が息を呑む気配がした。

「……今のいいな……」

「え？」

意味がわからず、赤面していたのも忘れてキョトンとしてしまう。だが彼は勝手になにか感動しているようだ。

「なんか新婚みたいでいいな。よし、百合子。早く結婚しよう！」

バスルームのドア越しに、もう何度目になるかわからないプロポーズをされて、百合子は大声で怒鳴りつけた。

「早く買い物に行きなさいッ！」

◆　◇　◆

「百合子のマンション、会社から近くていいな。俺ん家逆方向だもんなぁ……」

コンビニで新調したシャツとネクタイを身に着けた佐藤が、駅の改札口に向かいながら言う。コンビニで買った安いシャツやネクタイも、彼が着ればそれなりに見えてしまうもので、これがスタイルがいいということなんだろう。

職場の最寄り駅の改札を潜《くぐ》った百合子は、眉を顰《ひそ》めて苦言を呈《てい》した。

「ちょっと。外で名前呼びはやめてよ。昨日言ったでしょ？」

向かう職場が同じなのだから、今ここで一緒のところを見られたくらいでどうということもない。だが、下の名前で呼ばれるのは話が違う。

「そうだな。まだまわりには黙っとくか。せめて式の日取りが決まってからのほうがいいだろうし」

「……あんた、何気に結婚願望がすごくない？　そんな奴だったの？　お見合いまでして」

佐藤がなんでもかんでも結婚に繋げるものだから、思わずそんなひと言が出てしまう。彼はチラリと百合子のほうを見ると、すぐに目を逸らした。

「俺だって将来のことは真面目に考えるし、相手は選ぶ。嫁にするなら気心の知れた女がいいと思うのは当然だろ。子供も欲しいし、そろそろ俺も本気になる年なわけだ。こう、追い込み時期だな」

「ふぅん？」

男の三十歳ならまだまだ焦る年でもないと思うのだが、佐藤は社長の息子なんだし、早めに社会的に安定して跡取《あと》りの育成を――ということなのだろうか。

（真面目に考えているから結婚したいわけか……）

どうせ結婚するなら気心の知れた相手がいいというのは、百合子にも同じことが言える。

今からまたお見合いをして、お付き合いをして、相手の人柄を知って——。その流れが次の一度のお見合いですんなりいくとは限らない。そうなると、一年や二年は見なければならないだろう。

百合子の年齢は上がる一方だ。うまくいかなかったときのことを考えると、かなりリスキーである。

それに引き換え佐藤なら、素性《すじょう》も、人柄も、仕事ぶりもわかっている。おまけに身体の相性までいいときたら、彼が他の男と会うだけ時間の無駄と言い切るのもなんだか頷ける。

同じ職場で七年も過ごして、築き上げたライバルという名の信頼関係は、伊達《だて》じゃない。

（佐藤はまぁ、悪い奴じゃないし。むしろいい奴だし。なんか、私のこと大事にしてくれそうだし。もしかして結婚相手としてベストなんじゃ……）

チラリと佐藤を盗み見ると、彼のほうも百合子を見ていたらしく、二人して歩きながら見つめ合う羽目になった。

しかも佐藤の眼差しが熱い。瞳の奥に、男としての情熱がこもっているあの眼差しだ。服の上から身体を見透《みす》かされているようで、こちらまで熱くなってくる。

「……な、なに？」

　本当は心底ドキドキしているくせに、とりあえず聞く百合子の声は素っ気ない。しかし、佐藤の眼差しにある熱はブレなかった。

「俺はおまえがいいんだ。おまえだって、別に俺が嫌いじゃないだろう？」

「そ、そりゃあ、まぁ……そうだけど……」

　嫌いだったら、そもそも身体を許したりしない。

「なら、俺と結婚してくれ」

　ふた言目にはこれである。

　さすがに慣れてきた百合子はキッと睨《にら》みながら、応戦した。

「……言っとくけど、私は結婚しても仕事はやめないわよ。そこは譲らないいんだから」

「わかってる。むしろ辞めてもらっちゃ困る。おまえは会社の戦力なんだから」

　一番気になっていたことの言質《げんち》を取って、百合子は内心ホッとした。しかし、まだ他にも聞かねばならないことがある。

「子供は？」

「欲しい。おまえは？」

「一人は絶対に欲しいわね。それから、育休のあとは絶対に職場復帰するわ」

「もちろんだ。俺と結婚したら、将来的に本社異動は確実だ。だが、おまえだけに負担を押し付けるつもりは毛頭ない。まだ実現していないが、会社に託児所を設置する計画もあるんだ。会社としても夫としても、俺はおまえを全力でサポートする」

予想以上の答えに、百合子の胸は躍《おど》った。

しかも、本社に異動！　今以上に大きな仕事がやれるチャンスが巡ってくる！

（これなら……これなら私の希望が全部叶うんじゃない!?）

むしろ、彼以上の好条件を提示してくれる男はこの世にいないかもしれない。

信号で止まった百合子は、前を見据えて軽く咳払いをした。

「コホン。ふん、いいわね」

「なら――」

明らかにまた、「結婚してくれ」と言おうとしていたであろう佐藤を遮《さえぎ》って、百合子は言葉を続けた。

「条件だけで見れば佐藤は最高の結婚相手だと思うわ。前向きに考えるつもりもある。でも、もうちょっと時間をちょうだい。私は同僚としての佐藤しか知らないのよ。それに、お見合いしてまだ数日しか経ってないわ。まずはプライベートで会うようにしてみましょ」

なににしても性急すぎる、というのが百合子の言い分だ。

今更、惚れた腫《は》れたの恋愛関係をいちからはじめましょうなんて言う気はないが、受け入れられない決定的ななにかが出てこないとも限らないではないか。少しずつ慣らしていかないと。

結婚してから「こんなはずじゃなかった」なんてことは御免被《ごめんこうむ》りたい。これはお互いのためだ。

佐藤はというと、百合子の隣で頷いている。

「確かに――」

彼は一度言葉を切って、百合子に最高の笑顔を向けてきた。

「――じゃあ、これからしばらくは俺のアピール期間ということだな」

「へ？」

いつ、誰が、どこで、アピール期間だなんて単語を出したというのか。しかし彼は、完全にやる気になっている。

「あれだな。昨日も思ったけど、おまえ焦《じ》らすのうまいな」

「焦《じ》ら……そんなんじゃないんだけど……」

普通のお見合いだって何度かデートを繰り返すものだろう。そういうことをしようと提案したつもりなのだか、どこが焦《じ》らしていることになるのか。いまいち理解できない。

（私、なにかおかしなことを言ったのかしら？）

首を傾げる百合子の頬を、佐藤の手がそっと撫でた。

「――覚悟しとけよ、百合子」

耳元で囁《ささや》く佐藤のその声が、昨夜の情交を彷彿《ほうふつ》とさせる。

百合子がドキッとして肩を揺らすと、彼はニッといつもの笑みを浮かべた。

「俺、先に行くわ」

「え、あ、うん……」

信号が青になり、佐藤が早足で横断歩道を歩み去っていく。

その彼の後ろ姿を見ながら、百合子は今までにない感情が自分の胸に生まれるのを味わっていた。

◆　◇　◆

会社で、佐藤の態度はいつも通りだった。

もともと百合子より佐藤のほうが早く出社するのが当たり前だったから、彼が先に行ったのは正解なのだろう。

職場でも、誰もなにも言ってこない。二人の間にあったことなんて、誰も気付いた気配がない。

今、佐藤は別件で会議中だ。

こうやって離れていると、昨日のことどころか、今朝のことまで実は夢だったんじゃないかと思ってしまう。

でも夢じゃない。

佐藤と寝た――セックスした。腰や身体全体に残る倦怠感《けんたいかん》が、夢じゃないと言っている。

(佐藤との結婚……どう考えても悪くないのよねぇ……)

打算的だと言えば身も蓋もないが、他にいい相手がいないというのも事実。今のところ結婚を躊躇《ためら》うような大袈裟《おおげさ》な理由もない。なんだかもう、佐藤のことばかり考えている自分がいる。

頬杖を突いた百合子は、気を紛らわせるために、隣の席で仕事をしている安村をじっと見た。

「あのォ……浅木チーフ？　さっきからごっつい視線を感じるんですけどォ……」

パソコンでスケジュールのラインを引いていた安村が、眉間に皺《しわ》を寄せて言った。なんとも作業しにくそうだ。

「気にしないでいいのよ。安村くんを見てるだけだから」

昨日の仕返ししようと、内心舌を出して取り合わない。

百合子に対して大きく出ることができないタチの彼は、落ち着かない素振りを見せながらも、それ以上はなにも言わないでいる。

「ねぇ、今持ってる仕事量は多い？　まだ余裕ある？」

彼のスケジュールの引き方を横から見ている限りはだいぶ余裕がある。百合子が部下に負担を強《し》いるような仕事の振り方をしないからだ。人に任せて無理をさせるくらいなら、自分でやったほうがいいと思っていた。しかし、そのお陰で、百合子一極集中型のスタイルになってしまった感じは否めない。安村がそれを不満に思っていることは、先の愚痴《ぐち》が示している。

わかりきったことをあえて聞いた百合子に安村は少し驚いた顔を見せたが、素直に答えてくれた。

「あ、うん。余裕はあるよ。ま、納期次第やけど。なんや急ぎ？」

百合子は自分の机からファイルを一部取って、安村に差し出した。

「モーターフェスの企画出し、安村くんやる？」

「えっ！」

驚きを隠さず大きく目を見開く安村は、ファイルを手に持ったままピクリとも動かなくなった。そんな彼から微妙に目を逸らしながら、百合子はぐいぐいとファイルを押し付ける。

「締め切りまではまだ時間あるし。余裕があるならやってみて。通ったら安村くんがメインで、私はサポート」

「浅木がサポート？　え？　なんで、急に？　な、なんか、あった……？」

百合子は今まで自分がメインで企画出しからプレゼン、運営まで全《すべ》てをやってきた。チーフになってからサポートについたのは、佐藤の案件が初だ。それもいやいやといった具合だった。

それが自分からサポートにつくと言ったものだから、違和感が半端ではないのだろう。安村の眼差しに「まさか」という色が浮かぶ。当の本人に心当たりがあるのだから、そちらへと邪推《じゃすい》していくようで、若干視線が挙動不審だ。

「佐藤チーフが――」

百合子は咄嗟《とっさ》に、佐藤の名前を出していた。

昨日の愚痴《ぐち》を謝ってほしいわけじゃない。安村の不満は当然のものだから。本人の耳に入っていたのかと、萎縮《いしゅく》してほしいわけでもない。

ただ、経験を積ませることも、チーフの仕事だと言った佐藤の言葉を、その通りだと思ったまでだ。それが、今までの自分に足りなかったものなのだろう。

「佐藤チーフのとこの案件も大きいし、私、手伝わされてモーターフェスまで手が回らないのよ。佐藤チーフのとこは出てこないはずだけど、だからと言って他チームにこの案件を取られるのは癪《しゃく》だし。指名なしの案件だから、安村くんが取ってくれればうちのチームの実績にもなるし、安村くんの実績にもなる。どうかな？」

「あ、ああ……そういうこと……」

安村の表情から少し力が抜ける。

彼はパソコンの画面に表示されていたスケジュールをしばらく見ていたが、やがて力強く頷いた。

「それやったら喜んでやらせてもらいますわ、浅木チーフ」

「よかった。安村くんなら大丈夫だと思ってたの。このフェスは去年私が取ったから、少しはノウハウがあるつもりよ。手助けはできると思うから、遠慮なく声かけて」

百合子は安村に微笑んで、自分の仕事に戻った。

本当は企画出しからできる余裕はある。しかし、今それをやっては、安村がますます自信喪失してしまう。

（よかった。安村くん、やる気になってくれたみたい）

安村の表情が意欲に満ちていたから、これできっと正解だったのだ。

チーフとして一歩前進したような気がする。自分が前に出るばかりではなく、支える側に回る……これも佐藤の助言のお陰だ。

（今度、佐藤にお礼言っといたほうがいいかな）

そんなことを考えている百合子を、安村がジッと見つめていた。

◆　◇　◆

仕事を終えて帰宅した百合子が一人夕食の支度をしていると、玄関のインターフォンが鳴った。

（こんな時間に誰かしら？）

通販でなにか頼んだ覚えもない。親も友達も、百合子の帰宅時間や休みが不規則なことを知っているから、連絡なしに来たりもしない。ご近所付き合いも希薄だし、つまりこの訪問はセールスの可能性が特大なわけだ。

（はい、スルー）

百合子が無視を決め込んで料理を続けていると、またインターフォンが鳴った。

（しつこいわね）

ムッと眉間に皺《しわ》を寄せて、仕上げに入っていた料理の手を止める。

ピンポン、ピンポン、ピンポン！

インターフォンの連打に舌打ちして、どこのどいつだと百合子は玄関のドアスコープを覗いた。

するとそこには、満面の笑みを浮かべる佐藤真の姿が――

「ええっ⁉」

驚いて、すぐに玄関ドアを開ける。

「どうしたの佐藤、こんな時間に！」

忘れ物でもしたのだろうかと思ったが、なにやら様子がおかしい。

佐藤はビジネスバッグだけでなく、出張に行くときに使うトランクを横に置き、片手には明らかにスーツカバーとわかるそれを持っている。しかもよく見ると、今朝着ていたスーツと違うスーツを彼は着ているではないか。

「しばらく泊めてくれ」

「は？　なんで？」

玄関に入ってくるなり、開口一番にそんなことを言ってきた佐藤に素で返す。

ぽかんと口を開けた百合子の腕に、彼の脱いだばかりのコートが無造作に引っ掛けられた。

「プライベートで会う時間を作ろうって言ったのはおまえだろ。だから来た」

確かに今朝そんな話をしたが、それがどうしていきなり来ることに繋がるのか。

「え？　な、ちょ――」

「入るぞ」

頭の中をグルグルさせた百合子の横をすり抜けて、佐藤は勝手知ったると言わんばかりに中に入っていく。

「待ってよ！　なにそれ！」

百合子が追いかけていくと、佐藤はすでにラグの上にどっかりと座っていた。

「今から飯か？　ちょうどいいタイミングに来たみたいだな。俺にも食わせてくれ。未来の嫁の料理の腕くらい知っておきたい」

そう、嬉しそうに笑う佐藤。なにもかもが突然で、呆れてものも言えない。

結婚を考える相手の料理の腕が気になるという彼の主張は一応理解できないこともないが、それでも急すぎる。

「あんたねぇ――」

「おまえ、エプロン姿も可愛いな」

にこやかな佐藤のひと言のせいで、せめて前もって連絡くらいしろと叩きつけようとした文句が、喉の奥に引っ込んでしまう。

「～～～っ――はぁあああ………」

百合子は盛大なため息をついて、持たされていた佐藤のコートをハンガーに掛けた。

「いきなり来るのはやめて」

「だって俺、おまえの連絡先知らないからさ。会社で話すわけにもいかないし、また親経由するのもなぁ？　それに、善は急げって言うし？」

「急過ぎるのよ、バカ！」

どうせまた、ふと思いついて実行しているだけなのだ。この男の気まぐれに真面目に付き合っていたら、こっちの身が持たない。

百合子はできたばかりの料理をちゃぶ台に並べた。

明日も食べようと思って少し余計に作っておいたのが、アダとなった形だ。別に、この男のために作ったわけではないのに。

「おお、うまそう！」

「角煮とれんこんサラダ。あと豆腐のお味噌汁よ。連絡先は教えるから、それ食べたら帰って」

「却下。百合子とこれ見ようと思って持ってきたんだ」

佐藤は自分のビジネスバッグを引き寄せると、中から封筒に入った冊子のようなものを数冊取り出した。

「いただきます。──なにそれ？」

味噌汁に口を付け、目だけを佐藤の手元に向ける。すると、彼はなんとも楽しそうな笑みでその冊子の表紙を向けてきた。

「式場のパンフレット」

「ブッ！」

口に含んだばかりの味噌汁を噴き出して、盛大に咽《む》せてしまう。もう、不意打ちの連続だ。百合子はエプロンで口元を押さえた。

「ブホッ……ゴボッ……し、式場ぉ!?」

「百合子はプライベートで会おうって言ってたけど、目的はつまり、俺の生活とか考え方とか、そういうのを知りたいってことだろう？　なら、しばらく一緒に住めばいいなと思ってさ。そうすれば生活はいやでも見えるし。で、これは持論だが考え方や人間性なんてものは、なにかを決めるときが一番出る。つまり、一緒に住んで結婚式のことを決めていればだいたいわかるってわけだ。結婚生活の予行演習しようぜ」

「よ、予行演習!?　それでなんでうちに来るの？　てか、なんで結婚式？　私としてはツッコミどころが満載よ！」

　確かに佐藤の言うことは一理あるが、だからと言って納得はできない。彼は予行演習と言ったが、実質は同棲じゃないか。

　ドヤ顔の佐藤を半目でじっとりと睨《にら》んでやると、彼は笑いながら百合子の料理に箸を伸ばした。

「別に俺の部屋でもいいけど、通勤が遠くなるぞ。あと決めることは、新婚旅行とか結婚指輪でもいいな」

「あのねぇ――」

そういうことを聞きたかったわけではない。なんでも勝手に決めるなと言いたかったのだ。

（しかも決める内容が全部結婚関連なのはなんなのよ！）

百合子が怒りをぶちまけようとしたとき、佐藤が目を見開いて叫んだ。

「百合子、これうまい！」

「え？」

百合子が眉を寄せると、佐藤は角煮に次々と箸をのばす。

「なにこれ、うまっ！　角煮って言ってたよな？　でもこれ、鶏肉だよな？　豚以外の角煮なんて初めて食べた。柔らかいな。味も染みてる」

「う、うちは昔から角煮には鶏肉使うって決まってるのよ。カロリー低いし……味も染みやすいし」

「そうなのか？　百合子は料理もうまいんだな。初めて食べたはずなのに懐かしい感じで絶妙。俺、これ好きだ」

絶賛されて、なんだかじんわりと照れてくるから困る。思えば男に手料理を振る舞うのも、それを褒《ほ》められるのも初めてだ。

すっかり空になってしまった佐藤の皿の横に、百合子はもじもじしながら手つかずの角煮が入った自分の皿を押し出した。

「そ、そんなに気に入ったなら、食べていいわよ？　べ、別に私にとっては珍しいものでもないし、まだあるし……」

「もらう、もらう！　そっか、俺、百合子と結婚したら、こんな飯が食えるのか。最高じゃないか」

「わかったから、結婚、結婚って言わないでよ……もう……」

一応の文句を言いながらも、満更でもない気がどこかにあって、強い口調も言葉も出ない。佐藤は、本当においしそうに食べてくれる。どう取り繕《つくろ》っても嬉しいことには変わりない。

「言っとくけど私、忙しいときは作らないからね」

料理は嫌いじゃないが、仕事が忙しくなるとほとんど作らない。モーターフェスの企画でサポートに回ることにしたから、少し余裕があって久しぶりに包丁を握ったのだ。

「わかってるよ。俺も忙しいと外で済ませることもあるしさ。でもさ、百合子の手料理が待ってたら、俺、意地でも家に帰って食いそう」

無邪気に笑ってご飯を掻き込む佐藤の姿を見ていると、「そ、それなら作ってあげてもいいわよ」と言いそうになって、百合子はぷいっとそっぽを向いた。

「そ、そんなの知らないっ。佐藤が作ったっていいんだからね」

「おー。俺もそこそこ作るぞ。明日、俺が作ろうか？　俺の特製カレー。結構いけるぜ」

「へぇ？　じゃあ、作ってもらおうかしら？」

うっかり言ってしまったひと言が、明日のこの時間も佐藤と過ごす約束になったことに百合子が気付くのは、もうちょっとあとになってからだった。

◆　◇　◆

食事を終えてから、交代でシャワーを浴びる。

佐藤は寝間着代わりのスウェットや歯ブラシ、髭剃《ひげそ》りまで持参していて隙がない。居座る気満々だ。

最後は百合子のほうが折れて、結局佐藤を泊めることになってしまった。

長袖のシャツにホットパンツという湯上がりスタイルの百合子が、ベッドの上で寛《くつろ》いでいると、シャワーから上がった佐藤が近付いてきて、コロンと隣に横たわった。

「なに塗ってるんだ？」

「ボディクリーム。この時期は特に乾燥するから」

念入りに肌のケアをする百合子を、佐藤は目を細めて見上げる。そして脚に頬を寄せてきた。まるででっかい猫がすり寄ってきたみたいだ。

「いい匂いだ。百合子の匂いはこれだったんだな。ずっと香水だと思ってた」

「私、香水は使ってないわ」

毎日毎日必ず塗るから、身体に染み込んでいるのだろう。一日欠かしたくらいでは消えないのだ。

百合子は作業を続けながら、ボソッとこぼした。

「今日、安村くんにフェスの企画出ししてもらうことにしたの」

「へぇ、安村。珍しい」

安村は佐藤の同期でもあるが、格別に親しいわけでもなさそうだ。

佐藤は手を伸ばして式場のパンフレットを一冊取ると、仰向けになってページを捲《めく》った。

「いいんじゃないか？　あいつは筋金入りの浅木信奉者《しんぽうしゃ》だもんな。浅木に言われたら張り切ってやりそうだ」

(信奉者《しんぽうしゃ》？)

そんなことはない、と思う。先日だって、愚痴《ぐち》めいた彼の台詞《せりふ》を耳にしている。だが振り返ってみれば、浅木派だと言ってくれたことはあった。職場で派閥のようなものがあるから、そのことかもしれない。

「安村くん、ちょっと元気なかったみたいなんだけど、仕事頼んだら張り切ってた。きっと頑張ってくれると思うわ。……ぁ、ありがとうね。その……佐藤の……アドバイスの……お陰……」

目も合わせずボソボソとお礼を言うと、横で佐藤が笑う気配がした。

「ははは。どういたしまして。――なぁ、ところで百合子はどんな式がしたい？」

「式？　そんな……考えたことないわ……」

急に言われても困る。百合子は今まで結婚とは本当に縁がなかったのだ。

友達の式に呼ばれることはあっても自分には相手がいないものだから、繋げて考えることはなかった。あったとしても憧れのような朧《おぼろ》げなもので、具体的なものはなにひとつない。

「じゃあ、考えて」

彼は自分の腹の上にパンフレットを開いたまま置いて、百合子を見上げてきた。

「例えばそうだな。場所から絞ってみるのもいいな。海沿いのチャペルとか、百合子の地元がいいとか。あと、海外がいいとかさ。式は百合子の好きにしていいぞ。神前式でも、教会でもなんでも」

佐藤の腹の上に広げられたパンフレットの表紙は、綺麗な海沿いのホテルのもののようで、青い海に花嫁の純白のドレスが光り輝いている。自分に重ねるのがおこがましくなるくらい、魅力的な光景だ。

「海外は……いや。父が……最近膝とか、腰が痛いって言うの。母も、地元でしたら喜ぶかな……」

　ポツリポツリと話す百合子に、佐藤は至極真面目に頷いて、パンフレットをちゃぶ台に置いた。

「一人娘だもんなぁ、百合子は。親御さんもいろいろ希望があるだろう。式は百合子の地元でいいけど、披露宴のときは東京に来てもらわないといけないんだ。会社関係が全部東京だから。披露宴会場は無難に帝国ホテル辺りで考えてる。あと、そうだな……旅行がてら百合子のご両親を温泉に招待するのはどうだ？　東京の近くにも温泉はあるぞ」

「あ……喜びそう……」

　せっかく東京に行くなら、旅行気分も味わえたほうがいい思い出になる。

　百合子が自分の顔の前で手を合わせると、佐藤は身体を起こして百合子の手に触れてきた。

「少しイメージできたか？」

　佐藤がふんわりと笑いながら言ってくる。その笑みがあまりにも優しくて、百合子は思わず目を逸らした。不覚にも佐藤の言う通り、結婚式の一端がふわふわと形を作ろうとしているのだ。未だ妄想のようなそれではあるが、自分の深層心理なのかと思うとなんだか照れる。

　いつも気まぐれで強引なのに、肝心《かんじん》なところで気遣ってくれるから、うっかり惹《ひ》かれそうになってしまうじゃないか。

(じょ、条件がいいからよ……)

そう、佐藤との結婚は条件がいい。だから前向きに検討しているだけで、決して彼に惹《ひ》かれてなんかいない。

「百合子は親思いなんだな」

「……そんなんじゃない」

そんな可愛いものじゃない。ただ今まで嫁に行かず、男も連れて来ず、散々心配掛けている自覚があるから、いい男と結婚して、幸せなところを見せて、少しでも安心させたいと——

「そうか？　こうやって話してて、知らなかった一面を知れるのは嬉しいよ」

佐藤は百合子の指先にキスをすると、そのまま唇を重ねてきた。

それは軽く触れ合うだけにはとどまらず、百合子の中に入ってくるキスだ。拒絶しようと思えばできるはずなのに、できない。舌先で口内をいじられているうちに、唾液があふれてきた。それをこくっと飲むと、身体の中央から熱くなっていく。

ゆっくり唇が離れると、二人の間に粘り気のある糸が引いた。

「……佐藤は、すぐキスする……」

「そりゃあ、好きだからな」

（……キス魔め……）

そんなにキスが好きか。百合子は目を逸らしているのに、佐藤はわざとなのか執拗《しつよう》に視界に入ってこようとする。避けるように身体ごと横を向いても、めげずに追いかけてくる。そしてピッタリと身体を寄せ、百合子の髪や耳、首筋に触れてきた。

「や……、なに？」

触られて怪訝な顔を向けると、笑った佐藤にまたキスをされた。そのままベッドに押し倒される。

背後から身体を重ねてきた佐藤の手が、じんわりと百合子の乳房を触ってくる。

不埒《ふらち》なその動きに、百合子は身体を捩《よじ》った。

「……昨日したじゃない——っあ！」

明日も仕事なのに——そう抗議したいのに、うなじの辺りを啄《ついば》むように食《は》まれて、カッと身体に熱が走った。

「俺は毎日したいけど？」

「〜〜〜っ！」

囁《ささや》きながら佐藤は百合子の乳房を揉みしだき、既に硬くなったものをお尻に押し付けてくる。

風呂上がりでブラジャーは着けていない。シャツ越しに乳首を摘《つ》まれて、ピクッと震えた。

「く……こ、こんなことがしたくて、泊まりに来たのねっ！」

身体が目的かと詰《なじ》りながら、キッと睨《にら》み付ける。しかし佐藤の手はまったく止まらない。それどころか胸を揉みながら、反対の手をホットパンツの中にまで入れてきた。ショーツの上から蕾《つぼみ》を撫で回される。

一番感じるそこを、くにゅくにゅと指で挟むように擦《こす》られた。百合子ははしたない声が漏れてしまわないように、口を噤《つぐ》むしかない。

そんな百合子の性格がわかっている佐藤は、執拗《しつよう》に蕾《つぼみ》をいじるのだ。それは決して激しい刺激ではないが、確実に百合子の中を侵食していく。

「俺がしたい理想の結婚生活ってこう。まず、嫁と一緒に仕事すること。お互いの手が届かないところをサポートして、常に支え合う関係でいたいんだ」

佐藤の人差し指が、円を描くように蕾《つぼみ》を撫で回す。百合子は懸命に太腿を寄せたが、ほぼ同時に乳首をカリカリと引っ掻かれ、ズクッと身体が疼《うず》く。

佐藤は百合子の髪の匂いを嗅ぐと、「はぁ、いい匂いだ」と囁《ささや》いた。

「プライベートでも協力して生活したい。仕事でしか繋がっていない仮面夫婦なんてゴメンなんだよ。交互に飯作って、一緒に食べて、さっきみたいにまったりと話をしたい」

むにゅむにゅと乳房を揉まれて、乳首が立ち上がっていく。蕾《つぼみ》も布で挟むように摘《つ》ままれた。その絶妙な力加減が気持ちよくて、歯を食いしばっていないと声が漏れてしまいそうだ。

彼は百合子のうなじに吸い付き、より一層強く抱きしめる。

「そしてさ、夜は同じベッドがいいな。夫婦別々の人もいるみたいだけど、俺は一緒がいい。休みの日は一緒に出掛けて、いろんな店回ってさ。俺は百合子とそうやって暮らしていきたいと思ってる。百合子はどう思う？」

蕾《つぼみ》をくにゅっと押し潰《つぶ》されて、ビクッと腰が跳《は》ねた。

佐藤が語る理想の結婚とやらに、心惹《ひ》かれないわけではない。仕事のところなんか特にいい。佐藤となら最高のビジネスパートナーになれるだろう。

仮面夫婦がゴメンだというところにも同意する。夫婦仲はいいほうがいい。同じベッドで眠りたいというのも別に構わない。

が――

「だ、だからって、毎日……しなくても……あっ！」

快感に震えそうになる声を隠して抗《あらが》うが、ショーツの中に佐藤の手が入ってきて悲鳴を上げた。花弁がこじ開けられ、ハッとしたときにはもう、ぴちゃりと濡れた音が響いていた。

「でも、百合子の身体は俺と毎日したいみたいだけど？」

「～～～っ！」

真っ赤になって喚《わめ》く前に、すくった蜜液を蕾《つぼみ》になすり付けられた。腫《は》れぼったくなったそこを優しく摘《つ》まれる。思わず今まで我慢に我慢を重ねていた声が漏れてしまい、百合子は慌てて口を押さえた。

（やだ……わ、私……いつの間に……こ、こんなに濡れて……）

「ああ、びちょびちょだな。百合子もこの予行演習には乗り気と考えていいのかな？」

だが、佐藤は中に指を挿《い》れてはこない。蜜口のまわりを丁寧に撫で、中からあふれてきた蜜液を自分の指に絡める。そして触れるか触れないかの絶妙なタッチで、蕾《つぼみ》を左右に揺らしてくるのだ。彼が指を動かすたびに、ぴちゃぴちゃと粘着質な音がして、恥ずかしくてもう気が変になりそうだ。

唇を噛《か》み締めて百合子が身を捩《よじ》ると、うなじから肩までをつーっと舐められた。

「声を我慢しているのか？　出していいのに。昨日の声、また聞きたい。すごく……可愛かった。今日もしよう？　俺はおまえの中に入りたい」

耳の後ろから甘く囁《ささや》かれて、身体ごと胸の奥が疼《うず》く。身体が勝手に、昨日のセックスを思い出して濡れていくのだ。

奥まで挿《い》れられて、いろんな体位で貫《つらぬ》かれ、あられもない声で啼《な》かされた、あの強引で優しい夜。

その夜がまた来ることを望んで、身体が奥から濡れていく——

百合子が小さく振り返ると、熱を持った佐藤の視線と絡んだ。百合子を女にする目だ。肌をなぞって、中に入ってこようとする視線の熱。

「ゆり……」

額《ひたい》を触れ合わせ、至近距離で呼ばれると、それだけで求められているような気がしてしまう。

(結婚したら、毎晩、こんな感じなの……?)

不思議だ。お見合いをするまで、ただの同僚としか思っていなかったのに、今はこの男と結婚したら自分の生活がどうなるかを考えている。

百合子は少し目を逸らしながら呟いた。

「い、いわよ……佐藤の言う、予行演習なんでしょ? 理想の結婚……の」

一緒に仕事をした。一緒に食事をした。話もした。あとは一緒のベッドで寝る——これは佐藤の理想の結婚生活だ。それが実現可能か、彼は知りたいのだろう。

百合子からしてみても、佐藤が理想とする結婚生活を体験することは、彼を知ることに繋がる。だからこれは有意義なことなのだ。

そう自分に言い聞かせ、百合子は緩《ゆる》く目を閉じた。自然と唇が合わさる。そのまま向かい合う形でお互いを抱きしめたら、これが案外しっくりきた。

「ゆり、嬉しいよ。またおまえを抱けるなんて」

百合子の唇を吸いながら、佐藤が名前を呼んできた。その声が一段と心地よく思えて、身体から力が抜ける。すると彼は百合子の上に乗ってきた。シャツをめくり上げ、乳房を直接揉みしだく。

「んぁ……」

キスしながらのそれが気持ちよくて、甘ったるい吐息が鼻から抜ける。そして、また濡れた。

唇を離した佐藤が、自分の手元――彼の手に揉まれて卑猥《ひわい》に形を変える百合子の乳房を見つめる。むにゅむにゅと揉んで、寄せて、乳首を押し出すように掴む。その一連を凝視して何を思ったのか、小さく喉を鳴らした。

「百合子……綺麗だ……」

「～～～っ」

そんなにじっくりと見た挙げ句に言われても、反応に困る。視線を彷徨《さまよ》わせていると、じゅっと胸の先を吸われた。

くちゅくちゅと味わうように乳を吸って、反対の乳房も自分のものだと言わんばかりに揉んでくる男を睨《にら》む。

「百合子の肌は甘いな」

佐藤はそんなことを言って、百合子からホットパンツとショーツをスルリと脱がせた。ゆっくりとこじ開けられる脚に、昨日ほどの抵抗の力は入らない。

（恥ずかしい……はず、なのに……）

片脚が持ち上げられた。脚の間に佐藤が顔を近付ける。濡れているくせにまだ閉じているそこに、彼はゆっくりとキスをしてきた。舌先だけで花弁を広げ、淫溝に沿って舌を上下に動かす。それだけでゾクゾクした身体に、尖らせた舌先が入り込んできた。

「んっ」

「百合子のここ……、可愛い」

佐藤は舌に蜜液を纏《まと》わせ、蕾《つぼみ》をつーっと舐め上げてくる。そして、蕾《つぼみ》を口に含み、ちゅぱちゅぱと吸いながら舌で扱《しご》いてきた。まるで乳首をしゃぶっているかのような舌遣いに、お腹の奥がズクズクする。

「んっ、あ……そんなに舐めちゃ……だめ……」

思わず佐藤の頭に手を添《そ》えると、彼はなにも言わずに指を絡めて握ってきた。まるで恋人繋ぎだ。

百合子の胸がトクンと高鳴った瞬間、佐藤と目が合った。

「ゃ～～んぅ、み、ないで……」

「いやだ」

佐藤は上目遣いで百合子を熱く見つめながら、蕾《つぼみ》を舐める。よせばいいのに百合子も百合子で、そんな彼から目が離せない。

彼のぬめった赤い舌が、尖った蕾《つぼみ》を包むように舐めていくのを見ているだけで、ゾクゾクしてしまう。

（あ――もっと……）

もっとされたい。舐めるだけでなく、中も触れてほしい……そんな淫《みだ》らな欲求が生まれた瞬間、佐藤の舌が離れた。ぶるっと身体が震える。

「すごい垂れてきた。待てない？」

期待している身体を見透《みす》かされた気がして、赤くなって顔を背《そむ》ける。すると、佐藤が笑いながら百合子の頬を撫でてきた。

「そのツンってした表情《かお》好きだ。啼《な》かせたくなる」

無造作に上着を脱いだ佐藤は、どこからともなく避妊具を出してきた。

「予行演習だから避妊はしないとな」

咥《くわ》えた避妊具の封を破る彼の目に捕まって、百合子はぶるっと震えた。

まだ中をほぐされていない。でもさっきまで舌で愛撫されていたところは、自分でも否定できないほどとろとろだ。まるで、このまま挿《い》れられることを望んでいるかのようだ。そこに硬い漲《みなぎ》りの先を充《あ》てがわれ、思わず息を呑む。もう、逃げられなかった。

ずぶずぶとめり込むように、佐藤が百合子の中に入ってくる。

蜜液でたっぷりと濡れたそこに痛みはない。あるのは熱と快感だ。内臓を押し上げるほど深い処《ところ》まで、彼の物がみっちりと埋められる。

熱くて気持ちいい。もう、挿《い》れられたときの摩擦だけでいってしまいそうだ。百合子は悶《もだ》えながら大きく息を吐いた。

「あぁ……は……ぅ………ぁ……」

ビクビクと震える百合子の頬を撫で回しながら、佐藤が耳元で囁《ささや》く。

「奥まで一気に入ったな。わかるか？　百合子の中、もう俺の形になってる」

ねっとりとした腰遣いで出し挿《い》れして、佐藤が気持ちよさそうに声を漏らす。

「熱っ。柔らかいのに、吸い付いてくる……はぁ、たまらない」

生唾《なまつば》を呑んだ彼の腰が、徐々に大きなストロークで叩きつけられる。張り詰めた硬い肉棒が、奥から入り口まで満遍《まんべん》なく百合子の中を堪能している。

いやらしい汁をあふれさせる膣は、ヒクヒクと蠢《うごめ》きながら佐藤の物を咥《くわ》えている。

佐藤の身体でこじ開けられて、脚を閉じるなんてできない。

百合子に許されたのは、彼の肉棒に膣内《なか》を掻き回されて感じることだけ。

「あっ、あっ！　は……ぁう……はぁんぅく……」

「百合子」

佐藤は百合子の唇をキスで塞ぐと、大胆に腰を打ち付けてきた。舌が絡み付いて呼吸が奪《うば》われ、代わりに与えられるのは快感だ。

百合子の好《い》い処《ところ》を擦《こす》りながら、ズンズンと子宮が突き上げられる。奥へと侵入されていくのが、気持ちよくてたまらない。どんどん濡れて、佐藤が動くたびに蜜液が掻き出される。

ぐじゅ、じゅぶっ、くちゅ……と、響くいやらしい音が、唇からも蜜口からも鳴ってやまない。

佐藤の熱い眼差しは、百合子の中の女を炙《あぶ》り出していく。

「はぁう……あぁっう……ぁ……ひぃぁ……んぅ……」

気持ちよすぎて、声を押し殺して悶《もだ》えるしかできない。すると、そんな百合子の頬を佐藤の手が撫でてきた。

「百合子……ここ、気持ちいいか？」

「……ふ……んぅ……うん……」

小さな声で頷くと、佐藤がコツンと額《ひたい》を重ねてくる。薄く目を開けると、嬉しそうに笑った彼がいた。

「よかった」

呟いた佐藤が、百合子の首筋に舐めるようなキスを落とす。そしてゆったりと滑《なめ》らかに腰を動かしながら、乳房を掴んできた。

「俺も気持ちいい。百合子の中がうねってる。百合子……もう少し激しくしてもいいか？」

その優しい問いかけは、セックスに慣れていない百合子の身体を気遣ってくれているのだろうか。しかし、こうやって親指で擦《こす》られては、乳首がズクズクしてしまう。乳首から鈍い刺激が送られ、子宮がもどかしさに震えた。身体がもっと……と訴えている。

「……ぅん……」

百合子が小さく頷くと、佐藤が唇にキスしてきた。

「辛かったら言え」

そう囁《ささや》いた佐藤は上体を起こすと、百合子の腰をぐいっと持ち上げた。真上から伸し掛かられる。

「あぁっ！」

今までも充分《じゅうぶん》深い処《ところ》を突かれていると思っていた。しかしそれは間違いだったようだ。子宮を押し上げるほど深く佐藤が入ってきて、その衝撃と圧に目を見開く。今まで手加減されていたのだと気付いたときには、百合子は佐藤に喰われていた。

「ん！　ああ！　う！　あはぅぁ……！」

自分のつま先が耳の横で揺れる。視界の端に、自分の身体の中に佐藤の身体の一部がずぶずぶと入っていくところが見えた。

「ああ……あ……」

彼の赤黒い物は、百合子の膣肉をこれ以上ないほどめいっぱい広げて、めり込んでいく。

そして腹の奥を侵食して子宮をたっぷりと突き上げてから、ズズッと引き抜かれる。

自分の身体の中に佐藤が出入りしている瞬間を見てしまい、一気に羞恥心《しゅうちしん》が襲ってくる。

佐藤と男と女の関係になっているのだと、視覚的に認識してしまったのだ。

「百合子」

佐藤に見つめられる。その目が、百合子が気持ちいいか、いやがっていないか、その反応を見逃すまいとしていて、胸をざわつかせる。

今、自分は、この男の目にどんな女として映っているのだろう？　胸をはだけ、蜜液を滴《したた》るほど垂らして善《よ》がる、いやらしい女になっているのではないか？

「み、ないで……そんなにみないで……あぁ……」

「こんないい女を抱いてるのに、見るなって言うのか？　無理だろ」

佐藤は百合子の足首を掴むと、そこにねっとりと舌を這《は》わせてきた。その行為がなんとも言えず官能的で、まともに見ていられない。しかし、どんなに目を逸らしても、感覚まで断つのは不可能だ。佐藤の舌が踵《かかと》から足の裏を通って、親指の股まで舐めてきたのがわかる。

男が自分の足を舐めているという感触だけで、蜜口がぎゅうぎゅうと締まった。

「足舐められて感じてるな。中がうねってる」

佐藤はぐっと上体を近付けて、ぷっくりと膨らんだ乳首を舐めしゃぶってきた。

挿《い》れられた肉棒の先が、膣内《なか》でビクビクと微《かす》かに動いている。そんな小さな動きもわかってしまうほど、媚肉《びにく》が彼の物を締めつけている。

「繋がってるから、おまえが感じてることがよくわかる」

どんなに否定しようとしても、ヒクヒクとあそこが蠢《うごめ》くからバレてしまう。まるで感覚まで共有しているかのように、なにもかも暴かれていく。恥ずかしいが、わかってもらえたという喜びと、隠さなくていいという解放感も確かにある。

自分たちは今、快感を共有しているのだ。

むんむんとした熱気と性の匂いに当てられて、くらくらする。

「さ、とう……」

「おまえが気持ちいいと、俺も気持ちいい」

彼は百合子の腰を掴んで上下に動かしながら、一層激しく奥を突いてきた。

その瞬間に、子宮口をぞろっと擦《こす》られる。恐ろしいほどの快感を受け、思わず佐藤にしがみついた。

「はぁあぁんっ！」

ずぽずぽと出し挿《い》れする動き。百合子の膣は佐藤の漲《みなぎ》りをしっかり咥《くわ》えて離さない。それどころか、肉襞が自分からむしゃぶりついているみたいだ。

辱《はずかし》められているのに気持ちいい。これが女の悦《よろこ》びなのか。

快楽に打ち震え、肉棒で貫《つらぬ》かれて感じきった甘い声を上げる百合子を、佐藤が抱きしめてくる。身体中を舐め、肌に吸い跡《あと》を付けながら、おまえは俺の女だと強調するように佐藤が百合子を蹂躙《じゅうりん》し尽くす。蕾《つぼみ》を摘《つ》まんで、媚肉《びにく》に自分の裏筋を丁寧にしゃぶらせる。そしてその様子を見つつ、彼は舌舐めずりをした。

「ゆり……ゆ、り……気持ちい」

興奮しきった息を吐いて、彼は更に腰の動きを加速させた。

予行演習なんかじゃない。これは男と女の交わりだ。彼が満足するまでこの行為は終わらないだろう。百合子は脚を開いたはしたない格好で、ひたすらに暴かれ続けるしかない。そうして身体を貪《むさぼ》られる代わりに、何度も何度も名前を呼ばれて、熱い視線となにかを与えられる。あんまり切ない声で佐藤が呼ぶから、快楽に溺れながらもその声が頭にこびりついて離れない。

「はぁはぁ……ひぁ……ああ、ぅ……」

太い物を挿《い》れられて、これ以上ないくらい広げられたあそこから泡立ったいやらしい汁がぷちゅぷちゅと飛び散る。自分の意思とは関係なく腰を振って、彼の物を悦《よろこ》んで呑み込んで――

こんな熱情は知らない。もう耐えられない。

「ひ……ぁあ……ぃく……ああ！　ああ――――！」

女の本能が身体を支配する。百合子は蕩《とろ》けきった表情《かお》で、佐藤を抱きしめていた。

外側は今までと変わらない百合子なのに、内側はもう違う。

「いいな、その顔。……俺の百合子だ」

佐藤は恍惚《こうこつ》の表情で百合子の唇を奪《うば》うと、一番奥で射液を放った。

5

「百合子、ネクタイどっちがいいと思う？」

ちゃぶ台の上に広げた鏡に向かって口紅を塗っていた百合子の背後から、佐藤が声をかけてくる。両手に色違いのネクタイを持った彼を鏡越しにチラリと見て、一秒と間を置かずに答えた。

「右」

「オーケー」

佐藤は百合子が選んだ、濃紺の小紋柄のネクタイをするすると締める。

佐藤が「結婚生活の予行演習」という名目で百合子の部屋に転がり込んできてから、かれこれひと月ほどが経った。もう十二月。街はクリスマス一色だ。

今日は佐藤がメインで進めている、アドネ・オルランドシェフのレストランの件で、テナントビルへ挨拶《あいさつ》に向かうことになっている。

百合子の家賃交渉もうまくいき、クライアントはこのビルへの出店を決めたばかりだ。

「百合子、どうだ？　いい男だろ？」

ネクタイを締めた佐藤が相変わらずのドヤ顔を向けてくる。実際のところ、グレーの細身のスーツと、落ち着きのある濃紺のネクタイはかなり様《さま》になっていて、そんな顔をするだけの根拠になっているものだから反応に困る。

メイクを終えた百合子は、立ち上がって佐藤の前に立つと、ネクタイの結び目の形を整えてやった。

「……似合ってるわ」

「おまえもいい女だ」

「はぁ？　なに言ってるの？」

露骨なおべっかなんか相手にしない。でも心のどこかは嬉しくて、口の端が上がりそうになってしまう。それを抑える努力をした結果、妙な方向へ表情筋を使う羽目になった。

ところが、百合子の唇がぎゅっと真一文字になればなるほど、彼の機嫌はよくなるのだ。

(まったく……当たり前にうちから出張に行くなんて……)

今日は日帰り出張なので、視察の時間は限られている。会社に出勤することなくそのまま新快速に乗って、隣の県にある現地に向かい、そして夜に帰ってくる予定だ。

佐藤のサポート担当である百合子は、朝から晩まで彼と行動を共にすることになる。

彼は会社では変わらない態度だが、家に帰ってからは百合子にべたべただ。入浴中にまで突撃してこようとするから、気が抜けない。今のところそれは阻止しているが、毎晩身体の中には入ってくる。それは抗《あらが》えない快感だ。

佐藤は百合子をこの上なく大切に抱く。それがもうわかっているから、ちょっと強引に求められても、百合子は最後には彼を受け入れてしまう。

しかも、女として枯れていたところに佐藤が潤《うるお》いを与えてくれたのか……女性ホルモンが分泌されまくっているのか、やたらとメイクのノリがいいのだ。

(はぁ……流されてるのかな、私。でも、佐藤がプライベートではこんなだなんて思わなかったし。しかもアイツ、料理上手いし、なんなの? この間のカレーもおいしかったし、スペアリブもおいしかった。なにより——)

——楽なのだ。

まず百合子の仕事へ理解が深い。仕事でちょっと遅くなっても小言を言われないどころか、逆に応援されてしまうのだ。

同じ職場で、同じ立場で働いているのだから、当然と言えば当然かもしれない。しかし、現実はそうもいかないことぐらい、百合子にもわかっている。同じ条件で働いているのに、家のことは全《すべ》て女性がやるべきだと考える男性は、世の中には多いのだ。

だが、佐藤は百合子と同じ方向を向いている。

そんな男と同じベッドで寝起きして、同じ家に帰る。一人ではない、気の合う人間が側にいる居心地のよさ。そしてあの腕のあたたかさに安心している自分がいる。恋愛感情は、正直なところまだわからない。だがこの男を信頼していることに変わりない。

実際問題、円滑な結婚生活に必要なのは、愛だの恋だのといった夢見がちな感情ではなく、現実的な生活の保障と信頼。そしてお互いの協調性と忍耐ではないのか？

（はぁ～佐藤と結婚するとこんな生活になるわけねぇ……ヤバイわ。悪くないわ……いや、むしろイイわ。最高の条件に、最高の男、か）

「百合子、キスしたい」

「口紅が取れるから却下」

ぷいっとそっぽを向くと、背後から佐藤が抱きついてきた。

「じゃあ、これで我慢する」

「あっ、もう！」

抗議の声も聞かず、彼は髪をアップにした百合子のうなじに頬を寄せてくる。そうして大きく息を吸い込むと、軽く食《は》むように唇を当ててきた。

「ゆり……百合子」

聞こえてくるのは、ベッドの中で百合子を呼ぶときと同じ声だ。困っているはずなのに、こんな優しい抱擁《ほうよう》をされたら振りほどけない。

お腹の前でしっかりと交差された彼の手に触れて、百合子はゆっくりと目を閉じた。

(私……大切にされてる、ってことなのかしら……？)

「は——やば、百合子の匂いだけで勃《た》った」

「は？」

くわっと目を見開く百合子のお尻に、硬くそそり立つものが押し付けられる。百合子はわなわなと手を震わせて、佐藤の鳩尾《みぞおち》に思いっきり肘鉄《ひじてつ》を喰らわせた。

「ゴフッ！　なんで！」

「なんでかわかんないのッ!?」

(においってなに！　においって！　しかもなんでおっきくなるの!?)

朝、シャワーを浴びたとはいえ、自分が臭《にお》う——しかもなにか性的なにおいを拡散している——のだろうかと、女としては心中穏やかではない。

しかも、朝から欲情されてどう対処しろというのか。

「今ので萎《な》えたでしょ？」

腹を押さえて前屈みになる佐藤を、腕組みをして絶対零度《れいど》の眼差しで見下ろす。すると、ニヤリと不敵《ふてき》な笑みを浮かべた佐藤にガシッと腕を掴まれた。

「いーや。逆に燃えたね。おまえ、今夜は眠れると思うなよ」

「ッ⁉」

これ見よがしに舌舐めずりをする佐藤にゾクッとして、夜を想像してしまう。しかも明日は休みだ。彼の言葉通りになる可能性は高い。

なにかを期待して濡れそうになる身体に活《かつ》を入れるように、百合子はサッと踵《きびす》を返した。

「仕事行くわよ！」

◆　◇　◆

「浅木さん！　よく来てくれたわね！」

杖を突き、上品なロングスカートを着こなした中年女性が、キビキビとした口調で出迎えてくれた。彼女は森永妙子《もりながたえこ》。このテナントビルのオーナーだ。

車による当て逃げの事故に遭って片脚が不自由になってしまったが、その分、自身の持ち物件にはバリアフリーを徹底している。だからこそ、彼女のビルは飲食店向きなのだ。

このビルの四階にはビル管理人室があって、百合子と佐藤が訪れたのはそこだった。

「森永様！　先日はあんな不躾《ぶしつけ》なお願いをしてしまい、申し訳ありませんでした。でも快諾《かいだく》していただけて、本当に助かりました！　ありがとうございます」

「他でもない浅木さんの頼みだもの」

家賃交渉の件についてまずはお礼を言う。森永はざっくばらんに笑って、応接室の扉を開けた。

彼女はツンと澄ましていて気難しいと思われがちだが、実は極端な人見知りなのだ。慣れた相手でないと、態度が崩れることはない。その代わり、一度打ち解けてしまえば、細かい融通《ゆうずう》も利かせてくれるし、話しやすい。

車の事故に遭ったときにいろいろと手助けをした百合子のことを気に入ってくれているらしく、仕事が絡まなければお互いに下の名前で呼び合う仲である。

「ありがとうございます。これ、お礼代わりと言ってはなんですが、いつものです」

紙袋から出した手土産《てみやげ》のチョコレートを差し出すと、森永の表情が一気に綻《ほころ》んだ。彼女はブランドチョコレートに弱いのだ。

「あら、ありがとう～。これ好きなのよ。わかってるわね～。さすが浅木さん」

「いえいえ、私もこれ大好きなんです。いつも一緒に自分用のも買っちゃうんですよ。

今度、アドネシェフ監修《かんしゅう》のチョコも出る予定なのでお送りしますね」

まずは軽く談笑してから、百合子は自分の後ろにいた佐藤に目配せした。

「森永様。今回、森永様のビルに出店させていただくレストランのプロモーションの総責任者を務めます、弊社《へいしゃ》の佐藤真です」

「はじめまして。イベント企画部の佐藤です。お目にかかれて光栄です」

憎らしいほど爽《さわ》やかに笑った佐藤が、礼儀正しく名刺を差し出す。

名刺を受け取った森永は、しげしげとそれを眺めて、少しばかり眉を上げた。

「イベント企画部チーフ……あら？　今回の総責任者は浅木さんじゃないのね？」

「そうなんですよ。佐藤は私の同期で、もっとも信頼できる人間です。仕事も正確ですし、森永様にはぜひご紹介させていただきたいと思い、こうして連れてまいりました」

「浅木さんがそこまで言うなんて珍しいわね。いいわ」

森永に椅子を勧められて、百合子と佐藤は並んで腰掛けた。

「では森永様。早速今回のレストランの概要をご説明させていただきたいのですが」

「ええ。よろしく」

佐藤が資料を出して、レストランの説明と運営する企業説明、それから内装工事の日程とオープニングセレモニーの日程などを説明していく。

百合子も時折佐藤の説明を補足して、アドネシェフの知名度の高さを強調した。

「へぇ、そのシェフはイタリアでは有名な方なのね」

「はい。日本でもセレブ層に人気のあるシェフです。今回日本初出店ということで、マスコミからの取材の殺到も予想されます。今のところ、Ｂテレからの取材依頼も来ていまして」

「そうなのね。話題になるのはいいことだわ。うちのビルは、他にもいろんなテナントさんが入ってるから、工事も取材も、よそのご迷惑にならないようにしてくださればそれで結構よ」

　森永は自分が注目を浴びることは好まないが、自分のビルに入るテナントが話題になることは大好きなのだ。特にビルが雑誌に載《の》ったり、取材されたりするのは大歓迎。ビルオーナーの中にはそういったことを嫌う人もいるので、プロモーションする側としては彼女のようなオーナーはありがたい。

（建物の外装掃除とか他のビルよりも多めで、いつ取材されてもいいようにピカピカにしてるのよね、妙子さんは）

　建物は十年もすればトイレなど水回りを中心にダメージが出る。しかし彼女の持ちビルはどれも綺麗で状態がいい。オシャレなパウダールームは、女性客には特に人気だ。テナントとして入る場合、トイレなどの共有部分には改装の手出しができない。店は綺麗でも他が汚いという状態を回避するためにも、彼女のようなきっちりとしたオーナーが管理する物件は助かる。しかし、頻繁なビルメンテナンスが原因で、共益費と家賃が他よりも高いのが玉に瑕《きず》ではあるのだが……

「じゃあ、そろそろお貸しするフロアにご案内するわ」

「よろしくお願いします」

今回借りるのは三階フロア全域だ。大きな窓を活かした開放感ある内装を予定している。

十二月に入ったところで、以前入っていたパン屋が撤退した。そのため今は、シャッターが下りている。中は造り付けの棚や机がそのままで、荒れた様子は一切ない。さながら開店前の風景といった具合だ。

「居抜き物件ですから、流用できるものは流用していただいて結構ですわよ」

「ありがとうございます。内装業者と相談しますね。それにしても綺麗なビルですねぇ。メンテナンスが行き届いてる。浅木チーフがぜひにと推《お》すだけはあります」

佐藤が感心したように言って壁に触れる。すると、今までは百合子にしか笑みを向けなかった森永の機嫌が急によくなった。

「あら？　わかる？」

「もちろん。私もこの仕事は長いですから」

（出た。人誑《ひとたら》し）

佐藤は、森永が自分のビルに手を掛けていて、褒《ほ》められると喜ぶことに直《す》ぐ気付いたのだろう。それは大抵のビルオーナーに共通するところではあるが、実際にメンテナンスに人一倍の手間暇かけている森永には効くひと言だ。

「こうして拝見して、今回のレストランの成功を確信しました。やはり建物に清潔感があるというのは大きい。森永様の人柄があらわれているようですね。細部まで美しい」

「ふふふ。言うじゃない？　ま、ウチとしては、長くお付き合いさせていただけたら嬉しいわ。じゃあ、私は先に事務所に戻るからご自由に見て回って。終わったら戻っていらして」

森永が立ち去ってから百合子が佐藤のほうを見ると、彼はもうタブレットを取り出して、図面との相互チェックをはじめていた。

「浅木。前のパン屋って、ここでパン焼いてたんだっけ？」

「そうよ。イートイン付き。だから配管は飲食店と同じ」

「なら改装は楽そうだな。ダクトもあるし、ガス、水道も問題なしか。はー、つくづくおまえいいとこ選ぶわ」

百合子がこのテナントを推《お》したのは、なにも立地の問題だけではない。テナントビルでは、前のテナントが飲食店の場合とそうでない場合の配管が大きく異なる。

飲食店以外――例えば、ブティックや小売店といったガスも水道も必要ない業種は多々あって、その場合はビル自体に配管そのものがなかったり、一般家庭用だったりすることがあるのだ。

飲食店は大量の電気やガス、水道を使うから、一般家庭用なんかでは当然追いつかない。追加や拡張工事をすることになる。最悪、ガス管なんかは道路を割る必要だって出てくるのだ。そうなると大幅な工事期間のロスとなり、開店までのスケジュールが狂ってしまう。もちろん、費用も増すため、元から配管があるかどうかというのは意外と大きな問題なのだ。その点、同業種からのリノベーションは楽でいい。

飲食店が飲食店に。美容室が美容室に。小売店が小売店に。店舗の中身が変わっても同じような業種が入ることが多いのは、そういう理屈なのだ。

「浅木ー。ここ動力の引き込みしてる？」

「してる。電気容量は多めに取ってるから、大型機器入れても平気よ」

「完璧だな。俺、排水経路見てくるから、エアコンの室外機の確認よろしく」

「了解」

二人して阿吽《あうん》の呼吸で視察を進めていく。今までこんなに楽だった視察はない。

そうして二時間も経った頃には作業も終わって、森永の事務所へ挨拶《あいさつ》に戻った。

「いやー大変素晴らしかったです。あとは業者との調整ですが、ざっと拝見した限りでは最短の工事で済みそうですね。クライアントも満足すると思います。次回お伺いするのは、クライアントとの本契約のときになります。また日程を調整して、浅木からご連絡させていただきますね」

佐藤が言うと、森永も満更でもなさそうに笑っていくつかパンフレットを出してきた。

「佐藤さん。浅木さん推薦のあなただから、これをお渡ししておくわ。私が持っている他のテナントビルの紹介よ。また新しい企画が出たらお話ししてくださると嬉しいわ」

「ありがとうございます。こちらとしても大変助かります。その際はぜひ、よろしくお願いします」

他の持ちビルのパンフレットを渡したということは、森永がそれなりに佐藤を気に入ったということだろう。百合子のツテがひとつ佐藤に渡ったことになるが、そう悪い気はしない。

「森永様、今日は本当にありがとうございました」

帰り際、百合子が改めてお礼を言うと、森永がコソッと耳打ちしてきた。

「佐藤さんって感じのいい方ね。百合子ちゃんを見る目がすっごく優しいわ。あの人なら百合子ちゃんを任せられそう」

「はいっ⁉」

一瞬、ドキッとして目を見開くと、森永が好奇心丸出しの表情でニヤニヤと笑っていた。

「百合子ちゃんは私の大切なお友達だもの。百合子ちゃんが男の人を『もっとも信頼できる』なんて私に紹介するの初めてよね。ウフフ、特別な関係？　お式には呼んでよ。絶対に行くわ」

（ぎゃあああああ!!　なんで！　なんで！　なんで！）

内心盛大な悲鳴を上げながら、卒倒しそうになる。佐藤と初めて会ったはずの森永にこんなことを言われるなんて！　顔が真っ赤になっているに違いない。

森永にしてみれば、百合子が自分が付き合っている佐藤に花を持たせるために、森永のビルを紹介し、責任者も譲ったように見えたのかもしれない。だが、現実は違う。今回は企画が採用されず、不本意ながらもサポートに回っているだけだ。佐藤と自分の間にはお互いに恋愛感情などないのだと説明したい。しかし、佐藤とお見合いをして結婚の話まで出ていて、今は「結婚生活の予行演習」のために一緒に住んでいるという事実がある以上、「特別な関係」であることを強く否定できない。なぜなら本当に佐藤と結婚することになった場合、森永を招待することは必至だからだ。

百合子は荒れ狂う胸の内をキレイに隠して、頬を染めたままぎこちなく微笑んだ。

「た、妙子さんったら……」

「ウフフ、楽しみね」

そんな女二人を振り返った佐藤が、穏やかに笑って森永に会釈《えしゃく》をした。

「ほら、彼を待たせちゃ悪いわ。行って。百合子ちゃん、また話聞かせてよね」

「あはは〜」

誤魔化し笑いを浮かべつつ佐藤のもとに小走りで寄った百合子は、森永にもう一度ペコリと頭を下げてから、彼と一緒にエレベーターに乗った。

「森永さんなんだって？」

「なんでもない」

ツンと言い放ってはみたものの、なんとなく頭の端に「結婚」の二文字がチラついて、佐藤の顔をまともに見ることができない。

（人からどんなふうに見えてるんだろう、私たち。……そんなにわかりやすいのかしら）

態度には出さないようにしているつもりなのだが……

百合子が佐藤を盗み見ると、相変わらずじーっと百合子を凝視している彼の視線とぶつかった。またパッと目を逸らす。

（まさか佐藤が、ずっと私を見ていたの？）

そう思うと、急に胸の内側がザワザワする。抑えきれないなにかに追い立てられるように、またじわっと顔に熱が上がった。

「百合子？」

佐藤が不思議そうな声で話しかけてくる。その声を振り切って、百合子は先にエレベーターを降りた。今、彼に顔を見られたくない。きっと、真っ赤になってしまっているから。

◆
◇
◆

実地視察が終わって二人が大阪に帰ってきたのは、もう夕飯時を過ぎてからだった。

「百合子。俺、最近自分のマンションに寄ってないから、郵便物を取りに行ってくる。おまえ、先に帰ってろよ」

電車内で食べた駅弁の包みをゴミ箱に捨てつつ、佐藤がそんなことを言う。百合子は「ふーん？」と生返事を返しながら、少し考えた。

（佐藤のマンションか……。確か東浦駅って言ってたわよね。それって、ここから近いじゃない）

彼は百合子のマンションに居座っているのに、百合子は彼の部屋に行ったことがない。「結婚生活の予行演習」なら、佐藤のマンションを見てみたっていいじゃないか。これはちょっとした好奇心である。

「私も一緒に行っていいかしら？」

「ええ？　わざわざ？」

佐藤は珍しく驚いた素振りを見せると、「う～ん」と困惑した調子で頭に手をやった。

「本当に郵便物取るだけだぞ？　すぐ百合子のところに行くし、無駄足になるだけじゃ……」

「あら。せっかく行くんだから中も見せてよ。むしろそっちが目的よ。それとも、なにか見られてマズイものでもあるのかしら？」

ぷぷぷ～と口に手を当てて悪戯《いたずら》っぽく言うと、佐藤は苦笑いしながらも、最終的には頷いてくれた。

「まぁいいけど……先に言っとくけど、全然綺麗じゃないからな？　むしろ汚いからな？　風呂入って寝るだけの部屋だぞ」

「了解、了解」

そうして電車を乗り継いで向かった佐藤のマンションは、百合子のマンションから五駅離れたところにあった。確かに会社とは距離があるが、最寄り駅からは徒歩五分とそう遠くはない。

社長の息子らしく洒落《しゃれ》たタワーマンションにでも住んでいるかと思いきや、意外や意外。普通の単身用マンションだった。

「ふつーね」

「普通に決まってるだろ。会社に住所提出するのに」

「それもそうか」

彼の徹底した一般社員っぷりには舌を巻く。

佐藤の表札が掛かった一階の集合ポストには、はみ出しそうなほど大きな封筒がいくつも入っていた。

「すごい入ってるわね？　なにこれ？」

「あー、うん。資料請求してたやつ」

「資料請求？」

なにをこんなに取り寄せているのかと首を傾げながらも、三階の角部屋に案内される。

「ここ。言っとくけど、本当に汚いからな」

鍵を開ける前にまた念押しされて、百合子は「はいはい」と笑った。どうやらよっぽどらしい。

「別に忍者グッズ山盛りでも驚かないわよ」

「あ。それは実家の部屋。こっちには置いてない」

そんなことを言いながら、彼は鍵を開けて百合子を部屋に招《まね》き入れてくれた。

「お邪魔しま～す」

玄関は百合子の部屋とあまり変わらない。備え付けの靴箱があって、奥の部屋まで廊下が続いている。佐藤のあとに続いて中に入ると、小ぢんまりとしたキッチンとリビングがあった。

「別に散らかってないじゃない」

率直な感想はこれである。

確かにリビングのダイニングセットには新聞が二部と雑誌が数冊あるが、他にこれと言ってなにかがあるわけでもない。テレビの前には大型でゆったりとしたソファなんかもあって、むしろ過ごしやすそうだ。過ごしやすすぎるのか、ソファの上に毛布がある。テレビを見ながらそこでうたた寝でもしているのかもしれない。ロボット掃除機なんてハイテクなものもあって、かなり羨《うらや》ましい。リビングとダイニングがあるぶん、ワンルームの百合子の部屋より広かった。

「いや、本当にヤバイのは奥の部屋」

脱いだコートとジャケットをダイニングの椅子に引っ掛けた佐藤は、郵便物を開封しながら奥にあるドアを顎《あご》で差した。おそらくそこがベッドルームなのだろう。

「見ていいの?」

「駄目って言っても無駄なんだろ?」

「わかってるじゃない」

せっかく来たのだ。これが目的なのだから見なくてはソンだと言わんばかりに、百合子は嬉々《きき》としてベッドルームのドアを開けた。

「失礼しま~す、っとぉ……あれ? 電気どこ?」

開けてみたはいいものの、明かりがなくて奥までよく見えない。手探りで壁を探っていると、背後から佐藤が明かりを点けてくれた。

「ありがと――ゲッ！」

お礼を言ったはいいものの、目の前に広がった光景――いや、惨状《さんじょう》に言葉を失う。

リビングが普通に綺麗だったから、「散らかっている」という彼の言葉を謙遜《けんそん》かと解釈していたのだが、どうやら言葉通りの意味だったようだ。

にょきにょきと床から生えているのは、本のタワー。本、パンフレット、雑誌――分類されているとはとても思えないほどの乱雑っぷりで、今にも雪崩《なだれ》を起こしそうだ。崩れていないのは、タワーを支える別のタワーがすぐ横にあるからかもしれない。

本棚もあることにはあるが、そこにはもうぎゅうぎゅう詰めに本が並んでいる。おまけに上部の隙間にも横向きになったパンフレットが詰め込まれていて、はっきり言ってもう入らない。本の重みでそのうち床が抜けるのではなかろうか？

セミダブルサイズのベッドが部屋の中央にあるのだが、その半分は本や新聞が薄く層を作っている。一応、もう半分には人が寝られそうなスペースがあるが、そこには紙袋がふたつちょこんと置いてあった。

「な……」

絶句している百合子に軽く嘆息して、彼は口をへの字に曲げた。

「……言ったろ？　風呂入って寝るだけの部屋だって。ここ、根本的に収納スペースがないんだよ。さすがにリビングは人が来たときのために物を置かないようにしてるけどさ。なんか無理があるんだよな」

無理があるなんてレベルの話じゃない。

「あんたこれで寝られるの？」

「無理。ソファで寝てた」

「でしょうね」

入り口からクローゼットまでへのルートだけ、本がない。しかし、とても中に入ろうとは思えなかった。下手に入ったら取り返しのつかないことになりそうだ。

「ちょっと待ってて」

佐藤はその獣道《けものみち》のようなルートを辿って、ベッドに向かう。

百合子が入り口付近にあった本を一冊手に取ってみると、それは最近話題になったビジネス書だった。何箇所か付箋《ふせん》が貼ってある。パラパラとページを捲《めく》ると、ところどころに赤線が引いてあった。

（まさか……）

他の本も手に取ってみると、そちらも同じように付箋《ふせん》と赤線がある。

（まさか、これ全部……資料……？　読んだの？　嘘……）

ビジネス、経済、政治、経営戦略、プロモーション、リーダーシップ……そんなタイトルが躍《おど》る書物の山に加えて、パンフレットはライバル企業からクライアント企業のものまで。多種多様で、言葉が出ない。

百合子の目に映っていた佐藤真は、いつも直感的に仕事をしていた。

「こうしたら楽しいだろう」「こうしたらウケるだろう」という感性だけで斬新《ざんしん》な企画を出して、訳のわからないツテで根回しをして、仕事を掻っ攫《さら》っていく――。そんなスタンスで仕事をしているように見えていた。だから、彼に腹を立てていたこともあったというのに……。

違ったのだ。

百合子の胸の中に、急になにかが込み上げてくる。

「百合子。これやるよ」

「え？」

いつの間にか戻ってきていた佐藤に、ずいっと紙袋をふたつ押し付けられる。

なにかわからずに困惑しながら顔を上げると、微妙に視線を逸らした彼がいた。

「ちょっと早いけど……、クリスマスプレゼント。本当は当日にって思ってたんだが、まぁいいや」

百合子が急に部屋に来たことで予定が狂ったのだろう。紙袋の片方がやたらと重たい。

まずは軽いほうから開けると、暖かそうなセーターが一枚入っていた。

真っ白なそれは、お見合いの日、佐藤と一緒に行ったウインドウショッピングで気になっていたあのセーターだ。

「これ……」

「やっぱり似合ってたからさ。見合いの日、おまえを送ってからすぐ買いに戻ったんだ。あとこっちは――」

話しながらダイニングテーブルまで移動した彼は、重たいほうの紙袋を自分で開けて、中の箱を取り出した。そしてそれをテーブルの上に置く。綺麗にラッピングされていて、こっちが本命のプレゼントなのだとわかる。

「ま、開けてみろよ」

促《うなが》されて開けると、出てきたのはふたつの腕時計だった。しかも片方には見覚えがある。それは、百合子が佐藤にと選んだ、ハミルトンのそれだ。

そしてもう片方は、お揃いの女物で――

「気付いてなかったみたいだが、おまえが選んだ時計には女物もあったんだよ。だから、普段使いできるペアの物が欲しくてさ――」

そう言いながら女物の腕時計をなぞる彼の手付きは、百合子に触れるときのように優しい。

「俺はおまえに、俺と同じ時間を生きてほしいと思ってる。結婚してほしい。受け取ってくれないか？」

真っ直ぐに見つめてくる佐藤の真剣さに、百合子は硬直したまま動けなくなった。

彼には何度も「結婚してくれ」と言われていた。でもそれは、いつも話の流れやついでのような、軽い空気が漂《ただよ》うものだった。だけど、今は違う。

シンと静まり返った部屋に、自分の鼓動だけが響いているようで落ち着かない。

百合子が戸惑いのままに視線を彷徨《さまよ》わせたとき、ダイニングテーブルの上に、ポストから取ったばかりの封筒が置いてあるのが目に入った。中のパンフレットが覗いている。

それは、百合子の地元で一番大きな神社の神前式を案内するパンフレットだった。

テーブルの上をよく見ると、まだ封の切られていない封筒のどれもに、ウエディングや結婚の文字があるではないか。たぶん、百合子の地元にある式場の資料を片っ端から取り寄せたのだろう。

（私が式は地元でしたいって言ったから、わざわざ……？）

「……本気なの？」

「本気」

これまで自分たちの間に恋愛感情はなかったけれど、確かな情と思いやりはある。

佐藤はライバルだが、信頼できる男だ。それに尊敬もできる。

一生を一緒に歩いていく相手としては、きっとこの上ない相手だ。こんな自分と結婚しようとここまで心を砕いてくれる相手は他にいない。

それに条件だって――

なにより、彼と一緒になれば、自分らしく生きていける気がする。

「これを受け取ったら婚約成立なの？」

「そういうこと、だな」

いささか硬い佐藤の声がして、百合子はようやく彼の目を見ることができた。

いつもの高慢《こうまん》で自信満々な彼ではなく、百合子の返事を待つただの男がそこにいる。

不安と期待。そして緊張がまじったその表情《かお》が、なんだか少し可愛い。

そんな彼を前にして、百合子の表情がふと和《やわ》らいだ。

「じゃあ、受け取ろうかな……なんて」

そう言った途端、佐藤にガシッと両肩を掴まれた。

「本当か!?」

佐藤の顔が急に五センチ手前まで近付いてきて面食らう。彼の真剣さに気圧《けお》されて、コクコクと頷くしかできない。すると次の瞬間には、ギュッと苦しいくらいに抱きしめられていた。

「ありがとう。絶対大事にする」

誓うように言う佐藤を目の当《ま》たりにして、百合子は変に動揺してしまった。

「なにもそんなに喜ばなくても……。私、別にいい女でもないし、若くないし……。むしろ本当に私でいいの？　っていう気持ちしかないんだけど……」

「俺は嫁にするなら百合子がいいんだ。ずっとそう言ってるだろ」

確かに佐藤の言葉はいつも同じだ。しかし、百合子にとって佐藤はいい夫になってくれそうだが、彼にとって自分がいい妻になるかというと、その自信はなくて……

「そう言ってくれるのは嬉しい……。プレゼント、ありがとう。私もなにか用意するね」

もうすぐクリスマス。悲しいかな、彼氏とウキウキのクリスマスを一度も過ごしたことのない百合子は、プレゼントなどちっとも考えていなかった。イベントを企画・運営する側にとって、このシーズンは怒涛《どとう》の繁忙期《はんぼうき》なのだ。

クリスマスイベントは毎年必ずあるものだから、経験を積ませるためにも若い社員をメインに据えて行うことが多い。

試写会、ライブ、コンサート、ミュージカル、イルミネーションにディナーショーなどなど――恋人たちにラブなシチュエーションをお届けする裏側で、自分の恋人に愛想を尽かされるかもしれない試練が彼らを襲う。

ちなみに、社外に恋人を作った人たちの破局率が最も高いのが、この時期だ。恋を失い、心を亡《な》くした連中が、いちゃつくカップルを前にして、ゾンビのような目でイルミネーションを点灯するという恐ろしい状態が、毎年どこかで繰り広げられている。すさんだ気持ちでの作業は集中力に欠けることも多く、頻繁にミスが起きる。そのため百合子たちチーフは当日、トラブル処理に駆り出されるはめになるのだ。

すなわち、二人っきりのクリスマスを過ごすなど夢のまた夢――。プライベートでのイベントは時期をずらすに限る。

「そうだ。明日は休みだし、明日を私たちのクリスマスにするのはどう？　佐藤の欲しいものを、一緒に買いに行こうか。そして帰りには、ちょっとオシャレなレストランに――」

最後まで言い終える前に、唇を塞がれた。

百合子が目を見開いたのは一瞬で、その熱いキスを味わうように瞼《まぶた》を閉じる。舌が絡んで、甘く唇を吸われる。佐藤は百合子のうなじから髪に指を差し入れて、自分のほうに引き寄せてきた。もう、彼とのキスに違和感なんかない。気持ちよくて頭がふわふわする。

不思議だ。いつの間にか、こうすることが当たり前になっているなんて――

佐藤は顔の角度を変えて念入りに口付けると、ゆっくりと唇を離した。離れる瞬間、名残惜しいと言うように唇に吸い付いて小さく引っ張る。百合子が薄く目を開けると、彼のほうから鼻先を触れ合わせてきた。

「クリスマスプレゼントには百合子が欲しい――今すぐ」

「え……？」

反応が遅れたほんの一瞬の間に、トンと軽く押されてすぐ後ろにあったソファへと押し倒される。驚いて目を見開いたときには、婚約者となった男が膝の上に跨《また》がっていた。

「ちょ、ちょっと……！」

コートとジャケットを同時に脱がされる。百合子が慌てて止めたが、佐藤は聞かない。彼は百合子のブラウスのボタンを外しながら、首筋を吸って耳のふちを食《は》んできた。

「っあ……」

「早くおまえの中に挿《い》れたい」

女の身体をねだるその愛撫が、百合子を気持ちよくさせる。この男に求められて疼《うず》く心が確かにあるのだ。

「あっ、ん……もう……」

ボタンを全部外した佐藤は、ブラジャーのカップの中に手を差し込み、乳房を直接揉み上げてきた。乳房が彼の手の中でいやらしく形を変え、カップからまろび出る。

乳首をくりくりと摘《つ》まみながら、舐め回した耳に吐息を吹きかける佐藤。「いいだろ？」なんていい声で囁《ささや》いてくるのだから、この男は相当に強《したた》かだ。こんなことをされた百合子の身体がどうなってしまうか、わかった上でやっている。本当にしょうがない男。でも、その男が今日から百合子の婚約者で――

「ゆり……なぁ？」

「……もぅ。少しだけよ……？　帰らなきゃいけないもの。ここじゃ眠れそうにないから」

観念した百合子が言うと、してやったりという具合に笑った佐藤が、ソファから滑り下りた。そうして百合子の脚を大胆に広げ、そこに陣取って跪《ひざまず》く。

「そうか？　俺はおまえを抱いて寝られればどこでもいい。おまえさえいればいい」

そう言いながら左の乳房に頬擦りして、その先を口に含んできた。

「ん……」

じゅっと吸われて思わず声が漏れる。気持ちいい。まるで、吸われたところに血が集まったかのように熱くなる。

「ん……ふ……ぁあ……」

鼻から抜けるような吐息を吐いて小さく悶《もだ》えながら、百合子は佐藤を見つめた。床に両膝をついた彼は、右の乳房を揉みながら、左の乳房にむしゃぶりついている。

彼はまだネクタイすら緩《ゆる》めていない。なのに自分は半裸でソファに身体を預け、跪《ひざまず》いた男に乳を吸わせている。これではまるで、奉仕させているみたいじゃないか。でもその言葉がぴったり合うほど、彼は献身的《けんしんてき》に百合子の乳を吸っているのだ。

舐めて吸って齧《かじ》って揉んで。口に含んでは舌先で転がして、出したと思ったらまた吸い付いて。くちゅくちゅと淫《みだ》らな音を立てながら、百合子を気持ちよくしようとしている。しかも恍惚《こうこつ》の表情で。

（気持ちぃ……）

「んぅ……」

もう一度百合子が悩ましげに吐息を漏らすと、佐藤が今度は右の胸に吸い付いてきた。尖らせた舌先で乳首どころか乳房全体を舐め回してくる。先ほどの愛撫で彼の唾液塗《まみ》れになった左の乳首は、くりくりと摘《つ》まれ、ピンと意地悪に弾《はじ》かれた。

「あぅん！」

気持ちよすぎて思わず大きな声が上がったのも束の間。乳を吸ったままニヤリと笑った佐藤が、右手を百合子のスカートの中に入れてきた。

「あっ！」

佐藤がストッキングに包まれた百合子の太腿を内側も外側も念入りにさすり、脚の付け根に指を這《は》わせる。普通ならくすぐったく感じそうなものなのに、こんなシチュエーションのせいで、触れられたところが熱くなっていく。じんわりと膝の裏側に汗をかいたとき、彼の右手が蕾《つぼみ》のまわりを丸く撫でた。

吸った乳首を舌と口蓋《こうがい》で押し潰《つぶ》すのと同時に、親指の腹で蕾《つぼみ》を優しく捏《こ》ね回す。脚を閉じようとしたが、佐藤が陣取っていてできない。ビクンと腰が揺らめいてしまった。蕾《つぼみ》をひと撫でふた撫でとされているうちに、いじられてもいない蜜口から滲《にじ》み出た蜜液が、ショーツをぐっしょりと濡らす。

「俺の嫁はいやらしい身体だ」

うっすらと赤みを帯びてきた乳房に吸い跡《あと》を付けた佐藤が、蕾《つぼみ》を撫でながら耳の横で囁《ささや》いてくる。その囁《ささや》きには嘲《あざけ》りなど微塵《みじん》もなくて、それどころかむしろ甘い。

慈《いつく》しむようにまたチュッと肌を吸って、赤い跡《あと》を付けてから舐める。そんな男の髪を撫で、百合子はつむじに唇を落とした。

「あなたのせいよ」

「なら責任取って一生可愛がってやらないとな」

佐藤は百合子のスカートをめくり上げ、ストッキングとショーツを同時に抜き取った。そして首筋に耳にとキスをしながら、自分のベルトを外す。前を寛《くつろ》げて隆々とした漲《みなぎ》りを取り出した。

床に置いてあった鞄から避妊具を取って着け、その硬い先をぬるついた割れ目に擦《こす》り付けてきた。それだけで、もうゾクゾクしてしまう。

上下に動かし、蕾《つぼみ》を突かれ、肉の凹《へこ》みに充《あ》てがわれた。そしてくぷっと少し入ってきた――と思ったら、すぐに引き抜かれ、またそれで蕾《つぼみ》を擦《こす》られる。その繰り返しだ。

「あ――んっ……」

焦《じ》らされたせいか、中からとろとろとした蜜液が垂れてきた。佐藤の物を擦《こす》り付けられるたびに粘着質な糸を引く。

彼の欲望を受け止めてあげるつもりだったのが、早く挿《い》れてほしいという自分の欲望にすり替わっていった。

彼が獣《けもの》のようになるとき、百合子は女になる。百合子はもう知っているのだ。この男に抱かれる女としての幸せを。

早く抱かれたい……

「腰が揺れてる」

指摘されて、顔にカッと頬に熱が上がる。恥ずかしさに目を逸らすと、蕾《つぼみ》の上を滑っていた漲《みなぎ》りに一気に貫《つらぬ》かれた。

「うっ、あ！」

ねっとりとした腰遣いで抜き差しされ、しっかり奥まで突かれる。ぞろぞろと肉襞を擦《こす》られる摩擦熱がすごい。

身体の奥から広げられ、呼吸をするたびに蜜口がヒクヒクして、中に挿《い》れられた物の形を感じる。

「ああ――」

彼は感嘆の声を漏らすと、百合子の顔にかかる髪を丁寧にどけた。舐めるように唇を合わせてくる。

ぴちゃぴちゃ、くちゃくちゃという淫《みだ》らな水音が上からも下からもする。出し挿《い》れされるたびに身体がずり下がって、ソファの背凭《せもた》れで頭を支える状態になってしまった。唇が離れ、ゆっくりと目を開けたとき――自分と佐藤が繋がっている処《ところ》を見てしまった。

「～～～っ！」

蜜液でぬらついた肉棒が、百合子の淫孔《いんこう》を限界まで広げ、じゅぶじゅぶと音を立てながら入ってくる。

押し込まれ、引き抜かれるたびに、身体に快感という名の電撃が走った。中も腰もひくひくと蠢《うごめ》くのを止められない。

（あぁ、すごい。こんなに入って……奥、いっぱぃ…………）

気持ちいい。

佐藤は息を荒くしながらも、百合子の反応を見逃すまいと熱く見つめてくる。彼のセックスは情熱的なのに優しい。百合子を慈《いつく》しんで、気持ちよく高めてくれる。

彼は百合子にひとつキスをすると、百合子の足首を掴んで自分のほうに引き寄せ、今よりもっと深く入ってきた。

巧《たく》みに腰を使い、鈴口で子宮口を優しくなぞる。

引き抜くときには、張り出した雁首《かりくび》で媚肉《びにく》を掻き分け、知り尽くした百合子の気持ちいいポイントを念入りに擦《こす》ってくるのだ。そんなことをされたら、百合子は悶《もだ》えるしかない。

　全身から汗が噴き出て止まらない。そして貫《つらぬ》かれたあそこからは淫《みだ》らな汁が——

「ぁ、は……ん……ぅふ、やぁん」

「百合子」

　佐藤は腰を振りながら百合子の脚を揃えて横に倒し、いつもと違う角度で突いてきた。雁首《かりくび》に引っ掛けられるポイントが変わって、目の前が白くチカチカしてくる。

「ふぁああっ!?」

「これ好きか？」

　真横からの挿入にぶるぶると震えた。

　自分の知らない自分を、佐藤の手によって引き出されていくみたいだ。身体の内側からゾクゾクして止まらない。

　百合子の意思とは関係なく、膣肉が痙攣《けいれん》して中の佐藤を締めつけていく。

　快感を堪《こら》えるように足の先をきゅっと丸くして、悲鳴を上げる口を押さえた。しかし、揺さぶりが激しくてそれもままならない。

「あ、あ、あ……ッだめ、いく！　ひゃん！」

「百合子！」

　しがみ付いてきた佐藤が、乳房にむしゃぶりついてくる。その拍子に最奥を突き上げられ、百合子は仰《の》け反《ぞ》るように背中をしならせて絶頂を迎えた。

「ああっ！」

身体から意識が浮き上がり、押し寄せてきた快感の波に呑み込まれる。

ソファから落ちそうになった百合子の腰を佐藤が掴んで、ぐりんと回す。床に膝を突き、ソファの座面に胸を押し付けた状態で、今度は背後から挿《い》れられた。犬の交尾のような体勢に、羞恥心《しゅうちしん》を超えて、被虐感に襲われる。達したばかりの身体が、どろどろに濡れていった。

「これも好きか？」

「っ！」

耳元で囁《ささや》く佐藤の声に、ゾクッと子宮が疼《うず》く。気持ちよすぎておかしくなりそうだなんて、言えない。答えられずに百合子が唇を噛《か》むと、佐藤の両手が顔に伸びてきた。顎《あご》をすくい上げ、後ろを向かされる。

「俺の百合子を噛《か》むなよ」

深く口付けられ、佐藤の物を咥《くわ》えた蜜口がぎゅっぎゅっと締まる。彼は百合子の舌を舐めながら、突き出たふたつの乳房を揉みしだいてきた。乳首まで捏《こ》ね回されて、あまりの気持ちよさに、繋がった処《ところ》からぽたぽたと淫《みだ》らな汁が垂れて床を濡らしてしまう。

「あううう……」

感じすぎて、奥までいっぱい挿《い》れて侵してもらうことしか考えられない。背中を反らせ、キスを受けたまま腰を振る。この終わりのない快楽に、自分の全てを奪《うば》われてしまいたい。

「気持ちいいか？」

佐藤は小さな声で囁《ささや》くと、繋がった処《ところ》のすぐ上に手を伸ばしてきた。そして、濡れそぼった蕾《つぼみ》を揃えた指で揺らしてくる。

「ッう！　は……あぅ……」

その瞬間にビクンと身体が痙攣《けいれん》して、快楽が百合子を支配した。

完全に気をやった百合子は、だらしなく口を開けて呻《うめ》くしかない。虚《うつ》ろな意識の中、佐藤に抱かれながら蜜口で彼の物を咥《くわ》えて扱《しご》く。

そんな百合子を、佐藤が愛おしそうに抱きしめる。そして、百合子の身体をソファに凭《もた》れさせた。

「次は俺を気持ちよくしてくれ」

そう言って弛緩《しかん》した百合子の腰を高く持ち上げると、淫《みだ》らな抽送《ちゅうそう》を再開する。

パンパンパンパン――と、遠慮のない出し挿《い》れは、獣《けもの》の交尾のそれだ。

根元まで挿《い》れられ、子宮口がこじ開けられる。本来なら苦しいはずなのに、気持ちよくてたまらない。それは彼も同じらしく、彼は絡み付いてくる肉襞に自身の裏筋を舐めさせ、興奮気味に息を荒らげていた。

「百合子……離さない」

宣言のような囁《ささや》きが聞こえたのと同時に、ソファの座面に投げ出されていた手を握られる。指が絡まって離れない。そのことにホッとして、力が抜けた。

「ッ……！」

微《かす》かな呻《うめ》き声と共に、ドクッと身体の中で佐藤の物が跳ねる。膜越しに吐精した彼は、百合子の背中や肩、頬に何度もキスをして、ぞろりと中の物を引き抜いた。

身体の中から熱が抜けて、震える。ぐったりとした百合子を、佐藤は自分の膝に乗せ、ソファにあった毛布で大事に包んだ。そうして彼は、冷めやらぬ熱を持った眼差しで百合子を見つめながら、丁寧に髪を梳《す》いてくる。

（……あったかい……）

なんだか落ち着く。さっきまであんなに激しく喘《あえ》がされていたのに。

情交の余韻《よいん》を反芻《はんすう》するようにまどろんでいると、ふいに佐藤が言った。

「百合子。クリスマス当日は無理かもしれないけど、正月休みは一緒に過ごそうな」

確かにクリスマスよりもお正月のほうが、百合子たちの会社はまだゆっくりできる。

休暇を一緒に過ごそうと言ってくれたことが嬉しくて百合子が頷くと、佐藤がなにかを企《たくら》んだようにニヤリと笑った。

「俺の実家でな」

「へ？」

まどろんでいた百合子の瞼《まぶた》が、くわっと持ち上がった瞬間だった。

◆　◇　◆

（どどどど、どうしよう……なんか私、場違い感が半端ないんですけど⁉）

目の前のローテーブルに置かれたロイヤルミルクティーを前に、百合子は完璧な笑顔《ビジネススマイル》の仮面を貼り付けていた。

ソファにちょこんと座る百合子の前にいるのは、本社の社長夫婦――すなわち、佐藤の両親だ。

会社員としての本能か、自然に手のひらに汗をかく。

一月二日の昼過ぎ――

訪れた佐藤の実家は、東京都のいわゆる高級住宅地にあった。政財界の著名人や芸能人の豪邸が立ち並ぶ一角。その中でも、ひと際目立っていた。

レンガ造りの門構えは堅牢《けんろう》で、大理石が敷き詰められたエントランスは豪華で立派。

二階へ続く半螺旋《はんらせん》階段を見たときには、あまりの場違い加減に本気で帰りたくなったくらいだ。聞けば、庭には趣味のパターゴルフを楽しむスペースもあるらしい。

通された応接室も立派だった。重厚感のあるソファといい巨大な壺といい、さながら社長室といった具合だ。これが自宅の一室だなんて信じられない。

佐藤が社長の息子であることは知ってはいた。しかし、同僚としての印象が強いことと、彼が住んでいる超庶民的な単身用マンションを見ていたせいで、最近では百合子の頭から「佐藤＝社長の息子」という図式がすっぽり抜けていたと言っても過言ではない。

あくまで百合子の中で、佐藤は佐藤だったのだが――

（佐藤さん、本気でセレブじゃないですか……）

日頃呼び捨てだった佐藤に対して、もはや「さん」付けである。

彼からのプロポーズを「仕事に理解があるし、よく知っている相手だし、条件がいいから」だなんて理由で受けたことを、土下座して詫《わ》びたくなった。

百合子は超一般庶民なのだ。佐藤と結婚するということは、彼の家族になるということ。目の前にいる彼の両親は、格別ドレスアップしているわけでもないのに上品でオーラが違う。百合子の両親とそう年も変わらないはずなのに、なんだか若く見えるのだ。

佐藤が「普通の家だし、両親も気さくだし、ラフな格好でいいよ」と言うのを真に受けて、彼がクリスマスプレゼントとしてくれた白いセーターと清楚《せいそ》に見えるタイトスカートを着てきたのだが、絶対に失敗したと思う。これはスーツを新調して来るべきだったんじゃないだろうか。

現状は就職活動の再来だ。

嫁（正社員）になるべく、佐藤家（会社）の門をくぐり、私をお宅の息子さん（御社）にいかがでしょうか？　と自己ＰＲすべき場なわけだ。好印象を残さなくては、結婚（採用）はあり得ない。

緊張からか、左手首に着けた佐藤とお揃いの腕時計をさすってしまう。

柔らかく微笑みながらも内心はガチガチになっている百合子を、佐藤はさらりと両親に紹介した。

「この人は浅木百合子さん。電話で話した、結婚を前提に付き合ってる人だよ。この間プロポーズしたんだ」

なんとなく察してはいたが、佐藤は親に百合子のことを既にいろいろと話しているようだ。

いったいどんなふうに話題に出されたのか不安で仕方がないのだが、根回しバッチリな彼の仕事ぶりをプライベートでも見せつけられて、百合子としては「私にももっと根回ししておきなさいよ」と言いたい気持ちでいっぱいである。

「浅木百合子と申します。はじめまして……どうぞよろしくお願いします」

就職活動を思い出しながらゆっくりと頭を下げると、母親——佐藤夫人から声が上がった。

「真が結婚したい人を連れてくるっていうから、どんな方かドキドキしてたの。お会いできて嬉しいわ」

声色から察するに、どうやら歓迎されているらしい。

まぁ、顔を合わせるのは初めてでも、お見合い用の釣書《つりがき》で書類選考は突破しているのだろうから、一歩前進といったところか。

さしずめこれは、二次審査。だが、まだまだ油断はできない。

百合子が顔を上げて微笑むと、今度は社長が口を開いた。

「可愛い人じゃないか。どこで知り合ったんだ?」

(ん?)

なにか違和感を覚えながらもそれを言葉にはできずにいると、佐藤がさらりと答えた。

「会社だよ。同期なんだ。もう七年一緒にいるからツーカーの仲でさ。百合子以外考えられない。な、百合子」

ニコッと微笑んできた佐藤に、さり気なく首を傾げながら百合子も同じように微笑みを返す。

が——内心ではツッコミの嵐だ。

(佐藤さん、その紹介だと私たちが七年付き合っているように聞こえませんかね?)

　確かに、出会いは会社だ。同期なのも間違いないし、加えて七年同じ部署で働いてきた実績もある。ライバル関係だがなんだかんだで気が合っているので、ツーカーの仲というのもその通りかもしれない。だが、明らかにニュアンスが違うだろう。

（私たち、お見合いしたんですよね？　それで結婚を考えているんですよね？　え？　違うの？　ちょっと、佐藤！）

　どうも佐藤夫妻は、自分たちの息子がお見合いしたこと自体を知らないように見える。しかし、佐藤の説明もニュアンスの違いこそあれど、今すぐこの場で力いっぱい訂正しなければならないほどかというと、そうでもない。ある意味では正確とも言えるのが悩ましい。

（ちょっと待って。もしもご両親がお見合いのことをご存知でなかったら、私が自社の社員だとか、私の歳とか、私の実家が超普通だってことも、なにも伝わってないってことじゃ……）

　一瞬で肝が冷えた。これは結婚を反対されるフラグじゃないのか。

　佐藤家は代々社長一族である。なにを好き好《この》んで、平凡家庭出身の一般社員と跡取《あと》り息子を結婚させる必要があるのか。

　百合子が内心焦っていると、「ほう？」と社長が身を乗り出してきた。

「百合子さんは我が社の人か」

「イベント企画部の浅木だよ。聞いたことあるだろう？」

息子に言われて、社長は顎《あご》に手をやりつつなにか考えていたようだが、しばらくして
「ああ」と大きく頷いた。

「思い出した。浅木百合子……。去年、モーターフェスを担当していたね。いやぁ、君の企画は私も何度か見たことがあるよ。どれも計算され尽くした素晴らしいものだった。今度本社に呼ぼうと思っていた子じゃないか」

「あ、ありがとうございます！」

まさか自分の企画が社長の目にとまっていたとは思わなかった。しかも、本社異動まで既に検討されていたとは。

裏返った声で頭を下げると、夫人が小さく手を打って弾んだ声を上げるではないか。

「素敵！　社内結婚になるのね。実は私たちも社内結婚なのよ」

「えっ、そうなんですか？」

それは知らなかった。社長のことは社内広報で知ることができるが、夫人のことは載《の》っていない。

社長が隣の夫人に目をやって「妻は私の秘書だったんだ」と笑った。

「企画本部長になったときについた秘書が妻でね。有能なところに惚れたんだ。そのまま結婚して、今は社長秘書をしてくれているよ。お嬢様育ちはどうも合わなくてねぇ、

ハハハ」

小気味よく笑う父親に、佐藤までもが「俺もそうだったみたいだ」と同調している。

百合子がぽかんとして夫人を見ると、彼女もくすくすと笑っていた。

「この人たち、一般社員のフリして働いているでしょう？　私、まんまと騙《だま》されたのよ」

「あ、私も佐――いえ、真さんが社長のご子息だとはつい最近まで知らなくて……」

「私と同じね。ここの家の門とかびっくりでしょう？　私、結婚の挨拶《あいさつ》をするその日まで、この人が社長の息子だって知らなかったのよ。私の実家は普通だから当時はすごく尻込みしちゃってたの。でも百合子さんが心配するようなことはなにもないから大丈夫よ」

夫人に言われて、なんだかどっと力が抜ける。

そうか、この人たちは気にしないのか。結婚に、賛成してもらえるのか。大丈夫なのか――

百合子が小さく息をつくと、横から佐藤の手が伸びてきて、そっと頬を撫でられた。

「百合子、なにか心配してたのか？」

「ッ！　そ、そんなんじゃ……ない、です……」

人前で触らないで！　と普段の百合子なら怒鳴りつけるところだろうが、今は払いのけることすらできない。佐藤にされるがままだ。身の置き場もなく顔を赤らめていると、応接室の向こうで若い女性の声がした。

「あら、娘だわ。友達と初詣《はつもうで》に行くと言って出ていったばかりなのに、もう帰ってきたのかしら」

「ただいま〜」

そういえば、妹が一人いると言っていたっけ。

夫人が応接室を出たところで、「ええっ！　お兄ちゃん結婚するの⁉」という驚きの声が聞こえてきた。

どうやら妹には、百合子が来ることは知らされていなかったらしい。

もしかして結婚を反対される可能性がちょっとはあったのかもしれない——。そう思い百合子が内心苦笑いしていると、ひと際大きな声が響いた。

「エレナちゃん以外の人⁉　えっ、ウソ！　どんな人？　どんな人？」

知らない女の名前が出てきて、百合子の目がチラッとドアに向かう。それとほぼ同じタイミングで、佐藤が立ち上がった。

「里穂《りほ》。おまえ、声でかい。あと、こっちまで筒抜け」

ドアを開けた彼が呆れた口調で注意すると、夫人に連れられた女の子が応接室に入ってきた。ボリューミーなニットワンピースを着た、可愛らしい顔立ちの女の子だ。

「はじめまして〜。真の妹の里穂です。兄がいつもお世話になってます」

どこかばつが悪そうにしている彼女の頭を、佐藤が軽く小突く。

「妹は今大学四年で、系列会社に内定が決まっているんだ」

そう紹介してくれた。

苦笑いするときの口の上がり方が、佐藤とそっくりだった。

「はじめまして。浅木百合子です。お世話なんてとんでもないです。真さんには私のほうがよくしていただいています」

百合子が立ち上がって挨拶《あいさつ》すると、里穂はテヘッと可愛らしく肩を竦《すく》めた。

「兄が女の人を連れてくるなんて初めてなのでびっくりしちゃって……。失礼しました。私、お姉さん欲しかったのでもう大歓迎ですよ！　よろしくお願いします」

「え、里穂？　兄ちゃんいらない子？」

「嬉しいです。こちらこそよろしくお願いします」

佐藤を省いて笑顔でそつなく挨拶《あいさつ》を交わしながらも、百合子は悶々《もんもん》としていた。

（ところでエレナって誰ですか？　明らかに女の名前じゃないですか。めちゃくちゃ気になるんですけれど、誰か教えてくれませんか？）

そうは思っても、聞けるわけもない。

「もっとお義姉《ねえ》さんとお話ししたいんですけど、私、友達と初詣《はつもうで》に行く約束をしていて……スマホを忘れたので取りに来たんです。だからもう行かないと——また、遊びに来てくださいね！」

ペコリとお辞儀をして出ていく里穂の後ろ姿を「慌ただしい奴」と見送る佐藤。その目は完全に兄で、きょうだいのいない百合子には少し新鮮だ。

彼は立ったままだった百合子に「そろそろ帰ろうか」と言った。

「もう帰るの？」

夫人が残念そうに言ってくれるが、佐藤は百合子にコートや鞄を渡してきた。

「今年は四日から仕事だからな。大阪に戻ってちょっとは休みたい。それに、百合子のご両親にはまだちゃんと挨拶《あいさつ》していないんだ」

「真、結納とかお式とかそういうのはちゃんとしないと駄目よ。顔合わせもしたいし。こんな素敵なお嬢さんに来ていただくんだから、あなたもちゃんとご挨拶《あいさつ》して、失礼のないようにしなさい」

夫人の指示に、佐藤は「わかってるよ」と頷いた。

「じゃあ百合子、行こうか」

佐藤に促《うなが》されたところで、夫人が近付いてきた。

「あの、百合子さん？　ちょっといいかしら……」

小声で話しかけてきた夫人を察してか、今までずっと座っていた社長が立ち上がり、佐藤をどこかへ連れだした。

夫人と二人っきりになり、緊張でドキドキする。

するると彼女は、少し躊躇《ためら》いを見せながらも口を開いた。

「どうせ四月になればわかることだから、今のうちに話しておこうと思うの。さっき娘が言っていたエレナさんって子のことなんだけど……」

知らぬ間にごくっと息を呑んでいた。彼女のことはとても気になっていたから、正直教えてもらえるならありがたい。

「エレナさんは神宮寺《じんぐうじ》専務のお嬢さんで、里穂と同い年なの。それで小さな頃からうちに出入りしていて、いわば幼なじみね。真はほら、結構面倒見がいいからエレナさんがすごく懐いていていて。見ている限りでは、エレナさんのほうが真にこう……気があるというか、なんと言うか……。でも、真もいやがってはいないみたいで、私たちも百合子さんのことを知らなかったものだから、もしかして真はエレナさんと一緒になるつもりなのかしら……なんて思っていた時期もあって――」

「……えっと……」

なんと答えてよいかわからず、思わず言葉に詰まる。

つまり、エレナと佐藤はそういう関係だったと？

佐藤も大人の男だ。過去の女の一人や二人や五人や十人くらいいてもおかしくはないが……

戸惑う百合子に、夫人は慌てて付け足してきた。

「百合子さんを歓迎していないとかそんな話じゃないのよ！　それは違うの。むしろ大歓迎しているのよ。その、エレナさんはうちとはちょっと合わないかなぁ、というのがあって……」

エレナがどういうタイプなのかはまるでわからないのだが、夫人も人間だ。合う合わないというものがあるのだろう。

夫人は苦笑いしながら、困ったように頬に手を当てた。

「そのエレナさんなんだけど、四月から大阪支店に就職が決まっていてね。真はまだ知らないはずだけど、イベント企画部に配属される予定なの。百合子さんがびっくりする前に、お伝えしたほうがいいと思って」

専務の娘となれば、お嬢様だ。そのお嬢様が佐藤を追いかけてイベント企画部へやってくる、ということか。

夫人が自分を歓迎していると言ってくれたのは嬉しい。しかし、周囲が結婚を意識するほどの親しい女の子が佐藤にいたのだという事実が、百合子の胸の内をザラッと撫でた。

（なんだろう、この気持ち……でも、私は堂々としていればいいのよね……？）

佐藤とお揃いの腕時計に触れて、自分を落ち着けようとする。

プロポーズもされた、こうして両親にも紹介された。たぶん近々百合子の実家にも挨《あい》拶《さつ》に来てくれる。もう婚約者だ。

「お気遣いありがとうございます。心の準備ができました」

百合子が笑みを浮かべたとき、無造作に応接室のドアが開いた。

「母さん、いい加減に百合子を返してくれないか」

まだ十分と経っていないのに、痺《しび》れを切らしたような言い草で佐藤が入ってくる。

「母さん、百合子になんの話だよ。——百合子、いじめられなかったか？」

百合子の顔をペタペタと触って、今にも唇が触れそうになるほど近く顔を寄せてきた。

恥ずかしいったらありゃしない。

「そんなことはありません。ちょっとお話ししてただけです」

「そうか？」

佐藤は引き下がりはしたものの、百合子と夫人を二人っきりにしたくないのか、部屋から出ていく気配はない。

夫人は呆れた様子で眉を上げ、百合子に向き直った。

「百合子さん、ご両親によろしくね。私たちもご挨拶《あいさつ》させていただきたいから」

「ありがとうございます。伝えておきます」

社長夫妻に見送られて、佐藤家をあとにする。

歩きはじめてすぐに、佐藤が話しかけてきた。

「百合子、母さんなんだって？」

「特には。神宮寺専務のお嬢さんがうちの部に入ってくるかもって。まぁ、一応後輩になるわけだし、よろしくって」

「エレナがうちに？　へぇー。それは初耳だ。だったら俺に言えばいいのに。なんで百合子に……？」

独り言のように不満を漏らす佐藤にエレナのことを聞こうかと考えて――やっぱりやめた。

大学四年の里穂と同い年となれば、二十一か二。七つも年下の女の子に妬《や》いているようで、自分がみっともなく思えて、どうしても聞くことはできなかった。

6

二月と三月の休みを使い、百合子の両親への挨拶《あいさつ》や、両家の両親の顔合わせ、そして結納までを済ませた。

式場は来年の一月に、百合子の地元にある教会を押さえた。結婚式は身内だけで行い、その後、取引先を呼んだ大々的な披露宴を東京でする予定だ。

百合子の両親は佐藤をひと目見て気に入り、飲めや歌えの大騒ぎ。アラサー一人娘の嫁入り問題は、それだけ両親の頭痛のタネだったのだろう。

佐藤は百合子の両親に対しても、その人誑《ひとたら》しぶりを遺憾なく発揮していた。

「百合子さんとは七年来の同期でその人柄はよく知っています。彼女以上に信頼できる女性はいません。大学時代の友人からどうしてもと言われて、断れずに行ったお見合いで百合子さんと会ったときには驚きましたが、かえって運命を感じました」

そんなことを言うものだから、帰る頃には両親の中でも、二人の出会いはお見合いではなく、職場にすり変わっていた。

その間も結婚生活の予行演習は継続されていて、百合子の部屋で一緒に住んでいる。佐藤は当初のルールを曲げたりしない。食事は交互に作るし、忙しい日は二人揃って外食することもある。結婚関連で決めることは山ほどあり、話題に困ることもない。

百合子も、佐藤との生活に馴染《なじ》みつつあった。

そして四月——

イベント企画部には、十二人の新入社員が入ってきた。

朝礼に集まった企画部員が整列する中で、百合子や佐藤といったチーフクラスが前に立つ。新入社員を、各チーフの配下に一人ないし二人ずつ加えるのだ。

「神宮寺エレナです。一生懸命頑張ります。よろしくお願いします」

腰まである綺麗にウェーブした茶髪、遠目からもわかる長いまつ毛。各部が著《いちじる》しく成長した滑《なめ》らかなボディラインでお辞儀をする彼女は、まるでお人形のようだ。可愛らしい以外に相応《ふさわ》しい言葉がない。

（あの子がエレナさん……）

背後から「あの子可愛い」「うちのチームに入ってくれないかなぁ」なんて声が聞こえてくる。

部長が振り分け名簿を読み上げて、百合子のチームには二人の男性が入ってきた。

隣の佐藤のチームには——

「真さんお久しぶりです。真さんに指導してもらえるなんて……嬉しいっ！」

エレナの若々しく弾《はじ》けた声がして、百合子の視線がそちらに向かう。そうして目にしたのは、エレナを前にした佐藤が、いつも通り人好きのする笑みを浮かべているところだった。

「久しぶりだな」

そう言う佐藤に、彼のチームスタッフが興味津々《きょうみしんしん》で質問する。

「チーフ、お知り合いですか？」

「ああ。この子は妹の友達なんだ」

佐藤が、神宮寺専務のお嬢さんだ——と言わないところを鑑《かんが》みるに、エレナの素性も秘密なのだろう。

　エレナは可愛らしい笑みを振りまきながら、小首を傾げた。

「真さん。わたし、少しは大人っぽくなりましたかぁ？」

「おー。大人っぽい、大人っぽい。あと、会社《ここ》では佐藤チーフと呼ぶように」

「はいっ！　佐藤チーフっ！」

　エレナは頬を薔薇色《ばらいろ》に染めて、佐藤を熱っぽく見つめている。

　彼女の目にはわかりやすい恋心以外はなく、佐藤もまた、彼女を優しく見つめていた。

（……なんなの、アレ……）

　なぜだろう。二人の会話に、無性に腹が立つ。

　専務の娘が社長の息子と同じ職場になって、同じ部署になって、果ては同じチームだって？

　予《あらかじ》め佐藤夫人に聞いていたこととはいえ、作為的なものを感じる。むしろ、作為的なものがあるからこそ、佐藤夫人が事前に百合子に話してきたのかもしれないが……

　いや、心の準備はできていたはずじゃないか。こんなことで腹を立ててどうすると、自分に言い聞かせた。

（……エレナさんが私のチームでなくてよかったと考えることにしよう）

　専務のお嬢さんを指導するなんて、神経を使いそうだ。知り合いであり、社長の息子である佐藤が指導したほうがなにかと角が立たないだろう。

百合子は完璧なポーカーフェイスを貼り付けて、自分のチームメンバーに向き直った。新しく入った二人は緊張しているのか、肩に力が入っている。初々《ういうい》しいなと思いつつ、とりあえずはこの二人を、会社と仕事に慣れさせなければと思考を切り替える。

「私がこのチームのチーフを担当しています、浅木百合子です。あなた方は私が指導します。よろしくね」

百合子が挨拶《あいさつ》すると、堅いながらも「よろしくお願いします」と返事がきた。最近の子らしく、素直そうだ。

百合子は自分のチームメンバーを新人に紹介して、自分がいないときには安村を頼るように言った。

「浅木チーフは怖そうに見えるかもしらんけど、ごっつい優秀やし、優しいで。君らは運がええ」

そんなフォローをくれた安村に、百合子は苦笑いを向ける。

「怖いってなによ、怖いって。まぁ、安村くんには頑張ってもらわないといけないわ。おめでとう、モーターフェスの企画、通ったわよ」

「ええっ!?　ホンマ!?」

驚く安村に、「朝、部長から聞いたのよ」と付け足した。

「フェスのメインは安村くんでお願いね。もちろん、私もサポートには入るけれど、メインが自分だってことは忘れないで。新人二人にもいい刺激になると思うから、仕事を見せてあげてね」

「よしきた！」

安村が声を弾ませて、「僕にもガンガン聞いてや！」と新人に言っている。自分のことを情けないと言っていたちょっと前の彼は、もういないようだ。

（安村くんは大丈夫そうね）

ほっと胸を撫で下ろした百合子がチラッと佐藤を盗み見ると、彼の腕にエレナがしがみつき、その豊満な胸を押し付けているところだった。

（なっ！）

ビキッとこめかみに力が入る。しかし、こんなところでなにか言えるわけもなく、百合子はスッと目を細めただけで、二人を自分の視界から消した。そして代わりに、佐藤とお揃いの腕時計に手をやる。

小娘相手に狼狽《うろた》えてどうする。大丈夫。久しぶりに会ってちょっと戯《たわむ》れているだけ。もっと余裕を持って構えなくては——そう思うのに、胸の内側がザラザラする。

ああ、これはよくないやつだ……

自分の感情に気付いた百合子は、プライベートで、佐藤にエレナの話を一切しないと決めた。

口を開けば、自分の中から汚いなにかが飛び出てきそうだったから――

◆　◇　◆

イベントがあって全員出社していた土曜日。イベント企画部内で、新人歓迎会が開かれた。

「新しい戦力に乾杯！」

部長の音頭ではじまった宴会はなかなかの出席率で、賑《にぎ》やかなんてものじゃない。近所の居酒屋の大広間がごった煮状態だ。

百合子のまわりには同じチームのメンバーが集まり、新人くんがお酌《しゃく》をしてくれた。

「ありがとう。どう？　二週間経ったけど、少しは慣れた？」

二週間ぽっちで慣れるわけはないとわかりながら、ただの取っ掛かりで話を振る。すると、案の定、「まだ慣れません」と返ってきた。

「大丈夫よ。初めはみんなそういうものだから」

「あ、でも、神宮寺さんはもう佐藤チーフの企画を手伝わせてもらってるみたいで」

（なんですって？）

新人はまずは雑用からが鉄則だ。電話番に伝票の整理といった業務をスタートに、先輩の仕事を横で見ながら、まずは規模の小さな企画の手伝いに入る。大抵の新人は、現場に出すまでに半年はかかるのだ。

それにエースと名高い佐藤が持つ案件の中に、新人に手伝わせるのにちょうどいい小規模のものはないはずなのに。

「神宮寺さんってかなり仕事できるんです」

「佐藤チーフの妹さんのお友達ということでしたけど、佐藤チーフの幼なじみでもあるらしくって。昔、近所に住んでいたと聞きました」

「へぇ？」

初日のあのじゃれ合いを見ていたら、二人が幼なじみという噂はあっという間に広がるだろう。

佐藤がエレナを可愛がっていることは見てわかるし、帰宅した彼が「エレナは覚えがいいから使える」と言っていたこともあった。百合子は彼の口からエレナの話を聞きたくないこともあって、軽く流していたのだが……

（あの仕事馬鹿のお気に入りってわけですか。そうですか）

気に入らない。しかし、これは大人気ない感情だ。できる子にいろいろやらせるのは当然のこと。百合子だってそうするし、自分もかつてそうされた。佐藤の場合、それがエレナだっただけ。

結局は自分が彼女の存在をやっかんでいるだけじゃないか。この感情は人に見せたくない。特に佐藤には――

自分を押し殺すように百合子がビールに口を付けていると、隣にいた安村が話に加わってきた。

「君らは神宮寺さんと話したりせんの？」

「まさか！　あんなに可愛くて仕事もできて、佐藤チーフの幼なじみなんて……」

「高嶺《たかね》の花ですよ。僕らなんかとてもとても……」

新人二人は顔を見合わせてそんなことを言っている。でもエレナが気になることは確かなようだ。どうやら彼女はかなりモテるらしい。あの容姿だし当然か。

そのとき、少し離れた席から「わあっ」と声が上がった。

「神宮寺さんは佐藤チーフを追いかけてうちの会社に入ったの!?」

百合子がそちらに目をやると、騒ぎのど真ん中にはあのエレナがいた。

「わ、わたし、子供の頃からずっと真さん――佐藤チーフに憧れていて……」

「きゃーっ！　いいっ！　そういうのいい！」

「佐藤チーフって昔はどんな感じだったの？」

エレナは次々とビールを注がれて、質問の集中砲火を浴びている。

どうやら彼女を酒の肴《さかな》にして、女性社員たちは恋バナに夢中のようだ。エレナも照れたように赤くなりながら、ビールに口を付けている。

佐藤まで別のグループに取り囲まれて、「チーフ！　可愛い幼なじみが追いかけてきたご感想は？」なんて、いじられているじゃないか。

彼がその質問になんと答えるかを聞きたくなくて、またぐいっとビールを呷《あお》る。すると、そんな百合子を安村が親指で指差した。

「神宮寺さんは、まるで七年前の浅木やね」

「は？」

言葉の意味が理解できずに眉を寄せると、安村は新人に向き直って楽しげに肩を揺らした。

「この人も、俺ら同期の中では仕事の呑み込みが早かったんよ。有能やから入社当時から女性の中じゃずっと一番や。おまけに美人でツンと澄ましとるもんやから、僕らは高嶺《たかね》の花やって噂しあったんよ。さっさとチーフに出世して、ますます高嶺《たかね》の花になってもーた」

なんだ、そんなことか。今じゃ高嶺《たかね》の花がお局様《つぼねさま》扱いになっているようだが？

百合子はフンと鼻で笑って頬杖を突いた。

「オリエンテーションで成績上位かつ将来有望な新人を、有能なチーフに預けるのは当然のことよ。優秀な佐藤チーフに、有望な神宮寺さんが配属されたのは必然。佐藤チーフに引けを取らないこの私にも、有望な新人が配属されていることになる。君らは高嶺《たかね》の花だと言った神宮寺さんに、もっとも近い場所にいるわけ。私の仕事を覚えれば、君らの高嶺《たかね》の花が一目置《いちもく》くくらいにはなれるわよ。私に付いてきなさい。鍛えてあげる」

百合子が自信満々に言い放つと、新人二人の目が輝いた。

「いやいや、一目置《いちもく》くってそんなライバルみたいなやつやのうてさ、彼らは神宮寺さんに男として見てもらいたいわけでしょ。振り向いてほしいわけでしょ。こんな男になったら高嶺《たかね》の花が振り向きますよーって方向にアドバイスせな」

安村の言葉に、新人はうんうんと頷いている。

彼らにはエレナが佐藤に憧れて云々《うんぬん》が聞こえていなかったのだろうか。あれだけ騒がしければそれも当然か。百合子に聞こえたのは、それだけ百合子がエレナの話に聞き耳を立てていたということでもある。

安村は百合子に向き直ると、マイクに見立てたおしぼりを突きつけてきた。

「どないな男なら振り向いてくれはりますか？　高嶺《たかね》の花さん」

「ええ？」

「ほら、優しい男が好きとかさ。マメな男がええとか。男は余裕がないとあかんとか、いろいろあるでしょ？」

「つまり、私がどんな男性なら惹《ひ》かれるかということ?」

「そうそう」

そんなもの、旧高嶺《たかね》の花、現役お局様《つぼねさま》なんかに聞いてどうするのか。それこそ、エレナに直接聞いてくればいいだろう。そうは思いつつも、こんなのは酒の席での話題のひとつだ。百合子は「そうねぇ?」と悩ましげに目を細めた。

「やっぱり仕事で私を超える男でなきゃ駄目ね。そこが尊敬の根っこだもの。尊敬できる男の人がいいわ!」

「デスヨネー」

安村の表情が一瞬で曇って、肩が落ちた。なぜか新人二人も苦笑いしている。

「え?　どうしたの安村くん?」

「いや、浅木らしいわ……」

彼は「君らの高嶺《たかね》の花は鈍感やないとええなぁ」と言って、ガックリとうな垂れた。

(私、安村くんになにか変なこと言ったのかしら?)

宴会がお開きになって、百合子が考えごとをしながら居酒屋の玄関に向かっていると、背後から佐藤が声をかけてきた。

「浅木、お疲れー」

宴会場では席が遠かったために、彼とはまったく話していなかった。

「お疲れ様」

(そういえば佐藤、今日の帰りはどうするのかしら? 別々に帰る?)

もともとは逆方向の電車に乗る二人だ。宴会上がりの企画部の人間が駅へと殺到する中で、ずっと一緒にいたらさすがに不自然に見えるだろう。

(でももう婚約したし……式場も押さえたからそろそろ会社にも言うつもりだし、あまり気にしなくてもいいのかしら?)

社内結婚は、この辺りの気の使いどころが難しい。

後ろからぞろぞろと企画部の人間がやってくる。前も後ろも知り合いだらけになって、佐藤と話したくても話せない状況になった。

壁側に寄って人の波をやり過ごそうとしていると、佐藤も同じ考えだったらしく、百合子の隣にきた。

「遅くなったな。送ろうか?」

周囲を意識してか、彼はそんな言い方をする。それは一緒に帰ろうという意味で、百合子は嬉しくなった。

「ありがとう。そうしてもらうかな」

珍しく素直に頷けた気がする。佐藤は目を細めて頷いた。

「なら、みんなが行ってからゆっくり行くか」

「うん」

なぜか照れてしまい、それ以上の言葉が出ない。二人して黙って人の波が捌《は》けるのを待っていると、廊下で悲鳴が上がった。

「きゃあ！　神宮寺さん、ちょっと大丈夫？」

「ううう……だいじょぅぶ……です……」

明らかに大丈夫ではない声で答えるエレナの顔は真っ赤で、足元がふらついている。両腕を先輩女性二人にそれぞれ支えられているが、今にも廊下に座り込んでしまいそうだ。

「どうした？」

佐藤が声をかけると、エレナを支えていた一人が苦笑いした。

「神宮寺さん、飲み過ぎちゃったみたいで」

「はぁ？　おまえ酒弱かったのか？」

「……実は、あまり飲んだこと、なくて……」

「なんだって？　あんなにバカスカ飲んでおきながら……」

百合子がチラリと視界に入れただけでも、エレナはだいぶビールを飲んでいた。佐藤が呆れるのももっともだ。あんなピッチで飲んでいたら、多少は飲めるクチかと誰もが思うだろう。

「ああ、もう。ちょっと待ってろ。店の人にタクシー呼んでもらうから」

そう言って、佐藤が店のレジ横に向かう。

(飲み過ぎなんて緊張しちゃったのかしら？　顔が赤かったのは照れていたんじゃなくて、酔っていたのね)

手を貸そうにも足りているようだし、することもなくただ佐藤が戻ってくるのを待つしかない。百合子が少し離れたところで壁の花になっていると、エレナを支えていた一人が彼女に耳打ちした。

「神宮寺さん、マンションを佐藤チーフのお宅の近くに借りたんでしょう？　なら、佐藤チーフに送ってもらいなさいよ。せっかく近所になったのに、行きも帰りも時間が合わなくて二人っきりになれないって言っていたじゃない」

ヒソヒソ声だが百合子にはバッチリと聞こえてしまった。エレナがどんなに佐藤のマンションの近くに住んでも、彼と通勤することは不可能だ。新人だから定時で帰されているることを除いても、佐藤はエレナが乗る電車には乗っていない。百合子と帰るために、いつも逆方向の電車に乗っているのだから。

「神宮寺。タクシー呼んでもらったぞ。ほら、歩けるか？」

戻ってきた佐藤の腕に、エレナがガバッと縋《すが》り付いた。

「むりれすぅ……なんか気持ち悪い……ふらふらしちゃううぅ……」

　エレナは真っ赤になった顔で佐藤を見上げ、捨てられた子猫のように瞳を潤《うる》ませている。まったく可愛らしいものだ。幼さと危うさが、彼女をより一層魅力的にしている。

　並の男なら庇護欲をそそられるだろう。

　佐藤は眉を寄せて、エレナを支えていた女性社員二人を交互に見た。

「なぁ、どっちか神宮寺を家まで送ってくれないか？」

「ええっ！　無理ですよぉ、終電なくなっちゃう」

「……そうか」

　さすがの佐藤も、それ以上無理強いすることもできないのか押し黙った。

（あー、この流れは……）

　嫌な予感がする。

「佐藤チーフが送ってあげたらいいじゃありませんか。ご近所みたいですし、幼なじみだし」

　女性社員たちがニヤニヤしながらそんなことを言ってきて、百合子は的中した自分の予感に小さくため息をついた。

「いや、俺は――」

「送ってあげなさいよ、佐藤チーフ」

　今まで黙っていた百合子が口を開いたものだから、驚いたのだろう。振り返った佐藤の目が柄にもなく焦っている。

「ゆ――」

下の名前で呼ぼうとした佐藤の声に、百合子は咄嗟《とっさ》に被せていた。

「神宮寺さんを一人にしてなにかあっては大変よ。ほら、あそこにもなぜか残ってる子たちがいる。酔ってろくに動けないこの子にちょっかいかけないとも限らないわ」

靴箱の付近でたむろしている若い男性社員たちが、チラチラとこちらを見ている。エレナが一人にならないか期待しているのかもしれない。

それに、道中もなにがあるかわからないのだ。酔った若い女の子を一人でタクシーに乗せるのは危険すぎる。しかもエレナは可愛らしい。

百合子の視線の先を見て、佐藤も言いたいことが伝わったらしく、「う～ん」と苦い唸《うな》り声を上げた。

「……悪いな。送るって約束したのに」

律義《りちぎ》に謝ってくる佐藤に微笑んで、百合子はエレナを一瞥《いちべつ》した。

「私は一人で平気よ。子供じゃないもの」

「っ！」

エレナがサッと佐藤の陰に隠れる。そんな彼女の態度に百合子が眉を軽く上げると、佐藤も肩を竦《すく》めた。

「あとで連絡する」

佐藤が耳元で囁《ささや》いてくる。

どうせ明日になれば、彼は自分のところに帰ってくる。もしかしたら、エレナを送ってすぐその足で来るかもしれない。だから百合子は黙って頷いた。

しかし日曜日になっても、佐藤が百合子のところに来ることはなかった——

7

『今日はそっちに行けそうにない。月曜に話そう』

日曜の昼過ぎに届いた佐藤からのメッセージを眺めていた百合子は、電車が来たタイミングでスマートフォンを鞄にしまった。

今日がその月曜だ。朝から雨が降っていて、足元が悪い。

なにかアクシデントがあって来られなくなったのなら、そう書いてくれたらいい。なんなら電話で説明してくれてもよかったのだが、佐藤から届いたのはこのメッセージひとつ。

一人で帰るはめになった百合子が怒っていると思って、言い訳すらしにくかったのだろうか。

（別に怒ってないんだけどな……）

怒ってはいないが、モヤモヤはしている。

久しぶりに一人で過ごした日曜日は、時間を持て余しすぎて自分でも困ったくらいだ。

佐藤と一緒に過ごすことが当たり前になっている証拠とも言える。

そんな自分がなんだか悔しいし、ちょっと変な気分だ。

（ふん？　まぁ、今から会社で会うし？　ランチでも一緒に食べながら話を聞いてあげないこともないわ）

もちろん、その際のランチ代は佐藤の奢《おご》りで。

そんなことを考えながら出社すると、もう既に佐藤は仕事をはじめていた。

百合子が自分の席に座ると、電話を受けていた彼と目が合う。彼は百合子に向かって苦笑いしつつ、「おはよ」と口を動かした。その仕草が百合子の機嫌を気にしているようで、なんともおかしい。

（はいはい）

小さく眉を上げ、気にしてないわよと合図を送ってから、百合子は自分の仕事に手を伸ばした。そのとき、別の社員が出社してきた。

「おはようございます」

その華奢《きゃしゃ》な声に反応して、ゆっくりと視線をそちらにやる。入ってきたのはエレナだ。彼女は佐藤と三つ離れたところにある自分の席に、鞄を置いた。

「おはよ、神宮寺さん」

「あ、おはようございます」

「この間は大丈夫だった？」

「はい。あの、ご迷惑をお掛けして申し訳ありませんでした！　もっと気を付けます」

同じチームのメンバーに歓迎会の日のことをエレナが謝っている。それを目の端で見るともなしに見ていると、電話を終えた佐藤が彼女に近付くのがわかった。

「神宮寺。もう体調は平気か？　なんともないか？　ちょっとこっち向いて顔見せろ」

「あ……は、はい――」

佐藤が正面からまじまじと、彼女の顔を覗き込むように見る。エレナも顔を真っ赤にしているから、さすがに恥ずかしいらしい。恥ずかしさに耐えようと目を閉じる彼女は、彼からのキスを待っているようにすら見えた。

（ったく……会社でなにやってるのよ）

胸中でツッコミを入れつつも、不快なモヤがじわじわと広がっていくのを感じる。そんな百合子に気付きもしないのか、佐藤はホッとした表情を浮かべた。

「ん。一応はよさそうだな。おまえ、具合が悪くなったらすぐに言えよ？　医務室もあるんだから」

「はいっ」

エレナに念を押してから、佐藤は部署の外に出ていく。彼が部屋を出たあとで、エレナがなぜか百合子のデスクに近付いてきた。

「おはようございます。浅木チーフ。先日はご迷惑をお掛けして申し訳ありませんでした」

「ああ……」

謝罪か。百合子は自分の仕事を進めながら、無愛想に口を開いた。

「別に私に謝ることないわ。私はなにもしていないもの」

「でも……わたし、真さんのこと、とっちゃったから……」

「……」

震える小さな声に、ゆっくりと顔を上げる。

一緒に帰るという百合子と佐藤の約束が自分のせいで駄目になったと、エレナは気にしているのだろうか。確かにそれは事実だが、彼女を送るように言ったのは百合子だ。いちいち謝ってもらうことじゃない。

気にしないで、と百合子が言おうとしたとき、彼女のはにかんだ声が鼓膜《こまく》を無遠慮に引っ掻いた。

「真さん……わたしの部屋に泊まったんです。……ごめんなさい。盗っちゃって」

「…………」

まわりには聞こえないくらいの大きさの声なのに、やたらと突き刺さる。

言われたことを理解するまでにどれほどの時間が必要だったろう？

遠くで雷鳴が鳴って、我に返る。

真っ青になっていく百合子の顔色とは対照的に、エレナはポッと頬を染める。彼女そのものが可憐な花のようで、残酷なまでに愛らしかった。

（……泊まった？　なにそれ。盗《と》ったって……寝たの？　佐藤と？　だから佐藤は、私のところには来なかった、ということ？）

嘲笑《あざわら》うかのようなエレナの微笑みに、長いこと見ないふりをしていた自分の中の汚いものが、蓋を開けて一気に出てくる。

――佐藤をこの女と一緒に行かせなければよかった。あの男は私のものなのに……

エレナを敵と見なすその黒い感情に、頭の中が真っ白になる。

過去の選択を後悔している自分がいる。

あのとき、プライドが邪魔をして百合子に大人の対応をさせた。その結果がこれだ。

身体の内側が膿《う》んだように、じゅくじゅくと熱くなって痛い。滲《にじ》み出てきた自分の汚い感情に、嫌悪感すら覚える。

この感情はよくない。呑み込まれるべきじゃない――

そう自分を律《りっ》しながらも、胸の奥がざわついていくのを止められない。

(私の知っている佐藤はそんな男じゃない……違う。絶対に違う)

しかし、エレナが佐藤のことを好きなのは明白で、佐藤も男だ。自分のことを大好きな女の子が目の前にいたら、その気になってもおかしくはない。据え膳食わぬは男の恥と言うじゃないか。

そして、佐藤が昨日、百合子のもとに帰ってこなかったのも事実だ。あんなにいつも百合子にべったりだったくせに、電話一本すらなかった。届いたのは、あっさりしたメッセージのみ。

百合子は唇を引き結んでエレナを見上げた。

そもそも、エレナは佐藤にとってどういう存在なのか？　昔から身体の関係があったのか？

まわりが結婚するのかと考えていたということは、やはりそれなりになにかあったんじゃないのか？

考えれば考えるほど、混乱して思考がまとまらなくなる。

「神宮寺さん、どないしたん？　うちのチーフになにか用？」

出社してきた安村が、胡乱《うろん》な眼差しでエレナを見下ろしている。

それもそのはず。百合子が佐藤のチームを手伝っている仕事はあるが、その逆は今のところないのだから。

「あ、えっとぉ～。先日、浅木チーフにご迷惑をお掛けしてしまったので……」

可愛い笑顔で答えたエレナから目を逸らして、百合子は小さく嘆息した。

「神宮寺さん。もういいから自分の仕事に戻りなさい」

「はぁい。失礼しまーす」

職場でこの子を詰《なじ》るなんて、百合子にできるはずもない。

身体の中では言葉にならない感情が渦巻いているのに、顔には慣れたチーフとしての仮面《えがお》が貼り付いている。

自分はチーフだ。余裕があって、サバサバしていて、頼もしく他を引っ張っていくリーダーでなければならない。仕事とプライベートを綺麗に分けて、悩んでいる姿なんか見せてはいけない。

なのに——

「……」

エレナと同じところにいるのがいやで、百合子は席を立ってしまった。

(私が逃げてどうするのよ……)

自分の婚約者はそんな不実な人間じゃない。

そう思いたいのに、彼を疑ってしまう自分がいる。

なぜなら、自分たちの間に情はあっても愛がないと自覚しているからだ。お互いに条件だけで結婚を決めた。そこに恋愛的な要素はなにひとつないのだ。

しかし、佐藤とエレナの間はどうだろう？

佐藤の母親は、エレナのことをあまりよく思っていないようだった。それに気付いた佐藤が、適当に条件のよい結婚相手として百合子を選んだだけだったら——

(馬鹿みたい。考えすぎよ……考えすぎだってば)

本当はわかっている。こんな気持ちになるくらいなら、佐藤に真相を聞くべきなのだ。

しかし、それは同時に「私はあなたを疑っています」と彼に言うようなものだ。佐藤だっていい気分はしないだろう。

そして、真実を知ることにおびえる百合子がいるのも事実だ。

もしもエレナと佐藤の間になにかあったら？　もしも彼がエレナとの関係を認めたら——？

仮定は仮定にすぎないというのに、無駄に豊かな想像力が、エレナと佐藤の情交を色鮮やかにイメージさせる。

自分に触れた彼のあの優しい指先が、エレナに触れたかもしれない。

情熱的なキスをくれるあの唇が、エレナの唇を吸ったかもしれない。

百合子と呼ぶあの声が、エレナの名前を呼んだかもしれない。

そして自分は彼に、「好きだ」「愛している」なんて言われたことはないのだ――

考えれば考えるほど生まれてくるのは、嫌悪感ではなく絶望だ。心が勝手に暗く落ち込んでいく。こんな感情は知らない……。どうやって自分を保てばいいのだろう？

（………）

百合子が無表情に廊下を歩いていると、向こうから佐藤が歩いてきた。

「浅木！　今日の昼飯一緒に食おうか。話があるんだ」

そう言いながら片手を上げて愛想よく微笑んでくる婚約者の横を、百合子は目も合わさずに素通りした。

「浅木？」

「……」

無愛想に廊下ですれ違った瞬間に、ツキンと胸が痛んだが、自分でもどうしようもない。笑えないのだ。微笑みすら作れない。

「なぁってば！」

「……今、忙しいから」

振り向かずに、足早に立ち去る。彼が追って来られない女子トイレに閉じ籠もって、時間をやり過ごした。

デスクに戻っても、何度も話しかけてくる佐藤を仕事があるからと振り切って、二人きりにならないようにした。そうして意識的に逃げるように、仕事へと打ち込む。悲しいかな、百合子は現実から目を逸らすのが得意だ。

新人に必要以上に付きっきりになり、手取り足取り懇切丁寧《こんせつていねい》に仕事を教える。

そんな百合子を、安村が「飲み会のときに鍛えてやるって言っとったもんなァ」と感心した様子でサポートしてくれた。

新人二人に安村。三人もの人間に囲まれた百合子には、さすがに佐藤も話しかけにくいらしい。チラチラと視線を送ってくるばかりで、近くには来なくなった。

そうして迎えた昼過ぎ――

少し遅めの昼食を済ませた百合子が一人で会社に帰ってくると、後ろから追いかけてきた佐藤が無理やり同じエレベーターに乗り込んできた。

「っ……！」

扉に肩を強《した》かぶつけたらしい。傘を片手に顔を顰《しか》めて痛がる佐藤から、目を逸らす。

いつもだったら、「大丈夫？」のひと言くらい聞くのに、それすらもうまくできない。

「一緒に飯に行こうと思ってたのに勝手にいなくなるし。百合子、おまえ朝からなんか変だぞ。どうしたんだ？」

「別に。会社では名前で呼ばないで」

二人っきりのエレベーターで無表情に言い放つと、彼の眼差しに一瞬動揺めいたものが走った。しかし、再び百合子に話しかけてくる。

「……百合子。なにかあったのか？　それとも、俺が昨日来なかったから拗《す》ねているのか？」

先ほどとは一転して、余裕の表情で佐藤が笑った。そんな彼を、キッと睨《にら》み付ける。

すると、彼の目が大きく見開いた。

「え……？　そうなのか？」

「馬鹿にしないでよ」

冷ややかな百合子のひと言に、佐藤が息を呑んで押し黙る。そのとき——ガゴンと天井から大きな物音がした。突然、明かりが不安定に点滅して、そのままプチンと消える。

「っ？」

「なんだ？」

全《すべ》ての明かりが消えて、エレベーター内が真っ暗になる。突然訪れた暗闇に軽く狼狽《ろうばい》しながら、辺りを見回した。

しかし、いくら見てもわかるわけもない。

エレベーター内に響いていた動力の音も、ピタリと消えている。

明かりを求めてスマートフォンを出したのは、佐藤のほうが少し早かった。

「非常ボタンを押してみよう」

これを押せば、ビルの管理センターに繋がるはずだ。

スマートフォンの明かりを頼りに佐藤が非常ボタンを押すが、うんともすんとも言わない。

明らかに通じていないそれに、佐藤が困ったように唸《うな》った。

「駄目だな。外でなにかあったのか？」

独りごちながら、彼はスマートフォンを操作する。

そうしてしばらくしてから、「ああ」と声を上げた。

「停電だ。雷が落ちたらしいぞ」

そう言った彼に、ニュース画面を表示したスマートフォンを見せられた。速報を知らせるその画面には、約二千軒の停電と見出しがある。その地域にここも含まれているのだろう。復旧の目処《めど》は立っていないようだ。

「ビルの予備電源があるはずだがな。正常に作動していないのか？　これはしばらく缶詰だな」

（最悪……）

朝から雨は降るわ、後輩から喧嘩を売られるわ、婚約者に浮気疑惑を持たなきゃならないわ。挙げ句の果てにエレベーターに閉じ込められるなんて、これを最悪と言わずしてなんと言おう？

しかし、今の閉じこめられた状況に、不思議とそこまでの不安はない。おそらくそれは、一人ではないからだろう。

佐藤がいる。

他の女との関係を疑っている状況だが、自分はこの婚約者の存在に安らぎを覚えるくらいには、彼を頼りにしているらしい。

佐藤は明かりを灯したままのスマートフォンを壁に立て掛け、自分のジャケットを脱いだ。それを濡れた床に敷く。

「百合子、そこ座れよ」

「いいわよ……」

佐藤のオーダーメイドスーツの上に座るなんてできない。百合子が断ると、彼は笑ってジャケットの半分に腰を下ろした。

「俺たちが閉じ込められていることに、いつか誰か気付くだろう。でもそれに何時間かかるかわからないぞ。体力は温存しとけ」

「わ、わかったわよ……」

いちいち言うことがもっともで困る。百合子とて、ここで無駄に疲れることが得策ではないことくらいわかっているのだ。

渋々佐藤の隣に座ると、彼が笑う気配がした。

「無理やりでも乗り込んで正解だったな。百合子が一人でエレベーターに閉じ込められるところだった」

「あなたまで閉じ込められたじゃないの。馬鹿みたい」

ツンとした百合子の言い草を「ホントだよなぁ」と笑って、佐藤は壁に背中を預けた。

「いいんだよ。おまえが一人でいなくなったら俺は居ても立っても居られない。でも、今は一緒だからいい」

「……」

冷たく凍っていた心の一部が、あったかなぬくもりに触れて溶けだしてくる。

これは、百合子の知っている《ヽヽヽ》佐藤真だ。

信じたい。信じさせてほしい。もうこの男を疑うのはいやなのだ。自分の目の前にいないときでも、自分の知っている彼でいてほしい。

(なによ……もう……)

膝を抱えて蹲《うずくま》った百合子は、顔を伏せたままポツリとこぼした。

「……ねぇ……昨日、神宮寺さんのマンションに泊まったの?」

スマートフォンの明かりだけでは、細かい表情までは見えない。だが、百合子の声に少し佐藤が怯《ひる》んだ気配がする。

ああ、本当だったんだ――。衝撃を受けすぎたのか、逆にぼんやりした頭で百合子は続けて聞いていた。

「あの子と寝たの？」

「は？」

即座に返ってきた素《す》っ頓狂《とんきょう》な声は、嘘をついているとは思えないくらい驚きに満ちている。

嘘をつくなら、この男はもっとうまくつけるし、そもそも「神宮寺さんのマンションに泊まったの？」という先の質問にもそつなく答えるだろう。

（泊まったけど寝てない。ま、神宮寺さんの体調が心配で付き添《そ》っていた、ってところかしら）

真相に気付いてホッとしているのに、胸のモヤモヤはまだ収まらない。

自分の気持ちを持て余して小さくため息をつくと、佐藤がガバッと両肩を掴んできた。

「百合子、なんか勘違いしてるみたいだから弁解しとくが、俺とエレナは誓ってそんな関係じゃないからな？　あいつは専務の娘だし、里穂の友達だしで、俺は昔っから散々気を使ってるんだよ！　泊まったのもあいつが吐いたからで、本当は百合子のとこに帰ろうとしたのに、ゲロぶっ掛けられて。悲惨だったんだぞ！　そんな状態でおまえのとこに行けるかよ。後始末しなきゃならんし、臭《にお》いは気になるし。洗ってクリーニング出して、こっちは寝不足だ！」

どうやら佐藤にとってエレナは、自分の幼なじみというよりは、父親の仕事仲間の娘でしかも妹の友達という認識のようだ。面倒見がいいというよりは、渋々面倒を見ていたのが懐かれて今に至る、という具合か。

今も昔も一秒たりともそんな関係になったことなどないと、彼は続ける。

「ああ……うん。お疲れ様」

素っ気ない百合子の答えに、佐藤が眉間に皺《しわ》を寄せたのがわかった。

「なんで俺を避けるんだよ」

「……」

百合子は少し考えてから、自分のつま先を見つめた。

自分の胸の内にあるこのモヤモヤをうまく言葉にする自信がない。自分でも向き合いたくない感情なのだ。

でも、向き合わないまま時間が経てば、それはそれで後悔するだろう。

現実から目を逸らし続けた結果、立派なお局様《つぼねさま》になっていたのだから。

「あなたを……信じ、られなかったのよ。婚約者なのに。神宮寺さんの家に泊まったと聞いたとき、私はあなたたちの関係を一瞬でも疑った。……そんな自分がいや。私、そういうの嫌いなのよ。あなたに神宮寺さんを送るように言ったのは私なのに……私は、本当はあのとき私は――」

——いやだったのだ。

本当はあのとき、エレナなど放っておいてほしかった。百合子のほうが大事だからと、彼女を他の人に任せて自分と一緒に帰ってほしかった。でもそれを口に出すことは、大人として、社会人として、上司としての自分が認めない。

格好つけて、いい人ぶって。本当はない余裕がそこにあるかのように見せて、我儘《わがまま》を押し通すエレナを子供だと一刀両断にして、自分を慰《なぐさ》めるしかない。

人目も憚《はばか》らずに佐藤に甘えるエレナが疎《うと》ましかったのは、それだけ彼女が羨《うらや》ましかったからだ。

素直で、我儘《わがまま》で、可愛くて、若くて——。あの子は、百合子の持っていないものをあまりにも多く持っている。自分とは違いすぎる。

本当は、佐藤が帰ってきてくれるのを、今か今かと待って眠れない夜を過ごしていたくせに、それを素直に言えないでいる。

なぜなら百合子と佐藤の婚約は、二人の結婚に対する条件が一致したから成立しただけなのだ。そこには情はあっても愛はない。

そのはずなのに、彼を独占しようとしている。彼に愛されたがっている自分がいる。どうしようもなく彼に惹《ひ》かれている自分がいる。

「幼なじみなんかに構わないで。私だけを見て！」と、自分の中の女が叫んでいるのだ。

そんな感情《わがまま》は認められない。口になんかできないとばかりに百合子は唇を噛《か》み締めると、ぷいっと視線を逸らした。

「つまり百合子は、俺と一緒にいたかったんだな？」

ポンポンと頭を軽く撫でられたのが子供扱いされているようで腹立たしく、その手を振りほどいた。そして佐藤に背を向ける。

「そ、そんなんじゃないわよ！」

「でもそう聞こえる」

背後から抱き竦《すく》められた。強く優しく包まれて感じるのは、安堵《あんど》だ。本当はずっとこうされたかったのだと、自分の中の女が言う。

「やめて……」

「俺は百合子が好きだから、離さない」

甘い囁《ささや》きに、目を見開く。

「う、そ」

「なんでそうなる？　嘘なんかついてないし、俺は何度もおまえが好きだと言ってる。じゃ、なにか？　俺は好きでもない女と結婚しようとしているのか？　わざわざ百合子の親戚を調べて、自分の大学時代の友達《ダチ》を頼って、見合いまで画策《かくさく》して——。おまえに俺を男として意識させるためにどれだけ根回ししたと思ってるんだよ！」

「え……？」

口付けを交わしながら戯《たわむ》れのように繰り返した会話を思い出す。

『……佐藤は、すぐキスする……』

『そりゃあ、好きだからな』

キスが好き、ってことじゃなかった？　それじゃあ、あのお見合いは？　偶然なんかじゃなくて、全部佐藤が仕組んだこと？

「な、んで……？　そん、な……」

「おまえ、愚痴《ぐち》ってたじゃないか。親が結婚しろ、結婚しろってうるさいって。見合いしろとまで言われたって」

佐藤に直接愚痴《ぐち》をこぼした覚えはないが、ずいぶん前に母親からそういう話をされたときに、同期の誰かに言ったことはある。それを聞いていたのだろう。

「見合いなんかしたら、おまえ、馬鹿正直に結婚するかもしれないだろ。おまえが他の男と結婚するかもしれないって考えたら、居ても立っても居られなかったんだよ。恋人なんて過程をすっ飛ばしたくなるくらいには、俺はおまえが欲しくて――……。もう、わかれよ！　好きなんだよ……おまえが」

「っ!!」

カアァッと熱が上がった顔で硬直する百合子の唇を親指でなぞりながら、佐藤は熱のこもった眼差しを向けてきた。それは、百合子を女として見ている男の目だ。

「俺はおまえを、戦友で、ライバルで——最高のパートナーだと思ってる。おまえ以上の女はいない。わからないか？　俺がどれだけおまえを愛してるか。わからないなら、今わからせるぞ？」

顔に上がった熱は引かず、逃げようとした。だが簡単に捕まえられて、壁に背中を押し付けられる。佐藤は暴れる百合子の両手を掴んで、強引に唇を重ねてきた。

舌が抜けそうになるほど強く吸われて、呼吸さえも奪《うば》われる。押し付けられた唇の熱さに、自分がこの男に女としてどれほど深く想われていたかを知った。

「やめ……カメラが……」

「停電してんだから防犯カメラなんか止まってるさ。気にするな」

佐藤はそう言い切って、腰に熱く猛《たけ》ったものを押し付けながら唾液を飲ませてくる。

百合子はビクッと震えつつも、この熱いキスに抗《あらが》えない。壁に押し付けられたまま、乳房を掴まれる。舌を口内に捩《ね》じ込まれ、身体が濡れてしまうのを感じた。

佐藤が百合子の顎《あご》を舐め上げて、耳元で囁《ささや》く。

「まぁ、仮にカメラが生きていてもやめないけどな。俺がおまえを現在進行形で愛してる証拠になるだけだ」

「〜〜〜〜っ！」

降り注ぐキスが百合子の思考を奪《うば》う。

「百合子、愛してる。何度でも言う。だから俺を愛せ」

唇を触れ合わせたまま送られる囁《ささや》きが心地いい。熱く柔らかく絡まってくる佐藤の舌に、心も身体も溶解していく。

佐藤は百合子の腰を支えながら、百合子の手を自分の胸に当ててきた。

ドクドクと力強い早鐘を打つそれは、百合子の心音と同じ律動《りつどう》を刻んでいる。

「おまえにだけ俺はこうなるんだよ」

少し照れた眼差しに見つめられ、生まれたときめきが鼓動に乗って全身を駆け巡る。

佐藤にしっかりと抱かれ、百合子の頬は真っ赤になっていた。信じられないという思いと、信じたいという思いが交差して、信じたいほうが勝つ。

「佐藤……」

ガコンと前触れもなく、エレベーター内にモーターを巻き上げる音が響きはじめた。

「お？　動くのか？」

明かりが何度か点灯して、カンカンと外からエレベーターの扉を叩く音が聞こえる。

「中にいらっしゃいますか？」

「います。二人います」

佐藤が返事をすると、外が慌ただしくなる気配がした。何度かエレベーターが揺れる。

佐藤は小さく肩を竦《すく》めて、悪戯《いたずら》っぽく笑った。

「残念。もうちょっといちゃいちゃしたかったのにな？」

「な！」

なにを言いだすのか！　呆れて二の句が継げない。でも百合子の身体は明らかに発情した熱と、妖艶《ようえん》な匂いを出していて、言い訳できないくらいに蕩《とろ》けている。

そのことを確信しているのか、佐藤は百合子の胸を揉みながら、意味深に囁《ささや》いてきた。

「愛してるよ、百合子。続きは今夜な？」

「〜〜〜っ！」

百合子が声を失うのとほぼ同時に、ゆっくりと扉が開いた。

「大丈夫ですか？」

「大丈夫です。ありがとうございます」

ヘルメットを被った工事の人と目が合った百合子は、佐藤にしがみついている自分に気が付いて一気に赤面した。こんなところを人に見られるなんて！　今まで中でナニをしていたのか知られた気がして落ち着かない。

「百合子、立てるか？」

「た、立てるわよっ！」

ツンとした言い方をしながら佐藤の手を振りほどこうとしたのだが、離れない。彼は笑って百合子の腰を抱いてきた。

「おまえは俺にだけ甘えてればいいんだよ。な？」

「むぅ……」

不貞腐《ふてくさ》れ、佐藤に支えられてエレベーターを降りた。すぐ目の前の休憩所の椅子に座る。佐藤が自動販売機で飲み物を買っている間に、佐藤と百合子の両方のチームメンバーがぞろぞろと集まってきた。

「真さぁん！　大丈夫？」

一番に駆け寄ってきたのはエレナだ。彼女は佐藤の背中に飛びついて、その存在を確かめるように頬擦りをしている。

そんな彼女を見て、百合子の眉がピクッと寄った。

「ちっとも戻ってこないから、すごく心配したんですよっ！」

「そりゃ悪かったな。でも名前で呼ぶな。あと離れろ」

佐藤がエレナと格闘している間に、百合子の側に安村が来た。

「浅木！　大丈夫か？　エレベーターに閉じ込められたって？」

「ええ。ありがとう、安村くん。ちょっとびっくりしたけれど大丈夫よ」

「顔がえらい赤いやないか。酸欠か？　気分は悪《わ》ろないか？　脱水とか起こしてへんか？」

顔が火照《ほて》っているのは佐藤とのキスのせいなのだが、そんなこと言えるはずがない。彼は閉じ込められた百合子を純粋に心配しているだけだから、余計に居たたまれない。視線が泳ぐ。

人様に心配を掛けておきながら、自分はあんな不埒《ふらち》なことをしていたなんて――

(ああ〜〜〜〜っ！　もう……恥ずかしい……やだ……私、なんてことを……)

百合子の隣に座った安村が、熱を測るように百合子の額《ひたい》に手を伸ばしてくる。そのとき、彼の手を佐藤がパシッとはたき落とした。

「人の嫁に軽々しく触るな」

鋭く睨《にら》みを利かせた佐藤が、安村と百合子の間に壁を作るように立ちはだかる。そんな彼の腰にぶら下がっていたエレナの顔が、一瞬能面のように真顔になった。

「え?」

パチクリと瞬《まばた》きしているのは安村だけじゃない。佐藤の部下も、百合子の部下も、一様に硬直している。

そして、百合子本人も――

エレナを引き剥《は》がした佐藤は、百合子の隣――安村と反対側――に座ると、ニヤリと口の端を上げて笑った。

「結婚するんだよ、俺たち」

「え……？」

（ちょ、え、お、ま、なんで今、言っちゃうのおおおお！）

確かにそろそろ会社に言おうかと話してはいたが、それにしてもいきなりすぎる。部長より先に部下たちに言ってしまうなんて！　これでは一気に話が広まるではないか。

案の定、佐藤チームの女性社員らが、「うそ、本当に⁉　全然気付かなかった！」「いつからお付き合いされてたんですか⁉」なんて質問を次々に浴びせてくる。

「えっわ、えと、その……」

我に返った百合子が真っ赤になって焦ると、佐藤がニヒルに笑った。

「おまえら普通に考えればわかるだろ、こんないい女がいつまでも独り身なわけないことくらい。俺と張り合える唯一の女だぞ」

（なななな――）

つい最近まで、私は完璧に独り身だったのですが⁉　と、百合子の心中はツッコミの嵐だ。

「ってことで、百合子の面倒は俺が見るし、もう少し休んだら戻る。大丈夫だから、おまえらは先に仕事に戻れ。ほらほら」

佐藤の指示で、部下たちが仕事に戻っていく。

安村だけが「え？　え？」と何度も目を瞬《またた》かせていたのが気になるが、あとでフォローしておこう。しかしこれはもう、フロアに戻ってしばらくは仕事にならないかもしれない。

諦めのため息をつく百合子の横で、佐藤が買ったばかりのペットボトルの紅茶を開けた。彼はひと口飲むと、「やる」と言ってそれを押し付けてくる。

「なんでみんなに言っちゃうのよ、もう……。部長にもまだなのに……」

結婚の報告は順序が大切なのにとぶつくさとこぼす百合子に、佐藤はあっけらかんと言ってきた。

「ああ、その話なんだけど、うちの親父から大阪支店の上のほうには、結婚含めて俺の出自とか諸々伝えたって。昨日、電話で言われた。そんで来年には、俺たち本社に異動だとよ」

「な――」

本社への異動はなんとなく聞いてはいたし、勤め人として転勤はやむなしと思っているから抵抗はない。本社なんてむしろ喜ばしいことだ。しかし、自分たちの結婚の報告が社内に筒抜けになっていたのには驚いた。だが、よくよく冷静になってみれば、佐藤の父親＝本社の社長なのだから、社長から話が広がるのは道理かもしれない。

もともと、佐藤は本社に異動することが決まっていた。百合子の異動は社長が結婚とタイミングを合わせてくれたということだろう。

「それを話そうと思ってたのに、おまえが避けるから……」

酔ったエレナの介抱をして自分の部屋に戻った佐藤を、今度は彼の父親からの電話が待っていた。しかも重要な内容だったから話し込んでしまい、気が付けば時間が経っていた。それで、さすがに百合子のところに行くことはできなかったらしい。

「はぁ……まぁ、わかったわ……。でもみんなを驚かせちゃったわね」

しばらくは騒がれることを覚悟しておかないと、と苦笑いすると、佐藤が軽く伸びをして、ぽすんと百合子の肩に頭を乗せた。

「早く言いたかったんだよ。俺だっておまえの信奉者《しんぽうしゃ》には妬《や》くんだぞ？　俺ら同期の中で高嶺《たかね》の花だったんだからな、おまえは」

「え？」

「もう俺のものだけどな」

ニヤリと笑う佐藤に髪を梳《す》かれて、ドキドキが止まらない。

彼は百合子の手を握り、そっと自分の唇に触れさせた。

「今回の仕事は、俺とおまえが大阪《ここ》で一緒にやる最初で最後の仕事だ。なんとしても成功させたい」

佐藤の決意が伝わってくる。彼がそれを望むなら、全力で協力したい。

自分は、彼の婚約者だから。

百合子は「そうね」と頷いて、彼の手を握り返した。

◆　◇　◆

その日の夜。

百合子の部屋に帰ってきた二人は、そのままベッドに雪崩《なだ》れ込んだ。

空中で糸の絡まった凧《たこ》のように、縺《もつ》れ合いながら互いのスーツを脱がせる。

息苦しさを感じつつも、キスに夢中になった唇は離れない。

佐藤はボタンの外れたシャツの隙間からこぼれた百合子の乳房を揉みしだきながら、口内に差し込んだ舌をれろりと抜いた。そうすると、二人の間を透明な糸が繋いで唇を濡らす。互いに唾液を啜《すす》り合う瞬間がとても艶《なま》めかしい。

駆け引きを抜きにしたこの性衝動に身を任せて溺れる。

「ぁん」

「百合子、百合子」

彼の手がゆっくりとショーツの中に入ってきて、百合子の中をいじる。花弁に包まれた蜜口をひと撫でして、そこから滴《したた》るとろとろの愛液を指に絡める。彼は、百合子の唇を味わいながら囁《ささや》いてきた。

「びしょ濡れだな」

愛液で濡れた指先を見せられて、百合子は頬を赤らめる。そんな百合子を見つめつつ、彼がショーツを引き下ろす。少し腰を浮かせただけで、下半身を剥《む》き出しにされてしまった。恥ずかしさに、スカートの裾を掴んで脚の付け根を隠してみたが、意味はない。

佐藤は百合子の蕾《つぼみ》を撫で回しながら、シャツを押し上げる乳首を吸ってきた。

「んっ……ぁん……」

「こんな身体で仕事してたのか？　ったく……エロい女」

「っ……！」

とめどなく滴《したた》ってくる愛液を弄《もてあそ》ぶくせに、佐藤は蕾《つぼみ》を触るだけで蜜口の中に指を入れようとはしない。百合子の乳首を布越しに吸いながら、絶妙な力加減で蕾《つぼみ》をいじってくる。

毎晩彼に貫《つらぬ》かれ、快楽の染み込んだ身体は、その刺激だけでは物足りない。子宮がうずうずして、自然と腰が揺れてしまう。それがわかっている佐藤は、ニヤリと笑って乳首を甘噛みしてきた。

「今日な、エレベーターでおまえの中に入れたかった」

挑発《ちょうはつ》的に見つめられて、ゾクッと内側から震える。女として、この男に抱かれたくてたまらない。自分を愛していると言ってくれる男を離したくないのだ。

佐藤は自分のスラックスの前を寛《くつろ》げて、猛《たけ》った漲《みなぎ》りを取り出した。花弁を割り広げ、濡れた蜜口に突き立てるようにピタリと充《あ》てがう。百合子はそれを呑み込むことしか考えられなくなっていた。ヒクヒクと身体が疼《うず》いて収まらない。

そんな百合子を愛おしげに見つめながら、佐藤がめりめりと入ってきた。

「はぁあぁん！」

百合子が仰《の》け反《ぞ》りながら大きく息を吐くと、覆い被さってきた佐藤が腰を振る。生の肉と熱を捩《ね》じ込まれた。その欲望を隠さない行為に抗《あらが》えない。

「ぐちょぐちょじゃないか。俺を待ってたのか？」

大きなグラインドでずぽずぽと突かれて、頭の中が真っ白になっていく。

魚のように跳ねる百合子を身体全体で押さえつけ、乳首を舐めしゃぶりながら彼は獣《けもの》のように抜き差ししてきた。

まるで、あのエレベーターの中でおまえをこうやって抱いてやりたかったと言わんばかりの激しいセックスに、百合子は内側から蕩《とろ》けていく。

「ぁあ……あ……ぅく……ひぅ……」

「ほら、奥まで可愛がってやる。脚広げろ」

佐藤は百合子の片膝を大きく抱え上げ、乳房を掴みながら奥を重点的に突いてきた。

そこは百合子の好《い》い処《ところ》で、否応なしに感じてしまう。それがわかっていながら、彼は抉《えぐ》るように、掻き回すように、ねっとりとした腰遣いで百合子を喘《あえ》がせるのだ。

「ひぁ……いぁ……いく……は……ん」

「まだだ。まだいくなよ」

囁《ささや》きと共にネクタイを緩《ゆる》めた彼は、百合子の乳房をしゃぶりつつ、繋がっている処《ところ》のすぐ上の蕾《つぼみ》を捏《こ》ね回しはじめた。

ただでさえ気持ちいいのに、そこまで触られたらもう耐えられない。

「あ！　んぅっ！」

迫り来る快感の波から逃げようと悶《もだ》える百合子を、佐藤が飢《う》えた野獣のような表情《かお》で見下ろしている。

「ゆり、ゆり……、っ……愛してる」

彼は唇を合わせながら、ぐいぐいと腰を遣う。

上からも下からも彼が入ってきて、百合子は今、自分が佐藤のものになっているのを感じていた。

膣内《なか》を抉《えぐ》るように掻き回されて、頭がクラッシュ寸前だ。ぐちゃぐちゃと響く蕩《とろ》けきったいやらしい音と、パンパンと打ち付けられる肉の音が、耳に焼き付いて離れない。

全身に汗が浮いて、灼熱の中にいるように熱い。なのに気持ちいい。

一人の男がこの身体の中に入ってくる快感を、身をもって味わう。これは女の悦《よろこ》びだ。女にだけ許された、男を包み込み、受け入れる受諾《じゅだく》の快感。

男の硬い漲《みなぎ》りが媚肉《びにく》を擦《こす》り回し、あふれた愛液がじゅぶじゅぶと飛び散る。

「ぁひ……ぁ……んぅ……ひ……ぃく、いくぅ……だめ……、あ——」

「あ——百合子……！」

霞《かす》んだ目に映ったのは、切羽詰《せっぱつ》まった佐藤の顔だった。

いつも自信家の男が快感に溺れ、我を忘れてこの身体に夢中になっている。縋《すが》り付くほど抱きついて、息を荒くして堪《こら》えるように乳房に齧《かじ》り付き、必死に腰を振って——

この男は、自分をこんなに求めてくれるのか。愛してくれるのか。

そう思うと急に胸が締めつけられて、この男を愛おしいと思う気持ちが膨らんでいく。

もう、認めなくてはならない。条件なんか関係ない。自分はこの男に心から惹《ひ》かれているのだ。なにをされても受け入れたいと思えるくらい、強く惹《ひ》かれている。

揺さぶられながら百合子が彼の顔に手を伸ばすと、彼は息を荒らげて覆い被さってきた。

百合子の身体を雁字搦《がんじがら》めにして、子宮の入り口を容赦なく突き上げ迫ってくる。

「ゆり……百合子。出したい、おまえの中に……」

男としての欲望を打ち明けられ、百合子は今まで以上に女として求められる悦《よろこ》びを感じた。

彼の想いも欲望も体液すらも、彼のなにもかもをこの身体で受け止めてあげたい——

こんなふうに思ったのは、初めてだ。

百合子はいつの間にか、佐藤の背中に両手を回して彼を抱きしめていた。

「さとう……さとう……」

「う——ゆりこ……っ！」

彼は深く百合子の膣を突き上げると、一気に漲《みなぎ》りを引き抜き、百合子の乳房に向かって勢いよく白い射液を噴出した。

「きゃあっ！」

いきなり見せられた男の射精に驚いて完全に硬直した百合子の目の前で、額《ひたい》に汗を浮かせた佐藤が、猛《たけ》りきった漲《みなぎ》りを扱《しご》いている。どぴゅどぴゅっと断続的に射液が放たれ、百合子の肌を汚した。

これを全部身体の中に注がれたら自分はどうなってしまうのだろう？　そんな不埒《ふらち》な想像をして、子宮がズクズクと疼《うず》いた。まるでそうされることを期待しているみたいだ。

「くっ、百合子……」

抱きついてきた彼は、熱烈なキスをしてから、照れた顔で頬擦りした。

「本当は百合子の中に出したかったんだけど。なんかもう好きすぎて一発で妊娠させそうだから、思わず抜いてしまった」

「な——」

（に、にににに妊娠ん〜〜!?）

絶句する百合子に佐藤はにっこりと笑って、未だに硬い物を腰に押し付けてきた。

「安心しろ百合子。おまえが悩むことのないように、ちゃんと仕事のタイミングを合わせてからしっかり妊娠させてやるよ」

確かにその配慮はありがたいと言えばありがたいのだが……

「よし、ゴム着けてからもう一回しよう！　昨日の分だ！」

「ひぃ！　もぅ無理ぃ！」

この日百合子は、腰が立たなくなるまで佐藤の責めを受ける羽目になったのだった。

8

「どっちから告白したんですかっ!?」

「俺に決まってるだろ」

「結婚式はいつですかぁ〜？」

「来年の一月。身内だけでする」

「もしかして、できちゃった結婚ですか？」

「それはない。が、子供は早めに欲しいな」

　部署を越えて次から次へと人が来ては、連日同じような質問が繰り返される。それに佐藤が仕事のファイルを捲《めく》りながら嬉々《きき》として答える一方で、向かいの島で両手をわなかせているのは百合子だ。その百合子のまわりには誰もいない。百合子を質問攻めにする度胸のある輩《やから》はいないのだ。だからみんな話しやすい佐藤を質問攻めにしている。

　エレベーターに閉じ込められた日からずっとこの調子だ。

（佐藤〜〜！　ベラベラとあることないこと——いや全部あることだけど、話しまくってぇ〜〜！）

　こんなプライベートなことを、人に話す必要なんかないじゃないか。しかも会社の人間に。だが、もう五月の半ばになろうとしているのに一向にこの話題は風化しない。それどころか、加熱していくばかりだ。

　羞恥心《しゅうちしん》とイライラで血圧が上がる。お陰で仕事に集中できない。

「浅木チーフのどこがよかったんですか？」

　新しく飛んできた質問にピクリと反応し、佐藤をチラ見する。彼は悠然《ゆうぜん》と百合子のほうを見ながらニヤリと笑った。

「全部」

「キャァアッ！」

一気に歓声が上がって、もう穴があったら入りたい気持ちでいっぱいだ。百合子がプルプルと震えていると、隣の安村が「あー」と呻《うめ》きながら呟いた。

「わかる……全部ええんよな……ツンなところとかさ。ツンなのに優しいし、ツンなのに鈍くって、ああああ……僕の高嶺《たかね》の花があんな奴に……あんな奴に……摘《つ》み取られてまうなんて……」

(どうしたんだろう、安村くん、なんか変……)

安村はここ最近、覇気《はき》がない。モーターフェスの企画が通ってやる気を見せていた彼なのに、今度はいきなりの急降下だ。原因がわからず、百合子としても対処のしようがない。

「や、安村くん？　大丈夫？」

「……あかん。泣いてまいそうや……」

「えっと、フェスの企画でなにか行き詰まった？　私の去年やった資料があるから見てみる？」

「あ――はい」

ガクンと頷いた安村に、百合子は自分のデスクから去年の資料を出して広げた。

イベントの企画運営に付随してくるものとして、必ずあるのがポスターやチラシといった告知物と、当日スタッフが着るユニフォームや人手の確保である。これは企画が通ってから、各種業者に話を通して発注するのだ。それも運営である百合子たちの仕事である。

予算内で収めるために、付き合いのあるデザイナーに依頼したりと、ここでも人脈がモノを言う。

去年の数字ではあるが参考になるので、百合子はこうして時々見返していた。

「これが去年のフェスで使った業者の見積もりのコピー――」

ファイルを広げて言葉に詰まった百合子に、安村が「どうかした？」と覗き込んでくる。

「見積もりが、ない……？」

「去年のやから、ほかしたんやないの？」

安村はそう言ったが、百合子は首を横に振った。

「そんなはずはないわ。安村くんに見せようと思ってここに入れておいたんだもの」

（おかしい）

そう思いながらデスクに置いていた他のファイルを次々に開いていくが、見当たらない。

「ない……」

「ん～、でも、去年のやしね。参考にはなるけどそこまで重要やないから、なくてもええんちゃう？」

確かに安村の言う通りで、既に終わった仕事の見積もりで、しかもコピーだから紛失していても問題はない。だが、百合子としては自分が用意していた資料がないことが気持ち悪い。

(私が用意自体していなかった?)

まさか……とは思いつつ、現にないのだからその可能性もゼロではない。

「ごめんなさい、安村くん。また用意しておくわ」

「うんにゃ、急ぎやないからええよ。せやけど、浅木チーフでもそないなことあるんやね」

安村は笑ってくれたが、百合子はどうにも釈然《しゃくぜん》としなかった。

そんなことがあって数日後――。百合子がいつも通り仕事をしていると、佐藤がやや困り顔でデスクにやってきた。

「浅木。そっちに内装業者の契約書ないか?」

「契約書?」

手を止めて佐藤の話を聞くに、アドネ・オルランドシェフの店の内装を委託することになっている業者との契約書がないのだそうだ。

「それ、返送期限過ぎてない?」

「過ぎてる」

返送期限を過ぎても届かないから確認してほしい、と業者側から連絡があったらしい。

契約書がなくては工事に入れない。着工《ちゃっこう》の遅れは由々《ゆゆ》しき問題だ。

「判子押して、総務の郵便ボックスに入れておいたはずなんだがな。届いていないらしいんだ」

郵便物はその日に出す分を部署ごとに纏《まと》めて、総務課が一括して郵便局に持っていくことになっている。そこで記録を取るのだが、契約書が出された形跡がないらしい。

確かにアドネシェフの案件にはサポートとして入っているが、契約書類は百合子の管《かん》轄《かつ》外だ。

「私に心当たりはないんだけど……」

そう言いながら百合子が自分のデスクまわりのファイルを確認していると、心あたりのないA４サイズの社名入り封筒が出てきた。

「なにこれ？」

確認のために中身を出してみると、入っていたのは探していた契約書で――

「……」

「……」

佐藤と百合子、二人揃って無言になる。

なぜこれが百合子のデスクにあったのか、皆目見当《かいもく》がつかない。こんな重要書類、預かった記憶もないのだが。

「ごめん……佐藤。なんでかわからないけどここにある……」

「……あるなぁ。とりあえず、これは先方に急いで渡さなきゃならないから、俺が今から直接持っていく」

「だったら私もお詫《わ》びに――」

「いや、俺一人でいい」

佐藤は簡潔にそれだけを言うと、契約書を持ってフロアを出ていった。

(なぜ私のデスクに契約書があったの?)

無論、百合子は郵便物の持ち出しなんかしていない。する必要性もないし、そもそも重要だとわかっている契約書を後生大事《ごしょうだいじ》に自分のデスクに隠し持つメリットもないからだ。しかし、現に契約書は百合子のデスクから出てきた――

「あーあ。佐藤チーフかわいそう。浅木チーフのせいで工事が遅れて」

フロアに響いた批難《ひなん》の声は、エレナのものだ。辺りがシンとして、周囲の視線が一気に百合子に集中する。

百合子が無言で眉を寄せたところで、今度は安村の声が響いた。

「なに言うとんのやおまえ！　テキトーなこと抜かすなや。契約書は総責任者の管理下にあるもんやろ。浅木チーフんトコに紛れた原因を、浅木チーフに押し付けんのはおかしいやろ。郵便物を総務に持っていくのなんか、チーフクラスはせんわ。下っ端の仕事や。おおかた佐藤チーフに総務に持っていくように頼まれた誰かが、間違えて浅木チーフのデスクに置いたんちゃうか？　自分らのこと先に見直せや」

「……はーい」

エレナがぷいっとそっぽを向いて、渋々といった様子ながらも矛《ほこ》を収めた。百合子は小さく息をついたが、その表情は硬い。それになんだかフロアの空気も悪くなった気がする。

「気にしたらあかんで、浅木。佐藤も浅木のせいやと思っとらんから、先方には連れていかんかったんや」

「……ありがとう、安村くん」

庇《かば》ってくれた彼にお礼を言いながらも、百合子の心中は穏やかではなかった。

◆　◇　◆

「ただいまーっと」

「お帰り」

食事の支度をしていた手を止めて、百合子は玄関に顔を出した。帰ってきた佐藤は「腹減った～。今日の飯なに？」と早くもご飯の催促《さいそく》だ。

契約書の紛失で先方まで謝罪に出向いたのだから、もっと疲れていてもよさそうなのに、そんな気配は微塵《みじん》もない。

「お疲れ様……。今日、ごめんね……」

預かったコートをハンガーに掛けながら謝ると、佐藤はネクタイを緩《ゆる》めてキョトンと目を瞬《またた》いた。

「なんで。あれはどう考えても百合子のせいじゃない。誰かが間違えておまえのデスクに置いたんだろ」

安村と同じことを言ってくれる。佐藤も、今回のことは百合子のせいだとは思っていないのだろう。

「でも私のデスクにあったわ。私があの封筒にもっと早く気が付いていれば……」

見覚えのない封筒が自分のデスクに増えていたのだから、そこにもっと早く気付くべきだった。そうすれば、佐藤は先方に謝罪に行かなくても済んだのだから。

悔しがる百合子に向かって、彼はポンポンと自分の膝を叩いた。どうやらこっちに来いという意味らしい。百合子がちょこんと横に座ると、佐藤が抱きついてきた。

「それを言ったら俺も気付けるチャンスはいくらでもあった。今回は確実にヒューマンエラーだ。こんなこともあるさ、くらいで流せ。あまり気にすると、部下に仕事を任せられなくなるぞ」

「……そうね」

佐藤の言うことはもっともだ。ミスは誰にでもある。ミスをどうカバーするか、それがチーフとしての腕の見せ所だ。

「あと、今回の件は大事になっていないから気にするな。先方が早めに連絡をくれたから、着工《ちゃっこう》に遅れもない」

今まで何度も取り引きがあった業者だから、佐藤が契約書を早めに返送する人間だということをよく知っていたのだろう。普段マメなタイプからの返送が遅いことを心配してくれたらしい。普段からルーズな人間だとこうはいかない。

「そっか、よかった……」

百合子がほっと一息つくと、佐藤が首に頬を寄せてきた。

「来年から俺たち本社に異動だろ。結婚式の打ち合わせも増えてくるし、ちょっとずつ引き継ぎの用意もしていかないとな」

「そうね……」

イベント企画の仕事はどれも長期戦だから、中途半端に抜けるぐらいなら後進の育成に当たったほうがいい。やることはいくらでもある。

本社に異動すれば、佐藤は経営陣の仲間入りだ。社長の下でしばらく経営の勉強をすることになっている。百合子は本社で一般社員として働く予定だ。本当は佐藤の秘書にという話もあったのだが、百合子は秘書の経験なんてない。それに現場が好きだからと伝えると、佐藤は「好きなようにしたらいい」と言ってくれた。

佐藤は百合子を縛らない。ただ付いてきてくれるだけでいいと言う。

そんな彼の側にいて恥ずかしくない自分でありたい。だからもう、これ以上のミスはしたくない。

百合子が決意を新たにしたその数日後――

(ない)

自分のデスクの上を引っ掻き回していた百合子は、顔面蒼白《がんめんそうはく》になっていた。

昨日校正した、アドネ・オルランドシェフのレストラン用販促チラシのゲラがないのだ。試し刷りしたチラシに間違いがないか、意図通りに印刷されているか、チェックを入れて修正箇所を手書きで書き記したそれが消え失《う》せている。それも一枚や二枚じゃない。予定していた広告出稿の、全《すべ》てがないのだ。

今日の午後、校正を入れたものをクライアントにメールで送って確認してもらう予定だったのに、モノがなければそれもできない。

雑誌などに掲載する広告は全部百合子の管轄《かんかつ》だ。自分の責任下で起こった不始末に、キリキリと胃が痛くなってきた。

「うーん……僕のとこにはあらへんなぁ……」

一緒になって探してくれていた隣の席の安村が、お手上げだと眉を寄せる。校正はそれなりに時間を掛けてやるから、またやり直しとなると時間的に痛い。

「ごめんね、安村くん。手伝ってくれてありがとう」

「いや、それは大丈夫。でもおかしいやろ。浅木が昨日仕上げたのは僕も見とる。それが消えるちゅうのは……」

「……」

安村が言いたいことはわかる。

手塩にかけて仕上げたゲラを、百合子が失《な》くすはずがない。自分でもその自信があったのに、片付けた記憶の場所にないのだ。

(家には持って帰ってない。鞄にも入ってない。どう考えても会社にあるはず。……でも、ない)

最近、百合子のデスクまわりで書類の紛失が多い。去年の見積書のコピーが失《な》くなったときにはあまり気にしていなかったのだが、現在進行中の案件での紛失となると見過ごせない。

通常、オフィスに鍵は掛けても、個人用デスクには鍵を掛けない。これは担当が急に休んだときの対策でもある。触ろうと思えば、誰もが百合子のデスクを触ることができた。しかし、今までこんなことは一度もなかったのだ。この会社に、不用意に他人のデスクを触る人間がいるとは思えない。

百合子は両手で眉頭を押さえてうな垂れた。

「私の責任だわ……」

佐藤との結婚が決まって、浮かれる気持ちがまったくなかったかと言えば嘘になる。その油断が仕事にあらわれていたんじゃないのか。それでミスをしたんじゃないのか。本当は、あの契約書が百合子のデスクで見つかったのも、自分が意識せずに持ち出していたんじゃないのか――

百合子の中で、自分に対する不信が生まれていくのを止められない。

しかし、こうしてはいられない。総責任者である佐藤に報告しなくてはならない。もしかしたら、佐藤のデスクに紛れている可能性もある。むしろそれに賭《か》けたいくらいだ。

百合子は重い気持ちを抱えながらも、佐藤のところに向かった。

彼は部下の企画を見てやっているところのようだった。

「佐藤チーフ」

顔を上げた佐藤は、百合子の表情を見て事態の重さを察したのか、小さく眉を上げて話を促《うなが》した。

「どうした？」

「赤入れしたゲラがないの。今日チェック分……。知らない？」

「……見てないな。探そう」

佐藤は自分のデスクや部下のデスクを確認してくれた。しかし、やはりと言うべきか見つからない。

「昨日、全部仕上げたのよ！　それがなくなったの。保管した場所にないのよ！」

百合子の焦りはピークに達していた。時間がないから焦っているというのもあるが、なにより佐藤を失望させたのではないかと思うと胸が締めつけられたように苦しくなる。

佐藤はポリポリとこめかみを軽く掻いて、腕時計を見た。

「もう一度、ゲラチェックをやるしかないな。簡単なやつからはじめて、できるところまでやってくれ。俺も一緒にやる。とりあえず一点でもクライアントに見せられる形にしよう」

「わかりました……」

佐藤は呆れることも、嘆くことも、百合子に怒りをぶつけることもしなかった。それがかえって百合子の胸に痛みを与える。

唇を噛《か》み締めて自分のデスクに戻ろうとしていると、背後からぼそぼそとした声が聞こえた。

「浅木チーフって、すごく仕事できる人って聞いてたのに、なんか全然違ぁーう」

エレナだ。こんなミスは今まで一度もしたことがないのだと弁解したくても、今の百合子にはなにも言えない。安村が立ち上がって言い返そうとしていたが、百合子が小さく頷くと、堪《こら》えるように席に着いた。

「なんや、あいつ……腹立つなぁ」

戻ってきた百合子に、彼は不愉快そうに耳打ちしてくる。

確かにエレナの態度は褒《ほ》められたものではないが、クライアントに謝罪するのは、百合子ではなく総責任者の佐藤だ。本当は自分で謝罪したいのだが、サポートという立場である以上、それは自己満足でしかない。

エレナになにを言われても仕方がない。彼女は佐藤を思って怒っているのだから。

「いいのよ。ちゃんと管理できてなかった私が悪いの。昨日の時点でデータ化しておくべきだったわ。今はひとつでも多くやり直さないと」

「僕も手伝うよ」

「でも……」

安村の申し出はありがたいが、彼には彼の仕事がある。躊躇《ためら》う百合子の肩をぽんぽんと叩いて、彼は腕まくりした。

「僕の仕事は余裕あるから平気やで。僕は浅木があの仕事を仕上げてたんをちゃんと知っとるから、浅木が悪く言われんのは納得いかんわ」

「僕らも知ってますから！　こんなのおかしいですよ。浅木チーフが校正のやり方を目の前で教えてくれたんです。それが急になくなるなんて――」

安村の他にも部下たちが一斉に口を揃えて、おかしいと言ってくれる。

「ありがとう、みんな……」

百合子が声を詰まらせると、安村は新人二人にもう一度その辺を探すようにと指示を出した。

「あったら儲《もう》けもんや」

「そうね……」

道具を揃えた佐藤もやってきて、三人がかりで作業に取りかかる。

急ぎすぎて抜けがあっては本末転倒《ほんまつてんとう》だと、百合子と安村が先に手を入れたものを、あとから佐藤が再チェックするというやり方をとった。ただ、一度やった作業ということもあり、多少はスピードも上がる。

午前中に仕上がったのは半分にも満たなかったが、それでもなんとかクライアントに見せられる形にはなった。そんなとき、新人二人が戻ってきた。二人とも揃って困惑した表情だ。

「どないしたんや？　もしかして見つかったんか？」

期待と諦めの入りまじった声で安村が振り返る。すると新人の一人が言いにくそうに口を開いた。

「総務の同期に頼んでシュレッダーを見せてもらったんです。そしたらこれが……」

彼らが差し出してきた小さな紙の破片を、安村と一緒になって覗き込む。するとそこには、見覚えのある手書きの赤い文字が見える。

「は……」

間違いない、自分の文字だ。道理で見つからないわけだ。昨日はチェックにかかりきりだったから、シュレッダーを使ったことも、総務に行ったこともない。そもそも、シュレッダーなんて各部署にあるから、わざわざ総務のを使う理由もないのだ。

しかしこうして一部でも破片が見つかったということは、残りも全部木《こ》っ端《ぱ》微塵《みじん》になっていると考えたほうがいいだろう。

「誰かがわざとやったんとちゃうんか。こんなんおかしいやろ」

安村が渋い表情で腕を組む。

「そんな……まさか……」

絶句する百合子のところに、電話を終えた佐藤がやってきた。

「クライアントはわかってくれたよ。残りを急いで仕上げよう。――ん？　どうした？」

「探しもんがシュレッダーの中から見事発掘されただけや」

安村の皮肉ぶった言い方に、佐藤が眉を顰《ひそ》める。しかしシュレッダーの破片を見るなり、彼の表情が苦々しいものに変わった。

「どこのシュレッダーやと思う？　総務やで、総務」

「念のために聞くけど、総務のシュレッダー使ったか？」

「……使ってないわ」

「だろうな」

頷く佐藤を前に、百合子は「でも」と続けた。

「全《すべ》ての原因は私の管理不行き届きにあるわ。これは私の責任です。申し訳ありませんでした」

深々と頭を下げる。すると佐藤は苦笑いをしながら、ため息をこぼした。

「はぁ～。おまえにそう言われたら、俺はなにも言えないじゃないか」

そうして百合子の肩をぽんと叩いて、耳元で囁《ささや》いてくる。

「もっと甘えろよ」

普段と変わらないその声が優しくて、無性に泣きたくなる。

「ありがと」

小さく答えて百合子は顔を上げた。まだ仕事が残っている。

それからというもの、これ以上のミスは許されないとばかりに百合子は神経を張り詰めるようになった。

通常は紙で保存するだけの書類まで全部データ保存して、更にはデスクの引き出しにもわからないもしものときに備えて、百合子は時間を作ることに躍起《やっき》になっていった。

鍵を掛ける。スペアキーを佐藤に預け、仕事は早め早めに進める。再び起こるかどうか

◆　◇　◆

そうして迎えた特別事前試食会前日。百合子は佐藤チームに同行して、レストランの最終チェックに入っていた。

高い天井にはアドネシェフの出身地であるイタリアの国旗をダイナミックに掲げ、店内は赤と白を基調にまとめた。清潔感がある広々とした空間だ。大きな窓からは日差しがたっぷり入って、開放感抜群。これは百合子が提案した内装だ。そこに今は、試食会のためのディスプレイやボードなどが飾られている。

明日の試食会には、著名人や芸能人、テレビ局の取材クルーをはじめ、新聞・雑誌そして、ネットメディアなど十三社を招《まね》いてある。いわばプレス向け試食会だ。巨大プロジェクターで一点ずつ料理を紹介し、更にはアドネシェフのライブクッキングが催《もよお》される。

明日は明日で早朝から準備があるので、百合子たちは今夜、近くのホテルに泊まることになっていた。

「佐藤チーフ。プロジェクターの搬入とセッティング終わりました。動作確認もしてます」

先輩社員と一緒にエレナが佐藤に報告している。彼女は噂に聞いていた通り、新人の中では一番仕事の覚えがよかった。要領がいいのだろう。なんでもそつなくこなして、期待以上の成果を出してくれる。

「おう、早かったな」

司会進行役と明日の打ち合わせを終えたばかりの佐藤が、振り返る。ワイシャツを腕まくりした姿で、各方面からの報告を受け、テキパキと指示を出す彼の姿は、自信にあふれていて頼もしい。うっかり見惚れている自分に気が付いて、百合子は気を引き締めながら話に加わった。

「プチギフトの最終チェック終わりました。食材は明日の朝一番に業者が配達してくれます。全部問題ありません」

招待客に、帰りにプチギフトとして、アドネシェフ監修《かんしゅう》のチョコレートを渡すことにしている。キャンディのようにひと粒ひと粒包まれた、二種類のトリュフチョコだ。オリジナルのブリキ缶に入っていて、オープン後はレジ横で販売する予定もある。不足があってはいけないので、今回は少し多めに用意してもらった。

「招待客の名簿は？」

「それも大丈夫」

百合子の報告を聞いていたエレナが、くすくすと笑いだした。

「え～、本当に大丈夫なんですかぁ？」

「こ、こら、神宮寺さんっ！」

一緒にいた佐藤の部下が窘《たしな》めるが、エレナは一向に意に介さない。

「だって浅木チーフって、すっごくミス多いんだもん。明日が本番なのに、ポカやったら大変じゃないですかぁ」

その天使のような可愛らしい顔は、当然のように笑顔で輝いている。おそらく彼女には自分が失礼なことを言っているという自覚なんて微塵《みじん》もないのだろう。百合子のまわりで書類の紛失が相次いだのは事実なのだから。

百合子の表情筋が強張《こわば》る横で、佐藤が目をスッと細めた。

「……神宮寺。この人はおまえより実績のある人だぞ。謝れ」

「……」

ピシャリと言い放った佐藤を前に、エレナから笑顔が消える。百合子が知る限り、佐藤が彼女を叱責したのはこれが初めてだ。

エレナは佐藤を――ではなく、なぜか百合子を力いっぱい睨《にら》むと、フンッと踵《きびす》を返して店から出ていってしまった。

「悪いけど、神宮寺を追いかけてやってくれ」

佐藤が呆れ顔で部下に指示を出す。彼は自分でエレナを追いかけることはしなかった。

それが最近ナーバスになっていた百合子の気持ちを、少し落ち着かせてくれる。

「佐藤……」

「百合子、気にするな。おまえの仕事が正確なのは俺が一番よく知っている」

彼はそう囁《ささや》くと、寄り添《そ》うように――護《まも》るように――最終チェックが終わるまで百合子の側にいてくれた。

しかし、佐藤チームのメンバーと一緒に居酒屋で夕食を終え、宿泊するホテルの部屋で一人になった。百合子は、どうしようもないほどの胸騒ぎに襲われていた。

眺めもよくなければ部屋も狭い、よくあるビジネスホテルの一室。シャワーを浴びてシングルベッドで眠るだけの部屋だ。寛《くつろ》げる要素などなにひとつないせいか、余計に仕事のことばかりを考えてしまう。

料理説明用のプレゼンファイルは佐藤が用意しているから大丈夫だと思えるが、自分が関わった部分は本当に問題ないだろうか。

パンフレットの数は？　招待客の名簿にミスはない？　ディスプレイやボードに不備はない？　プチギフトの数は？

最終チェックは既にしている。佐藤のＯＫももらっている。それなのに、考えれば考えるほど不安になってくる。その強迫観念に突き動かされるように、百合子は鞄ひとつ持って、ホテルの部屋を飛び出していた。

（この仕事は佐藤の仕事。もう、佐藤に謝罪させたくない！　佐藤の足を引っ張りたくない！）

彼は、これから同じ時間を過ごしていくと決めた男だ。その男にガッカリされたくない。その一心だった。

時間は二十二時を回っている。他のテナントの営業時間も終わり、シャッターの下りたビルは、全体が真っ暗だ。そのビルの通用口で、オーナーの森永から関係者用として百合子らに一時配布されている暗証番号を入力する。中に入り、レストランの厨房《ちゅうぼう》へと続く扉を開けた。その瞬間、目の前を黒い影が横切った。

「っ⁉」

驚いて息を呑む。誘導灯の緑の明かりしかないから、視界が悪い。だが、見間違いだと決めつけることなんかできないくらいハッキリと見えた。

（まさか泥棒？）

試食会では料金を取らないので、レジのお金は空っぽだ。ここには盗《と》るものなんかなにもないはず。

しかし、このままにはしておけない。確かめなくてはという思いに突き動かされて、百合子は調理場の明かりをつけた――瞬間、百合子に向かって弾丸のような勢いで人が走ってくる。

（イヤッ!!）

百合子は恐怖から反射的に、持っていた自分の鞄を泥棒に向かって力任せに振り回していた。キャリアウーマンのビジネス用鞄を侮《あなど》ることなかれ。中にファイルやタブレット、書類の束が入った革製の鞄は総重量五キロ。それをまともに横っ腹に喰らった相手の身体が、調理場の作業台にぶち当たり体勢を崩す。そこに鞄の遠心力に引っ張られた百合子が突っ込んで――

「キャッ！」

上がった女の悲鳴は、百合子のものではない。ギョッとして、相手の顔を見る。

「え？　じ、神宮寺、さん……？」

泥棒だと思っていたのは、エレナだった。なぜ彼女がここに？

事態が呑み込めず、あたふたしながら彼女の上から退《ど》く。すると、エレナの近くに落ちていた紙袋の中から覗く、いくつものオリジナルブリキ缶が目に入った。それは、百合子が用意していた、試食会招待客用のプチギフトだ。他にはない品物だから間違えようがない。

「……なにを、していたの？　これを、どうするつもり？」

エレナは答えない。立ち上がり、不貞腐《ふてくさ》れた表情を浮かべながらスカートを払っている。

そんな彼女の態度は、今までずっと見ないようにしていた現実を百合子に突きつけた。

「……もしかして、今まで私のデスクから書類を抜いていたのはあなたなの？」

「だったらどうだって言うんですかぁ？」

天使のような彼女の顔が、開き直ったただの女になる。

彼女は鋭く細めた目で、百合子を真正面から睨《にら》んできた。

「アンタみたいなオバサンが真さんの婚約者なんて、あり得《え》ない！　わたしは認めない。ちょっと仕事ができるからってなによ。それ以外になんの取り柄もないじゃない」

「なっ！」

（オバサンンンンンン〜〜〜〜!?）

どストレートな文句に言葉も出ない。

確かに二十代前半で、お人形のように可愛らしいエレナに言わせれば、三十路《みそじ》手前……いや、もうあと数ヶ月で三十路《みそじ》に突入する百合子はオバサンなのかもしれない。常々お肌の乾燥が気になっているし、スキンケアもワンランク上の商品に手を出してみようかと思ったりもしている。だがしかし、だがしかしである。

（アンタもあと七年経ったらそうなんのよッ！）

年齢に対する嫌味は未来の自分にそのまま跳ね返ってくることに、この子はまだ気付いていないのか。それとも自分だけは永遠に若いつもりでいるのか。

心の中で盛大に突っ込んで、こめかみの辺りがピクピクと痙攣《けいれん》しそうになるのを懸命に堪《こら》える。

　オバサンなのが気に入らない？　それが彼女の持論なら、最後までしっかり聞いてやろうじゃないか。

「しかも一般社員ですって？　馬鹿にしてるの？　わたしのパパはライズイノベーションプラスの専務よッ!?　わたしのほうが真さんに相応《ふさわ》しいに決まってるじゃない。おじさまとおばさまがよくOKしたものだわ。おばさまはとても気を使う方だから反対できなかったのを、アンタ調子に乗ってるんじゃないの!?　第一、わたしのほうが断然ッ若くて可愛いし。仕事だってパパに直接教わってるから、アンタなんかに負けない企画くらい作れるのよ！」

「……そう。それはすごいわね。それで？」

　百合子が冷静に返すと、エレナの語気が更に強くなった。

「わたしのほうがずっとずっと長い間真さんのことを好きなんだから！　本当に好きなんだから！　高校も大学も真さんと同じところに行ったし。職場も同じになるようにパパにお願いしたし。おばさまとも里穂ちゃんとも仲良くできてるし。真さんは昔っからいつも、わたしのこと可愛いって言ってくれてるもの！　アンタみたいなオバサンと結婚するはずないんだから！　真さんのお嫁さんはわたしなんだから！」

　敵意を剥《む》き出しにして叫ぶエレナを前に、細く長い息をつく。

この子は佐藤の婚約者になった百合子に腹を立てて、それでずっといやがらせをしてきていたのか。

佐藤家と神宮寺家は、社長と専務という仕事上の付き合いもあって、昔から行き来があったようだし、彼女は自分が佐藤のお嫁さんになるものだと信じていたのかもしれない。

百合子はひとつだけ袋の外に転がり落ちていたギフト缶を拾って、缶が凹《へこ》んだり汚れたりしていないことを確認してから紙袋の中に入れた。

「そう。でもね、佐藤のことを本当に好きなら、佐藤の邪魔をするはずがないと思うのよ」

一度言葉を切って、静かにエレナを見据える。手首の腕時計に手をやると、百合子の中にあったひとつの感情が急にその存在を大きくした。

それはエレベーターに閉じ込められた頃からようやく受け入れられるようになった感情。だが、その存在自体はいつの間にか自分の中にあったように思う。その存在には戸惑いも覚えた。しかし今ではもう、自分の一部だ。

「私ね、仕事が好きなの。そして同じくらい……佐藤のことが好きよ。あの人の頑張ってる姿、素敵だと思う。今日も思わず見てたわ」

言葉にした途端にその感情はまあるい優しい形を作って、百合子の中心にストンと落ち着く。この感情は生涯、百合子の中から動くことはないのだろう。

定まったそれが、百合子を内側から熱く、強くしていく。

百合子は真っ直ぐにエレナを見つめた。

「だからね、佐藤の邪魔をしたあなたを私は許せない。どうしてこんなやり方を選んだの？　あの人が仕事を大事にしていることくらい知っていたでしょう？　私のことが気に入らないなら、他にもいろいろやり方があったはずよ。あなたは本当に佐藤が好きなの？　あなたが好きなのは自分なんじゃないの？」

エレナが佐藤に長いこと憧れていたのは本当だろう。そこを否定するつもりはない。しかし、今回の彼女の行動は、自己愛からくるものとしか思えない。

本当に佐藤を想っているのなら、彼が大切にしている仕事に茶々を入れるべきではなかったのだ。

「う、うるさいっ！」

癇癪《かんしゃく》を起こしたエレナが、作業台の上にあったプチギフト入りの紙袋をバシッと叩き落とす。ブリキ缶がガラガラと音を立てて床に散らばり、百合子は悲鳴を上げた。

「なんてことをするの！」

缶が凹《へこ》んだりしては、ギフトとして使い物にならなくなるじゃないか。これはオリジナル商品なのに！

急ぎ拾い集める百合子の横をすり抜けて、エレナが通用口へと走る。

「待ちなさい！」

逃げるエレナを追いかけ、彼女の肩に手を掛けたとき、通用口の前に長身の男が立っていることに気付いた。

佐藤だ。

今、ここにいるはずのない彼に驚く。

「真さんっ！」

百合子の手を強引に振り切ったエレナが佐藤の胸に飛び込む。そんな彼女を佐藤が抱きとめるのを見て、百合子は眉間に皺《しわ》を寄せつつ、落ちたブリキ缶のひとつに手を伸ばした。

「真さん助けて！　浅木さんがひどいのよ！　わたしはただ、また浅木さんがミスしてないか心配で見に来ただけなのに、今までのミスは全部わたしのせいだって言うの！」

「なんですって⁉」

でまかせにも程がある！　拾ったブリキ缶を持つ手に思わず力が入りそうになった。

これがプチギフト用でなければ、めきょっと凹《へこ》ませていたかもしれない。

そのつぶらな瞳にウルウルと涙をためるエレナは、あざといが可愛いことには間違いなくて、同じ女として歯痒《はがゆ》く感じる。

内心、怒りの炎がメラメラと燃え盛って今にも啖呵《たんか》を切りそうな百合子に、佐藤がそっと目配せをしてきた。

なにも言わなくていいと言われている気がして、ぐっと言葉を呑み込む。すると彼はエレナの肩をぽんぽんと叩いてから、落ち着いた声色で話しだした。

「……エレナ。俺はさ、絶対的に信じてるものがこの世にふたつだけあるんだよ。教えようか」

意味深に言葉を切った佐藤を、エレナが抱きついたまま見上げる。彼はエレナを撫でていた手を止めた。

「自分と、あいつ」

エレナを通り越して百合子を真っ直ぐに見据えた佐藤が、穏やかに微笑む。そこには、百合子に向けられた揺るぎない信頼があった。百合子の胸の奥から、熱いなにかが込み上げる。

（佐藤……）

今すぐ抱きつきたい。佐藤を抱きしめたい。私もあなたを一番信じていると伝えたい。

絡む百合子と佐藤の視線を、エレナの叫びが振りほどいた。

「な、なにそれ！　じゃあ、真さんはわたしが嘘ついてるって言うの!?　今まであれだけミスしてきたのはあの人じゃない！」

ヒステリックな金切り声を上げるエレナを見下ろした佐藤の目が、スッと細まる。彼の瞳が冷たくなって、百合子を見るときとはまるで別人のような光が浮かんだ。会社でも、彼のこんな表情は見たことがない。怒りの滲《にじ》んだその目に、百合子でさえゾッとした。

「エレナ。俺がなにも気付いていないと思うなよ？」

低い佐藤の声に抑揚《よくよう》はない。

ビクッと怯《ひる》んだエレナに、彼は容赦なく続けた。

「俺が一般社員で通ってるから油断したか？　百合子を嵌《は》めた奴がいるとわかっていてなにもしない俺じゃない。社内の防犯カメラ、全部チェックした。エレナ、その意味はわかるな？」

おそらくそこに、百合子のデスクをいじるエレナの姿があったのだろう。

防犯カメラのチェックなんて、一般社員はできない。エレナもそう思っていたのだろう。下積み中の佐藤が、社長の息子であるその権力を使うことはない、と。

しかし彼は、百合子の名誉のために、密《ひそ》かに動いていてくれたのだ。

（佐藤……）

「最初は俺のデスクから書類を抜いたから、俺にいやがらせしたいのかと思ったよ。でも、違った。百合子の仕事を邪魔したのはやり過ぎだ。文句があるなら俺に言え。事を大袈裟《おおげさ》にしなかったのは、百合子が自分の責任だと収めたからだ。おまえがこれ以上百合子になにかやるなら、百合子がなんと言っても俺は証拠を公開する」

佐藤が言わんとする意味を理解したのか、エレナの顔色が見る見るうちに青ざめていく。

彼女の父親は専務だ。専務の娘が社長の息子とその婚約者にいやがらせをしていた、それも、会社に損害を与えるようなことを、だなんて知れたら、専務の立場がない。それくらい彼女にもわかったのだろう。

しかしエレナは歯を食いしばって、佐藤を睨《にら》んでいた。

「ま、真さんは子供の頃から一緒にいるわたしより、その女がいいって言うの？　わ、わたしはこんなに、こんなに真さんのことが好きなのに……」

エレナの行動は決して褒《ほ》められたものではないが、それもこれも全《すべ》て、佐藤への想い故《ゆえ》なのだろう。彼女は、佐藤が仕事で百合子に幻滅すれば、自分のほうを見てくれると思ったのかもしれない。

「気持ちはありがたいが、俺はおまえを今まで一度たりともそういう目で見たことがない。悪いな」

「そんな……ひどい！　わたしのなにがいけないって言うの？　あんなのただの年増じゃないの！」

「年増？　ハッ。大人の女って言うんだよ。お子様のおまえじゃ無理だ。俺の隣で俺に付いてこられるのはあいつしかいない」

佐藤の眼差しが熱を持って百合子を捕らえ、そして柔らかく微笑んでくる。

（あ……）

向けられる絶対の信頼と深い愛情を感じて、百合子の身体が熱くなっていった。

彼が向けてくれるものと同じものを返したい。彼の隣で、ずっと――

エレナを間に置いて、ふたりで見つめ合っていると、いきなりエレナが叫んだ。

「なによ、なによ！　真さんなんか大ッ嫌い！」

捨て台詞《ぜりふ》を吐いたエレナが、頭から湯気を立てながら出ていく。その後ろ姿を見送っていた佐藤がボソッとこぼした。

「はぁ。昔っからあいつといると疲れるんだよなぁ……」

佐藤夫人が彼女とは合わないとこぼしていた理由を察して、納得してしまう。佐藤もそうなのだろう。

プチギフトの缶を拾っている百合子の前に、佐藤が拾ったギフト缶を差し出してきた。

「で？　初めて聞いたんだけど、おまえは俺のことが好きなんだって？」

百合子の手がピタッと止まった。まさかという思いで顔を上げると、佐藤がニヤニヤと笑っているではないか。

「なに？　仕事してる俺に見惚れてたのか？」

「……いつから聞いてたのよ？」

渋面《じゅうめん》を作った百合子が低い声を出すが、佐藤のにやけ顔は止まらない。彼はギフト缶をくるくると回しながら、表面が凹《へこ》んでいないか、汚れがないかチェックしている。

「ん〜、結構最初からかな？」

ホテルの百合子の部屋に行ったが百合子がいないものだから、明日のことが不安になったのかもしれないと思って、すぐにここに来たらしい。

エレナがいたのは想定外だったようだが、通用口の向こう側でずっと聞いていたんだとか。それで缶が落ちる音がして止めに入ってきた佐藤に、エレナが抱きついたと。

「あんたねぇ！」

だったらもっと早くにエレナを止めに来ればいいのにという歯痒《はがゆ》さを覚える。と同時に、ぶちかました説教と、なにより告白を聞かれた恥ずかしさが合わさって、百合子の顔が真っ赤になる。

とても佐藤の目を直視できない。

「盗み聞きなんて趣味が悪い！」

ぷいっと背を向けると、彼が背後から抱きついてきた。

すりっと佐藤の頬が首の後ろを撫でて、そこに唇が押し当てられる。彼の両手が百合子の胸の前で交差され、ぎゅっと強く抱きしめられた。

「初めて『好き』って言ってくれたからさ。正直……嬉しかった」

少し硬くて、いつもより小さなその声は、確実に照れている。そんな佐藤の声にきゅんと胸が高鳴って、百合子は落ち着きなくモジモジとしながら早口で言った。

「ば、馬鹿……。そんなの……いつだって言ってあげるわよ……」

尻すぼみになりながら言ったはいいが、彼の反応が無性に気になって首だけ小さく振り返る。すると、一秒と間を置かずに唇が重ねられた。

舐めるように唇の合わせ目を割り広げ、口内に舌を押し込まれる。口蓋《こうがい》を執拗《しつよう》に舌先でなぞられて、背筋がゾクゾクした。力強く、奪《うば》うようなこのキスが心地いい。

「んぅ」

「あ——もう、チェックは終わりだ。ホテルに戻ろう。もう限界だ」

百合子の濡れた唇を見つめる滾《たぎ》った彼の目に、理性的なものがわずかでも残っていたのは奇跡だと言えるだろう。

「ったく、こんなところで惚れた女を抱けるかよ」

「っ！」

熱を孕《はら》んだ彼の眼差しに、百合子の中の女が炙《あぶ》り出される。

自分を求める男の手に引っ張られ、百合子は宿泊ホテルの佐藤の部屋へと連れ込まれた。

「あんっ！」

狭いシングルベッドに押し倒され、覆い被さってきた佐藤に呼吸も唇も全《すべ》てを奪《うば》われる。舌を根元から吸い扱《しご》かれ、乳房を鷲掴《わしづか》みにされた。

内側からも外側からも迫りくる熱に浮かされ喘《あえ》ぐと、ようやく唇が解放される。その代わりに、首筋から耳の裏にかけて舌を這《は》わされた。

自分が食べられそうになるその感覚に、ゾクゾクする。気付けば、ブラウスのボタンが次々と外されていた。

「百合子、百合子……」

荒々しい男の息は、もう完全に獣《けもの》のそれだ。その証拠に百合子の太腿には、収まりがつかないくらい猛《たけ》りきったものが押し付けられている。いつも硬いそれが、今日は特に興奮しているのか、なんだか暴力的に反《そ》り返っている気がする。

今からあれを身体に挿《い》れられてしまうのか。身体の奥の奥まで……

そう思うとゾクゾクする一方で、普段意識することのない子宮がまるで待ちわびたように疼《うず》くのがわかった。

佐藤はジャケットを脱いでネクタイを緩《ゆる》めると、百合子のブラジャーに手を掛けた。それを押し上げ、まろび出た乳房を直接揉みしだく。まるでこれは自分のものだと言わんばかりの、不遜《ふそん》な態度だ。しかし、それは正しい。百合子はもう、佐藤のものだからだ。

「んっ……」

両方の乳首をくりくりと摘《つ》ままれる。頬を染めて感じるのを堪《こら》えていると、顔を覗き込んできた佐藤が唇をれろりと舐めてきた。

ちろちろと誘うような舌さばきに、ちょこっと舌先を出して応えると、途端にキスが深くなる。

お互いにお互いの舌を舐めて、吐息と唾液を絡める。この行為は官能的で、言いようもなく気持ちがいい。くったりと力が抜けていく。

「はぁはぁ……んっ……」

呼吸を荒くした百合子の臀部《でんぶ》を撫でてから、タイトスカートの中に佐藤の両手が入ってきた。そこに躊躇《ためら》いはない。

彼は百合子のショーツをストッキングごと膝下まで下ろすと、脚を揃えてそのまま膝を折った。あらわになった秘部に、佐藤の指が這《は》う。滲《にじ》み出た愛液を指に纏《まと》わせながら花弁を割り広げ、蜜口にとぷんと人差し指を一本入れてきた。

「んっ」

「もう奥までとろとろじゃないか」

惚れた男に触れられたら、濡れるのは女の性《さが》だ。彼に求められたら応えたくなってしまう。

もうこの男を愛してしまっているから——

自己嫌悪するほどの嫉妬《しっと》も、焦りも、怒りも、全部この男への気持ちがさせていることだ。そう思うと、なるほど諦めもつく。

そしてこの感情は、百合子をどうしようもなく女にさせる。そして、素直にも従順にもさせる。厄介で愛おしい感情だ。

佐藤はぐるりと中を掻き回すと一度指を引き抜き、今度は人差し指と中指の二本を揃えて入れてきた。佐藤に夜毎《よごと》抱かれ続けた身体は、いやらしくうねりながら彼の指を呑み込む。

「いつから濡らしてたんだ？」

ぐじゅ、ぐじゅ……と指を抜き差ししながら、彼はそんな質問を浴びせてくる。

言えない。テナントビルで背後から抱きしめられたときにはもう濡れていたなんて――

「んっ……はっ、そんなぅん、あっ聞かないで……」

「内緒か？　夫婦の間に隠し事はなしだ。このいやらしい身体にはお仕置きしないとな」

佐藤は三本目――ではなく、両手の指を二本ずつ蜜口に咥《くわ》えさせ、交互に抜き差ししてきた。

「あっ、ああ……あ、そんなにぃれちゃ、だめっ、ああっ！」

ぎちぎちに広げられ、身体の中で四本の指がばらばらに動く。掻きまぜられているというよりは、肉襞を触られている感覚に近い。彼は指を付け根まで挿《い》れて、中で第一関節と第二関節を曲げ伸ばしして肉襞を引っ掻いてくるのだ。四方でそんなことをされて、感じないほうが無理というもの。

「やぁぁあん！」

愛液をあふれさせながらヒクつくそこに顔を寄せた佐藤が、息を吹きかけて囁《ささや》いてきた。

「指より俺のがいいか？」

喘《あえ》ぎつつ、コクコクと頷く。挿《い》れられたい。早く佐藤とひとつになりたい。もうそれしか考えられない。

すると、ツンと尖った百合子の蕾《つぼみ》に、佐藤がじゅっと吸い付いてきた。

「やあ！」

鋭い快感に刺されて、腰が跳ねる。佐藤は中に埋《うず》めた指を二本に減らして抜き差ししながら、硬く尖らせた舌先で蕾《つぼみ》をピンピンと弾《はじ》くように舐めてきた。

ストッキングもショーツも膝下で止まっているから、まるで縛られたみたいに脚が動かない。

左手で百合子の膝裏を押さえつけ、腰を浮かせた佐藤は、蕾《つぼみ》を舌で丁寧に嬲《なぶ》ってきた。ザラついた舌腹で包み込むように舐めて、唇で軽く食《は》んで左右に揺らし、歯を立てる。

その間ずっと、蜜口は彼の指を咥《くわ》えさせられたままだ。挿《い》れられた指は右手だけに減ったが、指を替え本数を替えと、彼の好きに弄《もてあそ》ばれる。佐藤の献身的《けんしんてき》な愛撫に、中も外も感じさせられた百合子は、悲鳴を上げながら涎《よだれ》を垂らしていた。

快感が身体を支配していく。

肉襞を擦《こす》り回されたことであふれた愛液が外に汲《く》み出され、赤く熟《う》れた女の部分はもうぐちょぐちょだ。

「ぁ……、あぅ、さとぅ」

「いい加減名前で呼べよ、百合子。俺はおまえの旦那になる男だぞ」

中から指を引き抜いた佐藤に挑発《ちょうはつ》的な笑みで瞳を覗き込まれ、百合子の熱気で染まった頬が更に赤く染まる。

ああ、そうだ。この愛おしい男は未来の夫だ。その男が呼べというのだから、呼んであげたい。

「ま、まこと……すきっ」

蕩《とろ》けた眼差しを向けて、素直に想いを告げる。すると彼は、生唾《なまつば》を呑んで慌ただしく自身のベルトを外した。

そして反《そ》り返った屹立《きつりつ》を取り出し、どろどろに溶けた百合子の中を一気に貫《つらぬ》く。

「ああ――――！」

間髪《かんはつ》を容《い》れずに、猛烈なピストンで出し挿《い》れされた。奥の深い処《ところ》までしっかりと咥《くわ》えさせられて、激しさに泣きながら身悶《みもだ》えるしかない。そんな百合子の脚から、佐藤はショーツとストッキングを引き剥《は》がした。そして足首を掴んで左右に割り広げ、腰をずんずんと進める。

子宮の入り口を何度も何度も突き上げる。その力に、百合子の中の女が悦《よろこ》んで屈伏していく。

「んぅぁ！　ひぃあ！　うっ、真、まこと――」

「ゆり……っ」

佐藤は百合子の乳房を鷲掴《わしづか》みにすると、揉みくちゃにしながら乳首を吸い上げてきた。胸への刺激が加わって、中がヒクヒクと蠕動《ぜんどう》して佐藤の物を扱《しご》き上げる。

「くっ……お……」

額《ひたい》に汗を浮かべた佐藤は一度腰を止めると、堪《こら》えるように百合子を抱きしめてきた。開いたブラウスから覗く乳房に顔を埋《うず》め、肌に赤い吸い跡《あと》を残して乳首へと舌を伸ばしてくる。

ツンと立ち上がった乳首を、ちゅぱちゅぱと舐めしゃぶる。何度も口に出し入れして唾液に濡れたそれを、次は指で捏《こ》ね回しながら彼が囁《ささや》いた。

「……ゆり、好きだ」

悔しいが、自分はこの男に愛されると嬉しいらしい。たったひと言の囁《ささや》きで体温は急上昇するし、心拍に至ってはバクバクだ。身体を弄《もてあそ》ばれても、全《すべ》てが悦《よろこ》びになってしまう。

この理不尽な悦《よろこ》びをこの男にも返してやろうと、乳房に頬擦りする彼の頭を撫でながら、百合子は小さな声で囁《ささや》いた。

「私も……好き……」

チラリと目だけを上げた佐藤は、一瞬で目を逸らして唸《うな》る。

もう一度囁《ささや》く。

「好き。真が庇《かば》ってくれたの、嬉しかった」

「っ!!」

口を真一文字に結んだ彼が、無言で百合子の乳房に顔を埋《うず》めた。その耳が真っ赤になっている。

なんだか彼の反応が可愛い。自分の気持ちを打ち明けることで、彼の新たな一面が見られるなんて思いも寄らなかった。

胸がどうしようもなくきゅんとして、ますます彼が愛おしくなっていく。

百合子がまた髪を撫でてやると、急に佐藤が抽送《ちゅうそう》を再開してきた。

「っ!?　ゃあぅ！　はぁあぁん！」

腰を押し付けられ、大きなストロークでガンガンと激しく突き上げられる。悲鳴を上げて快感にのたうつ百合子を、佐藤の屹立《きつりつ》は大いに責め立てた。太い雁首《かりくび》が膣道を隙間なく塞ぎ、快感を漁《あさ》って中に深く潜《もぐ》り込んでくる。

（あぁっ！　こんなに奥まで……）

苦しいくらいに突き上げられているはずなのに、それが気持ちよくてたまらない。百合子は佐藤の肩にしがみついた。

「んふぅ……ぁ、んぅ、すき、すき……はぁ、ぅ」

「ッ！　人が堪《こら》えてるときに思いっきり煽《あお》ってくるなよ。もう我慢してやれないからな、中に出す！」

「んっ！」

お互いに求め合ったから、避妊なんかしていない。彼の熱い射液を身体にかけられたときのことを思い出して、自然と百合子の身体が怯《おび》えて強張《こわば》る。それを感じ取ったのか、顔を寄せた佐藤が優しい手付きで頬を撫でてきた。

「俺に中にされるのはいやか？」

今まで、佐藤にも誰にも許したことのない行為……

身体を繋げるだけでなく、女の身体を内側からその男のものに染め上げる行為だ。初めてのことに怯《おび》える気持ちがある一方で、他の誰でもない彼とならという気持ちもある。

そうだ。同じ時間を過ごすと決めたこの男にならーー

「……いやじゃ、ない……」

瞳を潤《うる》ませる百合子に、彼は額《ひたい》を重ねてきた。

「なら受け止めろ」

彼は百合子の脚を開かせて膝を抱え直すと、伸し掛かるように重なってきた。

大きかった抽送《ちゅうそう》が、だんだんと小刻みになって百合子の奥を突く。身体をバラバラにしそうなほど強く押さえつけられ、それと同時に脳髄《のうずい》が麻痺するような快感に襲われる。もう逃げられない。

「はっ、ゆりこ……くっ！　いつもより吸い付いてくる……」

「はぅん！　あぁっん！　んっ、んっぅ、……ひゃぁ、ふかい……」

（こんなに奥まで……もぉ、入らない……あぁっ）

蹂躙《じゅうりん》されることを悦《よろこ》んだ媚肉《びにく》が愛液をとめどなくあふれさせ、出し挿《い》れのたびにぐちゅぐちゅといやらしい音を奏《かな》でる。

百合子が佐藤にしがみつくと、ズンと深く貫《つらぬ》かれた。その圧さえも気持ちよくてたまらない。

愛情と欲望が一緒になって、百合子に佐藤を求めさせ、佐藤に百合子を求めさせる。

「うぅ〜〜〜ぃく、いく！　こんな、奥、されたら………あああ！」

絶頂に達して涙目になる。そんな百合子の顔を両手で包み込んだ佐藤が、熱を孕《はら》んだ眼差しで見つめてきた。

「愛してる」

微《かす》かな囁《ささや》きと共に口付けられる。そして、舌を絡めたまま、男と女の行為に没頭する。

（ああ……私も愛してる……）

百合子の想いと重なるように、身体の中に熱い飛沫《しぶき》が迸《ほとばし》った。熱の塊を子宮に直接注ぎこまれたかのように、身体の芯まで溶けてどろどろになっていく。

「あぁ……」

弛緩《しかん》して滑り落ちた百合子の手を握って、彼は何度かゆっくりと腰を揺すった。

唇が離れ、そしてぬぷっと音がして、佐藤の物が引き抜かれる。そのときに、彼の物に媚肉の好《い》い処《ところ》を擦《こす》られて、ビクッと腰が跳ねた。

「あっ……！」

最後の最後まで気持ちよくさせられて、思わず声が漏れる。気怠《けだる》い身体から注がれたものが垂れてきて、羞恥心《しゅうちしん》のあまり脚を寄せた。

（私の中に佐藤――ううん、真のが……いっぱい……）

彼がくれた物だから、こぼしたくないとさえ思ってしまう。

心も身体も一人の男に満たされて、彼色に染まっていく幸せ。今、百合子は彼から幸せの種をもらったのだと思う。

「百合子」

佐藤は百合子を抱きしめると、まるで宝物を触るように大切に頭を撫でて、熱烈に唇を合わせてきた。彼は舌を絡めるだけでは満足しなかったのか、首筋に耳にと舌を這《は》わせ、乳房を揉みしだく。

まだ興奮が収まっていないらしい。太腿に擦り付けられる物が硬いことに気付き、百合子は赤面した。

「ま、真？」

「百合子、結婚式を早めよう」

唐突に投げられた言葉が理解できず、キョトンとして目を瞬《また》かせる。そんな百合子を抱きしめ、念入りに頬擦りしてから彼は言いつのった。

「馬鹿だ、俺は。なんで来年の一月なんかに式を設定したんだ？　あと半年以上もあるじゃないか。先過ぎる」

「それは……会社の引き継ぎとかあるから――」

二人で話し合って諸々を加味《かみ》した結果、式を一月にとしたんじゃないか。もう式場は予約してしまったし、延期ならともかく前倒しとなると、そう簡単にはいかない。

「じゃあ、籍だけでも早く入れよう。今日入れよう。婚姻届は二十四時間三百六十五日受け付けている。よし、この一番近い役所を検索だ」

そう言うなり彼は身体を起こして、床に落としていたジャケットからスマートフォンを取るではないか。百合子も慌てて身体を起こした。

「ちょ……待ってよ、本気なの⁉」

「本気だ。早く法的にも百合子を俺のものにしたい」

短い返答に頭を抱えたくなった。これは本気と書いてマジと読む状態ではないのか。気まぐれな男なのはわかっていたが、このままでは真夜中の市役所に引きずられてしまいそうだ。この男の無駄にあふれるバイタリティーはなんなのか。

こんな気怠《けだる》い状態で外に出るなんて真《ま》っ平《ぴら》ゴメンだ。なんとしても回避したい。

「冷静になってよ。判子だって持ってきてないし、証人を二人もお願いしなきゃいけないのよ？　どう考えても今日は無理よ。それに——」

言葉を切った百合子は、自分の髪の毛先をいじりながら、勿体つけたようにチラッと佐藤を見た。

同僚として過ごして七年。付き合いだして半年。そろそろ百合子も、佐藤の操縦方法がうっすらとわかってきた頃合いである。

彼は基本的に、百合子の願いを叶えようと動いてくれる。だからそれなりに可愛らしく甘えれば、その通りにしてくれるはずだ。——たぶん。

（や、やったことないけど……）

「それに？」

促《うなが》され、百合子はまだ半分は躊躇《ためら》いながらも、上目遣いで佐藤を見つめた。

「今夜は……その……ふたりっきりで、いたいの…………お願い……」

言ってしまってから後悔する。

ああ、キャラじゃない。こんなお願い、三十路《みそじ》に片足を突っ込んだ自分がやっても可愛くない。むしろゾッとするところだ。普通に「今日はもう夜遅いし、外に出たくない」と言えばよかった。「もっと特別な日に入籍したい」と言ってもよかったかもしれない。

百合子が後悔しつつ目を伏せると、突然、佐藤に押し倒された。

「へ？」

なぜ押し倒される？　そしてなぜ佐藤が腰に跨《また》がってくる？　しかもせっせとシャツやズボンまで脱いで？

そんな百合子の疑問に、彼は満面の笑みで答えてくれた。

「百合子がそんなに可愛いことを言ってくれるとは思わなかった。よし、わかった。もう一回だな」

なんとなくデジャビュを感じて、百合子は戦慄《せんりつ》した。

「なんでそうなるのっ⁉」

「おまえが俺の嫁で、いい女だからだ。抱かせろ」

ニヤリと言い放った佐藤に脱がされて、百合子はあられもない声を上げる。
婚約者になったこの俺様同僚が、旦那様になる日も近い。

書き下ろし番外編

ツンデレ同僚は奥様

理想の結婚生活がある。嫁と一緒に仕事をする。一緒に食事をする。食後は一緒にまったりとした時間を過ごす。そして夜は同じベッドで——

シャワーを浴びた真がガウン姿でベッドルームに入ると、同じくガウン姿の百合子がベッドサイドに腰掛けて、背中の中ほどまである長い髪にドライヤーを当てているところだった。

「あ、おかえりー」

顔を上げた百合子の隣にドサッと座り、真は全体重を掛けて彼女に寄りかかった。

「なに？　ちょっと……んもう～。ドライヤーしてるのに……」

迷惑そうに睨《にら》んでくる目がいい。構われたくて、ついちょっかいを出してしまう。彼女の腰にしがみつきながら頭を膝に乗せた。むちっとした太腿の感触と、下から見上げる乳房の膨らみが絶景だ。幸せでふわふわと浮ついたこの気分に積極的に浸っていたい。

膝枕してもらいながら満面の笑みで見上げると、百合子が小さく肩を竦《すく》めてドライヤーをとめた。

「明日はなんの日だ？」

「そ、そんなの決まってるじゃない。……結婚式。わ、私達の」

なにをわかりきったことを言わせてと、百合子がそっぽを向くが、その頬が少し赤い。

そう、明日、百合子と結婚式を挙げる。どれだけこの日を待ったことか。二人は結婚式の前泊として、式場となるホテルに宿泊しているのだ。

式場は百合子の希望を反映して彼女の地元で。東京本社に異動する兼ね合いもあって、準備期間にほぼ一年という時間を取った。取りすぎてしまったのだ。

（長かった……本当に……なんで俺はこんなに長く式の準備期間を取ってしまったんだ。もっと早く式を挙げてもよかっただろぉ。俺達なら両立できたはず……）

それを言っても今更だ。イベント企画部勤務のために、開催前倒しがいかに現場にとって迷惑極まりないかを二人共よくわかっているから下手な変更なんかかけなかったが。一月に設定したこの結婚式を待ちきれずに、先に入籍すると言い出した真を、百合子は呆れるように宥《なだ》めていたのだが、何度か言い続けた結果折れてくれて、彼女はもう真の妻だ。でも、明日という日はやっぱり節目。

「正解。百合子が俺のものになる日」

「……もう入籍してるけどね」

「そして俺が世界一幸せな男になる日だ」

「お、大袈裟なんだから……」

ツンとした言い草ながらも、当の百合子の顔はどんどん赤くなっていく。

（あーもう、可愛いなぁ！　なんだよぉ）

ニヤニヤがとまらない。真は百合子の左手を取って指先に自分の唇を当てた。

惚れに惚れた女をようやくものにしたその達成感と満足感、そして多幸感が真を満たす。彼女となら、自分の理想とする結婚生活ができる。彼女となら幸せになれる。彼女ならずっと同じ方向を向いて歩いてくれるだろう。その確信があった。

「絶対幸せにするからな」

短く、だが強く言い切って誓うと、百合子の目がふわっと細まって弧を描いた。

「期待してる」

クスッと柔らかく微笑む眩しさに目がくらむ。ツンツンしていても根が優しい女だから、笑顔も優しい。隠そうとしても隠れない人の良さが滲《にじ》み出ているこの笑顔を一度でも見たなら、誰も彼女をキツい女だとは思わないだろう。

気の強い女ではあるから、一時期は仕事で犬猿の仲だったけれど、今思えば、あれは彼女を意識していたからこそなんだろう。負けたくなかったのは、彼女が自分以上の男でないと男として見ない女だとわかっていたから。彼女の視界に入るためには、彼女以上の成果が必要だったのだ。

（俺だけに笑ってくれ。他の奴に笑顔なんか見せなくていいからさ）

人並みの——いや、人並み以上の独占欲が首をもたげてきて真を支配する。

真は身体を起こすと、おもむろに百合子の後頭部に手をやってグッと彼女を引き寄せ、唇を合わせた。

「んっ……んん……ん……」

百合子は一瞬だけ驚いたように目を見開いたが、次の瞬間にはとろんと力が抜けて目を閉じる。唇を割って舌を滑り込ませることに遠慮も躊躇《ためら》いもない。彼女が受け入れるとわかっているから。

くちゅくちゅと舌を絡めながら、ゆっくりとベッドに押し倒す。自分のガウンを脱いで、隆々と聳《そび》え立つ漲《みなぎ》りを百合子の下腹に押し付けると、彼女の瞳が困惑に揺れた。

「す、するの？」

「するよ？」

応えながら、腰元で蝶結びされた百合子のガウンの紐《ひも》をほどく。風呂上がりで、すぐに素肌が見えた。魅惑の双丘の頂《いただき》をツンと突いてそのままくにくにと捏《こ》ね回す。

「明日、結婚式なのに？」

「明日、結婚式だからだよ」

毎晩でもしたい真だが、明日が結婚式だから尚更したいのだ。

「考えてみろって。結婚式前夜なんて一生に一度しかないんだぞ？　だったら、するに決まってるだろ」

だらしなく緩みそうになる顔をキリッと整えて力説する。そんな真を見上げる百合子は、困惑に苦笑いが混ざった表情だ。

「普通、一生に一度しかない結婚式前夜だから疲れを残さないためにしないんじゃ」

百合子の言い分は正論だが、正論が正しいとは限らない。結婚式前夜にクタクタになるまでセックスした――なんて思い出もいいじゃないか。

「する人生としない人生なら、俺はする人生を選ぶね。だから抱かせろ」

胸の谷間に顔を埋《うず》め、両の乳房を揉みながら片方を口に入れて強請《ねだ》る。漲《みなぎ》りを押し付けて抽送を思わせる腰使いをすると、刺激されたのか百合子が「んっ」と甘い声を漏らした。その声だけでゾクゾクする。自分でも硬さが増していくのがわかった。

「んもう……跡付けないでよ？　明日、ドレス着るときに恥ずかしいから」

「わかってるよ。跡は付けない。跡付けるのは明日、な」

「そういう意味で言ったんじゃないんだけど――んっ、んん……」

許可が下りてしまえばこっちのもの。真は百合子の唇にかぶり付いて、乳房を強く揉みながら舌を絡めた。唾液をたっぷりと纏《まと》わせた舌を口内に差し込み、口蓋《こうがい》をつーっと撫でる。

「ん……あっ……」

百合子が息を付くのと同時に、こくんと唾液を呑み下すのを見て更に興奮する。その興奮のままに、真は百合子の身体を味わうように乳房、鳩尾《みぞおち》、臍《へそ》――と正中に沿って舌を這《は》わせた。肌が甘い。柔らかくていい匂いがするだけではない。石鹸《せっけん》やクリームとは違う、男の本能を刺激するなにかがそこにある。その源を辿るべく、ショーツを脱がせて脚を開かせる。一瞬だけ百合子の身体に力が入ったが、伸ばした舌先で花弁の間に秘められた蕾《つぼみ》を突くと融解するように抵抗が消えた。

「んん……もぅ……なめちゃ、やぁ～……んぅ……」

そうは言いながらも次第に蜜があふれてくる。

「いつもされてることじゃないか。好きなくせに」

とろみを帯びたいやらしい蜜がとまらない。奥がどうなっているか想像するだけで心が躍《おど》った。舌先で花弁を開いて、コリコリとしたそこに吸い付きながら舌で擦《こす》る。

「ああ……ひぅ、うんっ……」

押し殺すように、悶《もだ》えるように、小さく控え目に喘《あえ》ぐ声がいい。悩ましい姿にますます感じさせてやりたくなる。

ビクビクと身体を震わせ、絶頂する百合子の手を握って指を絡めた。離さない。離したくない。やっと手にした愛おしい高嶺《たかね》の花。ずっとずっと彼女が欲しかった。彼女にとって唯一無二の男になりたかった。そして今、そういう存在に自分はなれたんだろう。同じ強さで握り返してくれるその手がどんどん熱くなっていくのを感じながら、吸い上げる力を強くする。唇で軽く食《は》み、弾みを付けて離す。とろとろの愛液を滴《したた》らせる蜜穴に吸い込まれるように、指を二本沈めた。

百合子の腰が浮き上がっていくのを追いかけるように、熱く蠢《うごめ》く媚肉《びにく》を掻き分けて、ザラついた腹裏を擦《こす》る。

「あっ、まって……んっ、そこ、はぁっ」

「ん？　好きな処《ところ》だろ？」

前も悦《よろこ》んでいた処《ところ》だと囁《ささや》き、臍《へそ》の辺りを軽く押して、中からもグッと押し上げてやれば、濡れ方が増して指をギュッギュと締め付けられる。白い喉を晒《さら》して仰《の》け反《ぞ》りながらシーツを掻き毟《むし》る。乳首はビンビンに立っていて、肌も汗ばんでいる。その百合子の反応を目に焼き付けながら、中に埋《うず》めた指を鉤状《こうじょう》にして、新たな快感のポイントを探る。手前から奥へ、上から下へ、縦横無尽に中を掻き回して、ずぽずぽと抜き差しを繰り返す。百合子の揺れる乳房を優しく撫でながら、また蕾《つぼみ》に口を付けた。

「あっ、あっ、ん、だめぇ……ああ……真、まって、いく――ひぅっ！」

油断していたのか、再度の蕾《つぼみ》への愛撫に百合子が一気に震える。そこを追い立てるように、高速で指を抜き差ししながら、舌を上下させ蕾《つぼみ》を嬲《なぶ》ってやった。

「はうっ！」

ピンッと脚を伸ばして震えながら静かに気をやる百合子の中に、三本目の指を挿《い》れる。隘路《あいろ》のうねりが増して、指をしゃぶってくる。ばらばらに指を動かして中を広げ、腹の裏側を押し上げてやった。すると、媚肉《びにく》は締め付けから引き込むような動きに変わって、蜜穴が白濁した愛液をあふれさせてくる。あまりの妖艶《ようえん》さに生唾を呑んでいた。

挿《い》れたい。今すぐ挿《い》れたい。

その性衝動に突き動かされるままに、真は百合子の中に押し入った。

「あぁっ！　んく……う……」

百合子が腰を高く上げて、仰《の》け反《ぞ》りながらビクビクと震える。

腹の奥に自分がいるのがわかる。その感覚は一種の征服感を同時に連れてきて、真に熱い息を吐かせた。彼女の腹を撫で上げて、乳房に触れ、軽く吸い上げつつ腰を揺する。

百合子は息を浅く吐くと、真に向かって両手を伸ばしてきた。

「まこと……」

その手を握って口付け、自分の頬に触れさせる。切なく見つめてくる目が、安堵《あんど》したようにとろんと緩んだのを見ると、愛しすぎてたまらなくなる。真は百合子の脚を押し開き、伸し掛かるようにして律動を刻んだ。直《じか》に感じる熱い媚肉《びにく》は、気持ちよすぎて真をおかしくする。何度抱いてもたまらない快感だ。癖になる。

「ああっ、んっ、はんっ、あっ、はぁはぁはぁっ」

パンパンと力強く腰を打ち付けるたびに、百合子の中で響くぐじゅっ、ぐじゅっという濡れ音に興奮する。蜜穴はもうびしょ濡れだった。

深く深く深く深く——連続で奥処を突き上げ、雁首で媚肉《びにく》を引っ掛けるように擦《こす》ると、百合子が歯を食いしばって悶《もだ》え、顔を左右に振る。

「んぅ〜〜〜〜っ」

ふたつの乳首を交互に舐めしゃぶりながら、摘まんで捏《こ》ね回す。大きく腰を使って打ち込みながら、快感に悩ましく歪《ゆが》む百合子の表情《かお》を見つめた。

「んっ……はぁはぁはぁ……ああっ……まこと、まって……はげしい……んぅ……」

「興奮してんだよ。おまえがいい女だから仕方ないだろ⁉」

とろけた蜜穴を乱暴にぐちゅぐちゅと掻き回してやると、百合子がビクンッと震えて涙ぐんだ。

(こんな表情《かお》、ヤバいだろ……)

唇を軽く噛み、助けを求めるように縋《すが》った目が、真を見上げてくる。オフィスでは絶対に見せない百合子の雌《めす》の顔に息が荒くなって、乳房にむしゃぶりついた。

「ああっ！　うんんん！」

しこった乳首を舌と口蓋《こうがい》で押しつぶし、扱《しご》きながら吸う。

まだ同僚だった頃、彼女のスーツを乱して犯す妄想に何度耽《ふけ》ったかわからない。頭の中で何度も何度も繰り返し抱いた。百合子で致した次の日は、彼女の顔を見るのも居たたまれないくらいの罪悪感に苛《さいな》まれたのに、結局目で追って、突っかかって――

百合子を急に女として意識してしまった自分が信じられなかったのに、認めてしまえば、彼女に惹《ひ》かれるのは当然だったと思える。真と対等に渡り合える女は百合子しかいなかった。自分が認めた女だからこそ、彼女が欲しかったのだ。

「ゆり……たまんない……」

耳元で囁《ささや》きながらスピードを速め、彼女の中を堪能する。真が奥を入念に穿《うが》つと、身《み》悶《もだ》えた百合子が腕に縋《すが》りついてきた。

「はぅあ……あぁ……そんなにしちゃ……いく……いく、ひっ」

少し角度を変えて激しめに奥を突き上げ、鷲掴《わしづか》みにした乳房を揉みしだいてやりながら百合子を見下ろした。太腿の裏を押さえつけられ、身体で脚をこじ開けられた彼女の姿は、妖艶《ようえん》でありながら被虐的で実にそそる。もっと彼女を感じさせたい。あふれるほどの快感で溺れさせたい。自分しか見ることのない表情が見たい。愛する彼女が自分のものだと実感したいのだ。

真は親指に愛液を付けると、繋がったすぐ上で震える蕾《つぼみ》を捏《こ》ねくり回した。

「――――！」

百合子が目を見開いて悶絶《もんぜつ》して気をやる。その絶頂がもたらす締まりを堪能しながら、ぬるついた指で蕾《つぼみ》を摘まんで、左右に揺らす。絶頂に絶頂を重ねてのた打つ腰を押さえつけ、奥でも感じられるように激しく突き上げてやった。

「百合子、中に出すぞ」

小さく頷いてくれる百合子の唇にキスをして、舌を絡める。彼女の身体をこれ以上ないほど強く抱きしめ、穿《うが》つスピードを速めた。

ドクンッと大きく脈打った屹立《きつりつ》から、射液が一気に噴出する。腰の速さを緩めずに、出し挿《い》れしながら二度、三度、と続けて中に出した。子宮口に鈴口を押し付けて、注ぎ込むように出すと百合子が震えながら気をやる。

「はーはーはーはー」

身体が熱い。上がった息を整える最中も、抜き差しして射液を媚肉《びにく》に塗り込み、ゆっくりと引き抜く。背中を駆け抜ける快感が癖になる。

くぽっと小さく音がして、蜜口から愛液と射液が混じった濃厚な艶汁が垂れてくる。

満足感と達成感、そして百合子に対する愛おしさが半端なくて、抜いても身体を離すのが惜しい。火照《ほて》った百合子の身体を抱きしめて、口付けるうちになんだかたまらなくなって、真は百合子の額《ひたい》に自分のそれを重ねた。

「愛してる。おまえだけを愛してる」

心からの気持ちを告げると、百合子の顔がゆっくりと染まって、終《しま》いには真っ赤になっていく。

「〜〜〜っ、わ、わかってる……」

「ゆりは？」

「あ、愛してるに決まってるもん」

呟くような小さな声。

（今、『もん』って言った。今、『もん』って。なんだよもう……可愛すぎるだろ）

滅多にない。いや、初めてか？　新鮮な反応に恋心が疼《うず》く。まだ自分の知らない百合子がいるんだろう。そんな彼女も自分のものなのだ。

「ゆり、もう一回」

「え？」

目を瞬《また》く百合子の中にもう一度入る。そう時間は経ってないから、中はまだとろとろで熱い。

「ちょ、ま、っん、あっん、ん、んう、ああっ」

困惑の声が快感の声に変わっていくのを満足気に聞きながら、真は愛おしい女を抱きしめた。

◆　◇　◆

翌日。式場スタッフに花嫁の支度ができたからと、控え室に呼ばれた真は、ドアを開けるなり刮目《かつもく》した。

「！」

褒《ほ》めたいのに言葉が出ない。

純白のウエディングドレスはシフォンレースの袖が付いたマーメイドタイプ。胸元から裾にかけての刺繍《ししゅう》が美しい。

難しいこのスタイルを、長身の百合子は難なく着こなしている。似合うのは衣装決めのときに見たから知っているのだが、今日は別格だった。

星を模した髪飾りのせいか、セットされた髪型のせいか、それともプロ仕様のメイクのせいか。ダイヤモンドを散りばめたように全身が輝いている。昨日、彼女を散々抱いたのかと思うと、それはそれでゾクゾクした。

「ベールは直前に着けるんだって。ねぇ、変じゃない？　やっぱりドレスなんて、やめたほうがよかったんじゃないかな？」

百合子がなぜかしょんぼりと肩を落としている。

彼女は最後の最後まで、和装とドレスと迷っていた。もうプリンセスドレスが似合う年でもないしという、割と消極的な理由からの迷いだ。「一番着たいものを着ろよ」と真が言って、悩みながらも選んだのがこのドレス。和装もよかっただろうが、彼女が選んだものが一番いい。それに、美しい女の盛装が美しくないわけがない。

真はゆっくりと百合子に近付くと、彼女のくびれた腰を抱いた。

「めちゃくちゃ綺麗だ。今すぐキスしたい。いいか？」

見惚れながら言うと、百合子が一気に赤面する。

「ば、馬鹿！　なに言ってるの！　いいわけないでしょぉ!?」

そんなやり取りの裏で、スタッフ達が笑いながら控え室を出ていった。どうやら、気を使わせたらしい。でもありがたい気遣いだ。百合子は照れ屋だから。

百合子はツンと澄ました顔をしながらそっぽを向くが、その頬は未だに赤いまま。そういうところが可愛いんだが。真は彼女を更に引き寄せて、白い首筋に唇を当てた。

「夫のキスを拒否るなんて酷い女」

「今はだめって言ってるだけじゃない」

「俺、結構かっこよくなったと思ってるんだけどな？」

「かっこいいよ。似合ってる……好き」

「今夜は眠れると思うなよ」

「もう、馬鹿……」

顔を寄せ合っての応酬に、百合子の目尻が下がって柔らかくなっていく。

（ああ……可愛い。好きだなぁ……）

だからこの式を成功させよう。そしてしっかりと皆に宣言するのだ。

彼女は自分の妻だ、と。

「ゆり。俺、参列してくれる人に挨拶《あいさつ》してくるから。またあとでな」

「ん。わかった。お願いね」

百合子に見送られて、真は控え室を出た。

（へへへ。キスマーク付けてやった）

実はさっき、首筋に唇を当てたときに軽く肌を吸ったのだ。百合子は色が白いから簡単に跡が付く。昨日は付けない、今日付けると約束したから、それを守っただけだ。ベールを着けるとき鏡を見てキスマークに気付き、真っ赤になるであろう彼女を思うと気分がいい。

参列者が集まっているホールへと向かいながら、真はほくそ笑んでいた。

恋愛小説「エタニティブックス」の人気作を漫画化!

漫画 桧川りつ
原作 槇原まき

恋に臆病なOL・真白は、かつて失恋旅行中に偶然出会った男性と、一夜限りの関係を持ったことがある。官能的な夜を過ごし、翌日には別れたその相手。彼を忘れられずに3年が過ぎたのだけれど……なんとその人が、上司としてやってきた!? 人当たりのいい王子様スマイルで周囲を虜にする彼・秀二だが、真白の前では態度が豹変。
「なぜ逃げた。——もう離さない」と熱く真白に迫ってきて——…。

B6判 定価：704円（10%税込） ISBN 978-4-434-31494-0

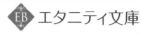

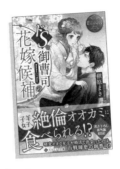

本書は、2017年6月当社より単行本として刊行されたものに、書き下ろしを加えて文庫化したものです。


この作品に対する皆様のご意見・ご感想をお待ちしております。

おハガキ・お手紙は以下の宛先にお送りください。

【宛先】

〒150-6008 東京都渋谷区恵比寿4-20-3 恵比寿ｶﾞｰﾃﾞﾝﾌﾟﾚｲｽﾀﾜｰ 8F
（株）アルファポリス　書籍感想係

メールフォームでのご意見・ご感想は右のＱＲコードから、
あるいは以下のワードで検索をかけてください。

アルファポリス　書籍の感想　検索

ご感想はこちらから

エタニティ文庫

俺様同僚《おれさまどうりょう》は婚約者《こんやくしゃ》

槇原《まきはら》まき

2023年10月15日初版発行

文庫編集－熊澤菜々子
編集長 －倉持真理
発行者 －梶本雄介
発行所 －株式会社アルファポリス
〒150-6008 東京都渋谷区恵比寿4-20-3 恵比寿ｶﾞｰﾃﾞﾝﾌﾟﾚｲｽﾀﾜｰ8F
TEL 03-6277-1601（営業） 03-6277-1602（編集）
URL https://www.alphapolis.co.jp/
発売元－株式会社星雲社（共同出版社・流通責任出版社）
〒112-0005 東京都文京区水道1-3-30
TEL 03-3868-3275
装丁イラストー篁ふみ
装丁デザインーansyyqdesign
印刷－中央精版印刷株式会社

価格はカバーに表示されてあります。

落丁乱丁の場合はアルファポリスまでご連絡ください。

送料は小社負担でお取り替えします。


ISBN978-4-434-32775-9 C0193